Im Morgengrauen erreicht ein Zug die Kleinstadt Great Minden, wo an ebendiesem Tag ein großer Jahrmarkt stattfindet. Aber der Kriegsveteran Peplow ist nicht gekommen, um mitzufeiern: Der Mann, dem er die Schuld am Tod seines Sohnes gibt, ist in der Stadt – und Peplow will Rache.

In Great Minden trifft Peplow alte Bekannte und begegnet neuen Gesichtern. Auf seinem Weg durch die Stadt offenbart sich ihm das Bild eines vom Zweiten Weltkrieg gezeichneten Ortes. Die Bewohner von Great Minden leiden alle auf ihre Weise an der Welt. Und doch findet Peplow hier im Angesicht seiner persönlichen Katastrophe neue Hoffnung.

In seinem Debütroman zeichnet J.L. Carr ein Porträt des ländlichen Großbritannien und richtet den Blick auf eine Gruppe von Menschen, die nach Erlösung suchen. Er lässt die Erzählbewegung zwischen den Figuren dieser Stadt pendeln und verdichtet die einzelnen Stränge zu einem berührenden Roman, der sich seinen feinen Humor bewahrt, auch wenn er von menschlichen Abgründen erzählt.

J.L. Carr wurde 1912 in der Grafschaft Yorkshire geboren und starb 1994. Nachdem er jahrelang als Lehrer gearbeitet hatte, gründete er 1966 einen eigenen Verlag und verfasste acht Romane. ›Ein Monat auf dem Land‹ (DuMont 2016) war 1980 für den Booker-Preis nominiert. Bei DuMont erschien außerdem das hochgelobte ›Wie die Steeple Sinderby Wanderers den Pokal holten‹ (2017).

J. L. Carr

Ein Tag
im Sommer

Roman

Aus dem Englischen
von Monika Köpfer

DUMONT

Von J.L. Carr sind bei DuMont außerdem erschienen:

Ein Monat auf dem Land
Wie die Steeple Sinderby Wanderers den Pokal holten

April 2019
DuMont Buchverlag, Köln
Alle Rechte vorbehalten
Copyright © R. D. Carr
Die englische Originalausgabe erschien 1963 unter dem Titel
›A Day in Summer‹ bei Barrie and Jenkins Limited, London.
© 2018 für die deutsche Ausgabe: DuMont Buchverlag, Köln
Übersetzung: Monika Köpfer
Umschlaggestaltung: Lübbeke Naumann Thoben, Köln
Umschlagabbildung: © leremy – Depositphotos.com
Satz: Angelika Kudella, Köln
Gesetzt aus der Adobe Caslon
Druck und Verarbeitung: CPI books GmbH, Leck
Gedruckt auf säurefreiem und chlorfrei gebleichtem Papier
Printed in Germany
ISBN 978-3-8321-6482-9

www.dumont-buchverlag.de

Was ist die Welt? Was ist des Menschen Los?
Vom Schoß der Liebe sinkt er in den Schoß
Des kalten Grabes einsam und allein.

Geoffrey Chaucer, *Canterbury-Erzählungen*

MORGEN

DIE LOKOMOTIVE DAMPFT mit ihren drei Waggons im Schlepptau durch die Ebene.

Die Stadt hat sie weit hinter sich gelassen und mit ihr ihre Menschen, vielzählig und anonym, ihren ziellosen Tätigkeiten nachgehend; und dieser Zug, der gemächlich durch die frühmorgendliche Dunkelheit rattert, bringt ihn von dort weg. Er ist im Grunde ein gewöhnlicher Mann. Sein bisheriges Leben verlief unauffällig, aber was er heute tut, wird es bemerkenswert machen und ihn selbst mit einem Schlag zu einem außergewöhnlichen Menschen, der in dem Städtchen, in das er jetzt fährt, noch viele Jahre unvergessen bleiben wird.

Gerade erst beginnen sich unscharfe Umrisse aus der Dunkelheit und dem Mai-Nebel herauszuschälen: Hecken, Holzstöße, ein paar Ochsen, die sich träge unter einem Kastanienbaum regen, ein Bauernhof, Schornsteine und Dächer, ein steinerner Reiter auf seinem tänzelnden Ross inmitten eines steinernen Platzes und, auf dem Hügel jenseits davon, eine Kirche in ihrem Kirchhof, alles grau, undeutlich. In dem weiten Tal zieht ein Fluss eine dunklere Linie zwischen den schilf- und weidenbestandenen Ufern, wo eine verfallene Mühle steht. Ein Wald erhebt sich wie ein Meereswesen und schüttelt die Dunkelheit ab: Glockengeläut setzt ein.

Und schon von Weitem hört man diesen Zug sich nähern.

***

ALLEIN IM ABTEIL und in die Ecke seines Fenstersitzes gekauert, hob Peplow den Kopf und streckte die Glieder, um die Müdigkeit zu vertreiben, nachdem er sich noch ein wenig zu schlafen gezwungen hatte. Er war steif und fror: Sein ganzer Körper fühlte sich kalt an. An der gegenüberliegenden Trennwand, im Schatten der Gepäckablage, hing das Porträt einer Kleinstadt. Er nahm es in Augenschein und versuchte, das Motiv zu erkennen.

Felixstowe … Folkestone? Einer dieser Küstenorte mit einem blauen Meeresteppich davor, die alle mit »F« begannen. Für Folkestone war das dargestellte Städtchen zu flach. Vielleicht tatsächlich Felixstowe? Und wie sah noch mal Falmouth aus? Folkestone, Felixstowe, Falmouth, Fernandez Po, Fairyland … Great Minden. Er sollte sich besser auf Great Minden konzentrieren: Allzu weit konnte es nicht mehr sein.

Great Minden. Nur ein Name, weiter nichts! Ein Ort, an dem ich diesem Mann begegnen werde! Wie merkwürdig, ein kleines Städtchen, kaum größer als ein Dorf, wo lauter Fremde wohnen, zu denen weder er noch ich eine Verbindung haben, dachte er.

Noch nie habe ich mir ohne Erlaubnis einen Tag freigenommen, sinnierte er weiter, nicht einmal in der Schule habe ich geschwänzt und später bei der Fliegerstaffel auch nicht. Vielleicht hätte ich doch mit dem Filialleiter reden sollen.

[»Ich wollte fragen, ob es möglich wäre, dass ich mir Freitag freinehme?«

»Ich denke schon. Ist jemand krank? Eine dringende Angelegenheit?«

»Nein – nun, ja und nein. Um genau zu sein, muss ich aufs Land fahren und dort einen Mann erschießen. Ja, genau, einen Mann. Der Ort heißt Great Minden. Vielleicht haben Sie den Namen schon mal gehört?«

»Ach tatsächlich, Great Minden? Eine Tante von mir hat dort in der Nähe gewohnt. Ich hoffe, Sie halten es nicht für unverfroren, wenn ich mir erlaube zu fragen, wer … wen?«

»Es handelt sich um den Mann, der letzten Sommer meinen Jungen totgefahren hat. Er läuft in einem Jahrmarktgewand herum und wird meines Wissens nach am Freitag auf der dortigen Kirchweih sein. Es wäre also eine günstige Gelegenheit für mich.«

»Natürlich! Dann sehen wir Sie also Samstag wieder? Oder am Montag?«

»Nun, nein. Ich habe mehr oder weniger beschlossen, es wäre besser für mich, mir ebenfalls den Gnadenschuss zu geben. In aller Ruhe, auf der Rückfahrt, wenn alles erledigt ist. Damit ließe sich das peinliche Prozedere umgehen, das eine solche Sache in der Regel nach sich zieht. Sie verstehen bestimmt, was ich meine.«]

Er spürte wieder das vertraute nervöse Pochen an den Schläfen und setzte sich abrupt auf. Genau so hatte er sich gefühlt, als die Plauderei beim Morgenkaffee ins Stocken geraten war und er zum ersten Mal die verstohlenen Blicke seines Vorgesetzten bemerkt hatte, und auch als seine Frau unvermittelt in Tränen ausgebrochen war, während sie im Garten saßen.

Steif stand er auf und stapfte unsicher zwischen den Sitzen auf und ab, um nach einer Weile innezuhalten und in den Spiegel zu schauen. Sein Gesicht starrte erbarmungslos zurück. Interessiert musterte er das ordentlich gescheitelte Haar, das kurz geschnitten war, um von seinem fortschreitenden Ergrauen abzulenken, den makellosen Kragen, die Kricket-Club-Krawatte.

»Ha, der typische Bankangestellte«, sagte er ziemlich laut und setzte sich wieder.

Hilda hat mir meine Geschichte, dass ich am Donnerstag bis spätabends arbeiten müsse und es angebracht sei, in der Stadt zu übernachten, nicht wirklich abgenommen. Sie hat mir nicht geglaubt, aber es hat sie nicht sonderlich gekümmert. Nicht weiter verwunderlich, nehme ich an. Warum sollte es ihr auch etwas ausmachen? Die ganze Zeit schon halten wir die Fassade nur noch mit Mühe aufrecht. Aber bevor Tom getötet wurde …

Er langte in die Jackentasche seines Anzugs und tastete an seinem klobigen Militärrevolver vorbei nach seiner Uhr. Viertel vor sechs; in zwanzig Minuten würden sie in Great Minden ankommen. Der Morgen dämmerte herauf.

Er wischte mit der Hand über die beschlagene und beschmutzte Fensterscheibe, spähte desinteressiert hinaus und erblickte ein einzelnes Haus mit einem großen Baum davor, einer Kastanie, deren stachlige Blüten im Zwielicht schimmerten. Ein Gehöft, das ein wenig verloren inmitten der Felder lag, in einem Fenster im ersten Stock leuchtete ein mattes Licht; wenn er am Abend wieder zurückführe, würde er danach Ausschau halten. Er konnte es ebenso gut hier wie woanders tun.

Er schürzte trotzig die Lippen. Ob in der Schule, im Geschäftsleben, bei der Fliegerstaffel, sein ganzes Leben lang hatte er sich stets zurückgehalten, hatte am Rand gestanden, es vermieden, Stellung zu beziehen. Aber nun hatte man ihn aus dem Hintergrund hervorgezerrt, ihn gezwungen, auf irgendeine Weise Farbe zu bekennen. Er hatte lange dazu gebraucht, seit dem Freispruch. Aber besser spät als nie!

Wieder sah er auf die Uhr, nahm dann seine Aktentasche von der Gepäckablage und schritt zum Waggonausgang.

Dann machte er plötzlich kehrt, um nochmals das Bild in Augenschein zu nehmen. Felixstowe! Sieht hübsch aus, dachte er. Wir hätten anstatt immer nur nach Cornwall zur Abwechslung mal dorthin fahren können.

Der Zug begann zu bremsen. Great Minden.

***

Herbert Ruskin, der bereits am Fenster seines Zimmers im ersten Stock saß, von wo man auf den kleinen Platz blickte, drückte seine erste Zigarette aus und rückte seinen Rollstuhl ein wenig nach hinten, um sich trotz seines massigen Körpers auf dem Fensterbrett abstützen zu können. Er sah auf den steinernen Reiter hinab und ließ den Blick über die Dächer hinweg zu dem Hügel jenseits davon schweifen.

Sommer! Herrlich, diese warmen Morgen, bevor die Ruhe und der Glanz durch Motorengeknatter und Abgase getrübt wurden! Diese langen Tage, lange, ruhige Sonnentage, offene Türen, Felder mit Salat, Erdbeeren, mit grüner, regloser Gerste, die große Kalkmauer der King's Chapel matt im frühen Morgenlicht, und diese wunderbar stillen Wälder, die die Landebahn hinter Dover säumten und die man am frühen Morgen aus der Luft sehen konnte, wenn man von der Nachtpatrouille über der Küstenlinie zwischen Gravelines und Cherbourg zurückkehrte. Das waren die Tage, an die er sich am besten erinnerte. Er steckte sich eine weitere Zigarette an und dachte an vergangene Sommer.

Vom Flur draußen war ein Pfeifen zu hören, während Wasser durch die Rohre heraufrauschte – seine Vermieterin war aufgestanden. In dem Haus auf der gegenüberliegenden Seite des Platzes wurde ein Vorhang ein klein wenig zurückgezogen, gerade so weit, um genügend Licht hereinzulassen, damit sich der Metzger anziehen konnte – Ruskin sah ihn mit der dicken Bauchbinde kämpfen, seine mit Flicken übersäte Hose hochzerren und sich im Mund herumfummeln, bis er seine grauenhaften dritten Zähne eingesetzt hatte. Oben, im Zimmer über ihm, knarrten die Federn von Crosers Bett, während sich dieser darin wälzte und tiefer unter die Steppdecke kroch.

»Ah, du denkst wohl an das wilde Gerangel gestern Nacht hinter der Hecke, du junger geiler Bock!«, murmelte Ruskin. »Welche war es diesmal? Baby Doll oder die Mieze aus dem Pfarrhaus?«

Wieder rief er sich die langen heißen Sommer zwischen 1940 und 1944 ins Gedächtnis. Vor allem den von 1944, ein wahrlich herausragendes Jahr.

»Neunzehnhundertvierundvierzig«, sagte er versonnen und betonte jede Silbe. »Mein letzter Sommer!«

Er wiederholte die Jahreszahl.

»Neunzehnhundertvierundvierzig!«

Ein letzter Sommer und ein letztes Abendmahl vor der Kreuzigung, bei dem ihm der Kelch an die Lippen gepresst worden war, ehe sein Körper in einer Explosion aus Schmerz entzweigerissen wurde. Dieser Sommer mit seinen herrlichen Vollmondnächten und ohne die kleinste Wolke am Himmel, hinter der er seine lächerliche Albacore hätte verstecken können, wenn er mit ihr übers Meer hinwegtaumelte. Dieser Sommer mit seinen langen Tagen, die sie im ungemähten und von Mohnblumen gesprenkelten Gras vor ihren Zelten zubrachten, wo sie sich in der Sonne räkelten. Dieser letzte Sommer voller banger Nächte über der Kontinentalküste, in denen er hinabspähte und nach dem verräterischen Kielwasser von Schnellbooten oder Küstenmotorschiffen Ausschau hielt, während sich Mullett an dem Tank zwischen ihnen zu schaffen machte, einem klobigen, mit Oktan gefüllten Toilettenspülkasten, und ringsherum Leuchtspurgeschosse durch die Luft sausten – und man unbedingt am Leben bleiben wollte.

Sich aneinanderreihende Tage voller Müßiggang und Nächte voller Angst – bis zu dieser letzten Stunde des letzten Sommers, dem Sturzflug auf einen unvermutet aufgetauchten Sperrbrecher und urplötzlich von allen Seiten Artilleriefeuer, das zwischen Tragflächen und Verspannungen hindurchschlug. Er erinnerte sich noch an die Explosion, die Flammen, den grauenhaften, unaufhaltsamen Fall, wie Äste den kollabierenden Flugzeugrumpf zerrissen, ein letztes Aufblitzen, Mulletts Schreie; und dann der Schmerz, scharf und grell wie das Feuer selbst, eine lodernde Brunst aus Angst und Demütigung und, hinterher, das Gefühl, dass etwas unwiederbringlich verloren war, dieses etwas und seine Beine. Und sein letzter Sommer ging über in eine neue Jahreszeit voller Qualen.

Er schnippte seine zweite halb gerauchte Zigarette durch das Fenster.

Da er gehört hatte, wie der Frühzug in den Bahnhof eingefahren war, überraschte es ihn nicht weiter, als er kurz darauf den einzigen Passagier, der ausgestiegen war, beobachtete, wie er auf den Platz einbog, flüchtig innehielt und sich umblickte. Wie ein Maß-und-Gewicht-Inspektor, kam Ruskin in den Sinn, eine respektable Erscheinung. Ein klein wenig erstaunt war Ruskin aber dann schon, als er erkannte, dass es sich um jemanden handelte, den er seit mehr als zehn Jahren nicht mehr gesehen hatte und den wiederzusehen er auch nicht erwartet hatte.

Das ist das eigentlich Komische, dachte er, nichts überrascht mich mehr. Es ist, als säße ich in einem Tunnel, und vor mir liefen unentwegt und ungebeten Menschen hin und her. Croser, dieser entsetzliche Metzger von gegenüber, Bellenger, der Pfarrer und die Pfarrersmieze. Das alles ist verrückt, bedeutungslos.

Er lehnte sich nach vorn. »Peplow!«, rief er sanft. »Peplow!«

Der Mann drehte sich um, unsicher, wohin er blicken sollte, und hob, als er Ruskin entdeckte, die Hand, ungläubig, um nicht zu sagen: fassungslos.

»Komm hoch.« Ruskin deutete nach unten auf den Hauseingang. »Komm hoch, Peplow.«

Er schob sich im Rollstuhl vom Fenster weg.

Begeistert hat er nicht gerade gewirkt, dachte er. Ganz bestimmt nicht entzückt, aber weit mehr als bloß erschrocken. Was macht der denn in Minden?

Er atmete schwer, und seine dicken Backen zitterten. Von der Treppe waren zögerliche Schritte zu hören.

»Hier!«, rief er. »Hier bin ich, die Tür direkt gegenüber dem Treppenabsatz.«

»Ruskin! Was machst du denn hier?«

»Ich wohne hier – oder besser gesagt: das, was von mir übrig ist. Es muss schließlich irgendwo wohnen. Selbst in diesem überreglementierten Land schließen sie unsereinen nicht weg, nur weil manche Leute bei unserem Anblick einen Schock kriegen oder Anfälle von Gewissensbissen. Nun hab dich nicht so, schau mich ruhig von oben bis unten an: Ich bin es ja gewohnt.«

»Ich habe dir geschrieben.«

»Und ich habe nicht geantwortet. Ich habe niemandem geantwortet. Wie verdammt rücksichtsvoll ich doch war. Ich habe euch alle aus der Verantwortung entlassen. Euch die Erlaubnis erteilt, mich zu vergessen. Und das habt ihr auch. Und erzähl mir jetzt bloß nicht, in der Abstellkammer der Peplows wäre noch Platz für mich gewesen. ›Ruskin R. L. H., mit dem Tapferkeitskreuz behängter RAF-Pilot, nach Absturz unters Messer gekommen, wie es so schön heißt, und seitdem nur noch ein halber Mensch. Sehr traurig. Akte geschlossen. Streicht seinen Namen von der Liste.‹«

»Ich habe an die Familie deines Navigators geschrieben, das weiß ich noch genau.«

»Nun, er konnte wohl selbst nicht mehr antworten, der arme Kerl, oder? Mullett, die alte Heulsuse. Tja, sein Problem war, dass er zu intelligent war; und das hat ihn letztendlich umgebracht. Seine Schwierigkeiten begannen, als er die Aufnahmeprüfung fürs Gymnasium bestanden hatte und sie ihm dort Trigonometrie beibrachten. Er hätte mal lieber bei den Steckrüben bleiben sollen; ich hab's ihm ja gesagt. Aber er meinte, seine junge Lady sieht ihn gern in Uniform. Das waren seine Worte: ›meine junge Lady‹. An seiner Wand hing ein Bilderrahmen, vollgestopft mit ungefähr fünfzig Schnappschüssen von ihr, und darauf hat er immer gestarrt; um sich inspirieren zu lassen vermutlich, bei der Auswahl der richtigen Farbe des Treppenläufers für die kleine Doppelhaushälfte, die er nie besessen hat. Unzählige Fotos! Du hättest ihn schreien hören sollen, als es ihn erwischte!«

Peplow lächelte schief. »Mullett«, sagte er sanft. »Ich hatte ihn ganz vergessen. Er war, wenn ich mich richtig erinnere, Beamter. Bei der Bahn. Und sein Vater war Farmarbeiter.«

»Nun, jetzt ist Mullett ein Held. Steht jedenfalls auf einem Grabstein auf irgendeinem Soldatenfriedhof; ganz offiziell. Und hat er nicht auch noch den Wohlfahrtsstaat geschont? Das ist allemal besser, als noch vierzig Jahre lang hinter einem Nebenstreckenschalter zu darben, oder? Wie auch immer, jedenfalls ist er aus dem Weg geräumt und hängt nicht mehr irgendwo herum und macht die Leute nervös, so wie ich. Mullett, der Glückliche!«

Während sich Peplow verlegen mit der flachen Hand den Oberschenkel rieb, ließ er den Blick durch den Raum huschen und nahm alles ganz genau in Augenschein, nur um diesen aufgeblähten Torso, dieses zuckende Gesicht nicht ansehen zu müssen, und überlegte fieberhaft, wie er das Thema wechseln konnte.

Aber seine Sorge war unbegründet, denn Ruskin kam ihm zuvor. »Was für ein großartiges Wiedersehen, hm?«, fragte er. »Peplow ... anwesend. Ruskin ... halb anwesend. Mullett ... abwesend (keine Entschuldigung eingegangen). Bellenger ... anwesend, muss uns aber bald wegen einer anderen Verpflichtung verlassen.«

Peplow sah ihn ungläubig, erschrocken an. »Bellenger! Der alte Knabe? Das kann nicht sein.«

»Doch es kann und es ist so.«

Ruskin schwenkte seinen Rollstuhl herum.

»Schau aus dem Fenster. Siehst du diese lächerliche Statue auf dem Platz? Und das Gebäude dahinter? Dieses imposante große Haus, Queen-Anne-Stil, stimmt's? *Chez* Bellenger!«

»Unglaublich.«

»Ah, mein Junge, das Leben ist voller unglaublicher Dinge. Mich hat es auch zufällig hierher verschlagen; mir ging es im Grunde nur darum, weit weg von meiner jammernden Mutter zu kommen und von meinem Vater, der jedes Mal, wenn er in meine Richtung sah, zusammenzuckte. Und nicht mehr mit ansehen zu müssen, wie sie sich, wenn Besuch da war, förmlich in ihrem Bemühen überschlugen, die Leute abzulenken, die mich verständlicherweise ausgiebig begaffen wollten. Vor allem Kinder; die finden mich nun mal faszinierend. Und die Frau, die jetzt meine Vermieterin ist, hat eine Anzeige in *The Church Gazette* geschaltet. (›Gemütliches Heim für jungen Herrn. Gern auch Invaliden‹, so, glaube ich, hat sie es formuliert. Nun, ich war hervorragend für diese Position qualifiziert.) Und so bin ich hierhergekommen. Durch Zufall. Und, *bingo*, genau dort, wo du jetzt sitzt, hat Bellenger gesessen, als er mir einen ersten Besuch abstattete. ›Willkommen in Great

Minden!‹ Er hat mir sogar einen Blumenstrauß mitgebracht. ›Ich bin sozusagen die Dame vom örtlichen Willkommenskomitee‹, meinte er.«

Er brach in schrilles Gelächter aus.

»Bellenger!«

»Bellenger.«

»Und dich hat es rein zufällig hierher verschlagen? Ausgerechnet ihr beide hier, das ist wirklich komisch.«

»Warum?«

»Nun …«

Peplow richtete sich abrupt auf. Herbert Ruskin beobachtete ihn. Einen Moment lang sah Peplow in dem nun aufgedunsenen Gesicht die Züge des jungen, seinem Einsatz entgegenfiebernden Piloten aufscheinen.

»Warum?«

»Nun, es ist doch wirklich ein großer Zufall, oder nicht?«

[Darauf wolltest du nicht hinaus. Du wusstest es und hast es nicht vergessen, stimmt's, Peplow, du verdammtes Pokergesicht? Kein Wunder, dass sie dich zum Adjutanten gemacht haben: Du siehst alles, erinnerst dich an alles, sagst nichts. Gut, also hast du es nicht vergessen. Aber wie viel von dem, was in diesen vierzehn Tagen passiert ist, weißt du genau? Und wie viel weiß Bellenger? Nun, er wird jetzt nichts mehr sagen und du auch nicht, es sei denn, du hast dich verändert.]

Peplow war aufgestanden, ans Fenster getreten und blickte aufgewühlt über die Statue hinweg zu dem steinernen Haus. In den letzten Jahren hatte er kaum mehr an die Fliegerstaffel gedacht, auch nicht als Tom noch lebte, und seit dessen Tod war alles noch tiefer in sein Unterbewusstsein gerückt. Obwohl er dagegen ankämpfte, steigerte sich seine Unruhe noch.

»War er nicht Rechtsanwalt?«

»Ja, ich glaube schon; er hatte eine Art Büro im Erdgeschoss, aber die einzigen Klienten, die zu ihm kamen, waren zu arm, um sich an jemand anders zu wenden; er hat ihnen keine Rechnungen gestellt. Seine Frau starb noch vor dem Krieg, und er blieb mit zwei Mädchen zurück, aus denen die schrecklichsten Xanthippen wurden, die du dir vorstellen kannst. Wie auch immer, jedenfalls muss er die Mindener ganz schön vor den Kopf gestoßen haben, als er nicht nur mit einem Orden, sondern obendrein mit einem Säugling heimkehrte.«

Er sah Peplow merkwürdig fragend an. »Das Baby hat sie wirklich umgehauen.«

»Also hat er es behalten. Gut so.«

»Und, hast du eine Familie, Peplow?«

»Ich hatte einen Jungen.«

»Hatte?«

»Wurde direkt vor unserer Haustür umgebracht – auf dem Gehsteig. Von einem Lastwagen totgefahren.«

»Herrje!«

»Er war zehn.« Peplow wandte sich ab. »Aber dass Ted Bellenger hier wohnt, wer hätte das gedacht.«

»Er liegt im Sterben, sagt meine Vermieterin. Es heißt, dass er den heutigen Tag nicht überleben wird. Du bist gerade noch rechtzeitig gekommen, um ihm die letzte Ehre zu erweisen, Peplow.«

»Er liegt im Sterben! Und ich dachte immer, er besitzt die Formel für die ewige Jugend, würde für immer vierzig bleiben. Damals hieß es, er isst Bienenpollen, oder was immer man zu sich nimmt, um sich seine Männlichkeit zu bewahren. Weißt du noch, wie die Frauen ihn bei unseren ENSA-Konzertabenden anschmachteten und ihn hinterher im Offizierskasino umschwärmten? Ein paar von ihnen so jung, dass sie seine Töchter hätten sein können. Diese eine zum Beispiel, die …«

Es wurde an die Tür geklopft, und die Vermieterin schlurfte mit einem Tablett mit Toast und Tee ins Zimmer.

»Wenn das keine Telepathie ist, was?«, fragte Ruskin. »Darf ich Ihnen Mr Peplow vorstellen? Er ist Privatdetektiv und hier, um in irgendeiner Scheidungsangelegenheit herumzurühren. Er weiß, man muss in diesen Kleinstädten nur ein bisschen an der Oberfläche herumkratzen und schon wird man fündig. Er ist extra früh hergekommen, um die Ehebrecher in flagranti zu erwischen. Ist Croser allein, oder hat er jemanden in seinem Bett?«

»Also wirklich, Mr Ruskin!«, sagte sie kichernd.

»Nichts für ungut!«, rief er ihr hinterher. »Erzählen Sie es mir später, wenn Mr Peplow gegangen ist. Er wird übrigens zum Mittagessen wiederkommen.«

»Aber ist das nicht ungelegen, wo doch heute Jahrmarkt ist?«

»Ach, das weißt du also?«

Ruskin legte den Kopf schief und sah ihn an, aber Peplow antwortete nicht.

»Du hast doch in einer Bank oder so was Ähnlichem gearbeitet, stimmt's? Bist du hier, um dir einen Überblick zu verschaffen, bevor du das Haus eines armen Teufels zwangsvollstrecken lässt?«

»So ungefähr … könnte man es sagen.«

»Und wie lange gedenkst du zu bleiben? Einen oder zwei Tage?«

»Ich habe vor, mit dem Nachtzug zurückzufahren.«

Ruskin lachte. »Du bist mir vielleicht ein dröger Zeitgenosse, Peplow. Hast dich seit vierundvierzig nicht verändert, stimmt's? Zugeknöpft wie eh und je.«

»Verändert? Wir verändern uns doch alle, nicht wahr? Ob wir wollen oder nicht. Es passieren Dinge im Leben, die uns verändern. Nicht auf einen Schlag, aber mit der Zeit.«

Ein wütender Unterton hatte sich in seine Stimme geschlichen.

»Das Schicksal kann einem einen Streich spielen. Nimm zum Beispiel Mullett, Morrion, Brightwell, auch Bellenger. Glaubst du, sie haben sich gewünscht, dass ihr Leben so verläuft? Oder du. Hast du dir deins so vorgestellt? Hast du gewollt, dass es diesen Verlauf nimmt? Oder all die anderen? Oder ich? Wir haben uns doch alle verändert, verflucht noch mal.«

Ruskin umklammerte die Räder seines Rollstuhls, und seine Fingerknöchel traten weiß hervor. Überrascht von Peplows Ausbruch, betrachtete er schweigend sein Gesicht, seine leidgeprüften Augen.

»Ich habe mir weiß Gott nichts weiter als ein ruhiges, bescheidenes Leben gewünscht, vielleicht irgendwann Filialleiter in einem Provinznest wie Minden zu sein, wo ich mich ruhig hätte zurücklehnen und meinen Sohn aufwachsen sehen können. Das war doch nicht zu viel verlangt, oder?«

Peplow brach unvermittelt ab. Er rang um Fassung.

»Tut mir leid«, sagte er und wandte sich zum Gehen. »Vergiss, was ich gesagt hab. Mal sehen, ob Ted Bellenger Besuch empfängt.«

»Ich glaube nicht, dass er dich erkennt; gestern war er jedenfalls die meiste Zeit nicht bei Bewusstsein. Aber schau ruhig bei ihm vorbei, und sag mir, wie es ihm geht. Schließlich war es deine Aufgabe als Adjutant, uns auf dem Laufenden zu halten, nicht wahr? Um eins gibt es Mittagessen. Bis dann also.«

[Verändert! Du hast dich verändert, o ja. Wer setzt dir so zu? Dein Junge; sein Verlust schmerzt dich ungemein, stimmt's? Aber was ist mit deiner Frau? Die hast du mit keinem Wort erwähnt. Nur eine Minute lang hast du die Maske fallen lassen und sie ziemlich schnell wieder aufgesetzt, zu schnell, als dass ich hätte herausfinden können, was uns die Ehre deines Besuchs verschafft, du verdammter Heimlichtuer!]

Ruskin hörte, wie sich Croser im Zimmer über ihm in seinem Bett herumwälzte. Dieses Geräusch riss ihn aus seinen Grübeleien. Er nahm einen linierten Papierbogen und einen Kugelschreiber zur Hand.

»*Lieber Herr Pfarrer*«, schrieb er in seiner nach links geneigten Handschrift. »*Gestern Nacht hat Ihre Frau wieder das sechste Gebot gebrochen, zusammen mit dem Schullehrer. Croser heißt er. Warum lassen Sie sich nicht von dieser Hure scheiden?, fragen sich hier in Minden alle. Hochachtungsvoll, ein Gemeindemitglied, das Ihnen lediglich helfen will.*«

In seiner Küche im hinteren Teil des Hauses nahm der Metzger grollend sein Frühstück ein.

»Steht heute was Besonderes an, Liebster?«, fragte seine Frau besorgt.

»Was Besonderes? Nee, nix bis auf dieses verdammte Gesindel aus dem Norden, das den ganzen Tag versuchen wird, Fleisch zu ergaunern! Nichts bis auf dieses verdammte Jahrmarktsorgelgedudel, das mir den lieben langen Tag in den Ohren gellen wird! Nichts bis auf den üblichen Zank bei der Pfarrgemeinderatssitzung heut Abend! Ist das besonders genug?«

Seine Frau hob den Deckel von der Bratpfanne und schob ihm schnell zwei weitere gebratene Speckscheiben und ein Spiegelei auf den Teller.

»Nun, ich hab mich nur gefragt, was …«, sagte sie zögernd.

»Was hast du dich gefragt?«

»Ich habe mich gefragt, was ich dem Pfarrer sagen soll, wenn er wegen dem Friedhof kommt und du nicht da bist. Du hast doch gemeint, du würdest ihm Bescheid geben. Die Leute sagen, dass ihn das alles sehr aufregt.«

Ihr Mann knallte mit einem lauten Scheppern Messer und Gabel auf seinen Teller. Einen Moment lang war unklar, was ihn am Sprechen hinderte – sein voller Mund oder seine überschäumende Wut.

»Na ja, du bist nun mal Kirchenvorsteher«, fuhr sie fort. »Du bist ein wichtiger Mann hier.« Als intelligente Frau konnte sie sich einen ironischen Unterton nicht verkneifen, ein kleiner Seitenhieb für die seit Jahren erlittenen Demütigungen.

»Nein!«, schrie er schließlich. »Nein, nein und noch mal nein! Ich habe mich entschieden, und die Antwort lautet Nein. Geld, Geld, Geld, immerzu ist er hinter unserem Geld her. Geld ist sein Gott. Ständig will er uns zur Kasse bitten. Wenn es nach ihm ginge, würde er uns unser ganzes mühsam erspartes Geld wegnehmen. Also sage ich dir klipp und klar: Wenn er den Friedhof herausgeputzt haben will, soll er es selbst machen.«

Er wiederholte diese Worte und betonte dabei jede Silbe mit feierlichem Ernst.

»Soll er's doch selbst machen. Er soll seinen Arsch in Bewegung setzen. Und wenn er jetzt zur Tür hereinkäme, würde ich ihm das ins Gesicht sagen und auch, dass er mir gefälligst die 4 Pfund, 16 Shilling und 40 Cent zurückzahlen soll, die diese Schlampe von seiner Frau mir schuldet. Wen wundert es da, dass er vor leeren Kirchenbänken predigt?«

Seine Frau legte eine vor Bratenfett triefende Scheibe Brot auf seinen Teller und blieb hinter seinem Stuhl stehen, um einen neuerlichen Vorstoß zu unternehmen.

»Nun, ich wiederhole ja nur, was die Leute sagen«, begann sie salbungsvoll. »Dass er wirklich sehr aufgebracht ist wegen dem Friedhof. Sagen die Leute. Ich für meinen Teil finde: Was spielt es für eine Rolle, wo man liegt oder wie es dort aussieht, wenn man unter der Erde ist? Zum Beispiel du und deine Familie, Liebster. Denk an die armen Seelen, die dort begraben sind, dein Vater und deine Mutter und dein Großvater und sein Vater – was kümmert sie es, ob über ihnen Brennnesseln oder irgendein anderes Gestrüpp wächst? Es ist schließlich kein öffentlicher Park, oder? Die Leute gehen ja nicht dorthin, um sich hinzusetzen und dort zu verweilen. Letzten Sonntag zum Beispiel, als ich auf den Friedhof gegangen bin, um ein paar Blumen aufs Grab deiner Mutter zu legen, waren nur ein paar Hunde dort, die sich gejagt oder was weiß ich für Sachen gemacht haben.«

»Was mein alter Vater wohl sagen würde, könnte er es sehen!«, rief der Metzger aus. »Was würde er wohl sagen? Ich weiß, was er sagen würde. Er würd sagen, dass es eine Schande ist, ja, eine Schande, das würd er sagen. Dass es eine immerwährende Beleidigung für die ist, die von uns gegangen sind.«

»Ja, das würde er bestimmt sagen, wie wahr«, erwiderte seine Frau in klagendem Tonfall; sie spielte mit ihm wie auf einem Instrument, von dem sie allerdings nicht wusste, welche Melodie herauskommen würde.

»Nun gut, ich sag dir, was ich denke. Er soll erst mal sein eigenes Haus in Ordnung bringen, bevor er uns drangsaliert. Er soll seinem Prachtweib die Leviten lesen, dann kann er uns predigen, wir sollen das oder jenes tun. Und bevor er das nicht getan hat, wird der Pfarrgemeinderat mit uns Kirchenvorstehern keinen Penny für den Friedhof genehmigen. Du wirst schon sehen, keinen Penny bewilligt er ihm.«

Er schlug mit der flachen Hand auf den Tisch. Seine Stimme hatte sich erhoben, aber sein Appetit war dahin.

»Da hast du recht, Liebster, ja, da hast du recht«, sagte seine Frau. »Aber vergiss nicht, was der Doktor dir gesagt hat. Dass du dich nicht aufregen darfst. Wegen deiner Arterien, du weißt schon. Und dass du nicht zu fett essen sollst!«

Die Erinnerung daran, was der Doktor ihm gesagt hatte, kehrte jäh zurück und mit ihm das desolate Bild des Friedhofs, das sich düster vor sein geistiges Auge schob.

Beklommen wandte er sich der Lektüre der Kricket-Ergebnisse zu.

Aber seine Frau fand, dass sie ihn immer noch nicht genügend getriezt hatte.

»Und dieser Ruskin …«, sagte sie. »Ich habe die Vorhänge nur ein paar Zentimeter zurückgezogen, mehr bestimmt nicht, als du dich vorhin angekleidet hast. Und da hing er bereits am Fenster und sah fasziniert zu, wie du dir deine Hose hochzogst, dieser Mann, der sich an den Freuden anderer ergötzt, weil er selbst keine hat. Man sollte ihn wegsperren, in eine Klinik.«

Ihr Mann schob den Stuhl zurück und stapfte wütend nach vorn in den Laden. Sie goss sich eine Tasse Tee ein und begann in aller Ruhe zu frühstücken.

Als Edward Bellenger im geräumigsten Schlafzimmer seines Hauses an der Sheep Street erwachte, von einem stechenden Schmerz aus seinem Dämmerzustand geweckt, wusste er, dass es früher Morgen war.

Das wird mein letzter Tag sein, dachte er. Ich kann kaum mehr etwas sehen, obwohl es helllichter Morgen ist. Ich kann meine Blase nicht mehr kontrollieren. Ich kann mich nicht einmal mehr im Bett umdrehen. Bin wieder hilflos wie ein Säugling. Noch vor zwei Wochen hätte ich das nicht für möglich gehalten. Dieser junge Arzt hat mich noch aufmuntern wollen, obwohl er wusste, dass es zu Ende geht mit mir.

Das ist mein letzter Tag. Ich bin fast blind. Meine Augen

sehen bestimmt aus wie die meines Vaters kurz vor seinem Tod: verblichen wie die eines alten Collies. Wo sie jetzt wohl ist; ja, wo wohl …?

[»Er möchte schon wieder seine Flasche. Hier ist sie, Dad. Ich lege sie für dich an. Siehst du … nicht der Rede wert. Siehst du, er hat wieder nichts gemacht. Und dieser Geruch! Wir müssen schon wieder die Laken wechseln. Ist es bei jedem so, der stirbt? Flöß ihm ein bisschen Brandy ein. Nur einen Teelöffel voll. Siehst du, das mag er. Schau, wie er sich die Lippen ableckt. Merkwürdig, nicht wahr?

Hörst du das? Das ist bestimmt Nicholas, der aus der Kirche zurückkommt; schick ihn gleich wieder weg, Milch holen. Sag ihm, er darf nicht hochkommen.

Jetzt will er schon wieder die Flasche. Ich leg sie ihm an. Obwohl ich weiß, dass nichts kommt. Dieser abscheuliche Geruch! Wenn es so weit ist mit einem, ist es wirklich am besten, es geht zu Ende.«]

Wie gefühllos sie sind, dachte Edward Bellenger, und doch sind sie meine Töchter. Wem die beiden nur nachschlagen? Ihre Mutter war nicht so. Wo ist eigentlich Nick? Warum kommt er nicht zu mir? Weiß Ruskin, wie es um mich bestellt ist? Hat es ihm jemand gesagt? Ob sie sich noch erinnert? Wo ist sie jetzt? Und würde sie kommen, wenn sie es wüsste?

Er kämpfte gegen eine neue Schmerzwelle an, und um ihn herum wurde es abermals schwarz.

[»Siehst du, er ist wieder ohnmächtig geworden. Lass uns hinuntergehen. Siehst du, ich hatte recht; es war nicht der Mühe wert, ihm von dem Mann zu erzählen, der ihn besuchen wollte. Peplow, heißt er, das hat er doch gesagt, nicht wahr? Hast du dieses furchtbare Zucken unter seinem Auge bemerkt? Müssen die Nerven sein.«]

DIE GEDRUNGENE KIRCHE STAND auf der Hügelkuppe. Als er sich umdrehte, konnte Peplow Minden sehen: die Dächer, Straßen, den steinernen Reiter auf dem zentralen Platz, die Straße, die zum Bahnhof führte, den Fluss und die zerfallene Mühle, die monotone Ebene. Er fragte sich beiläufig, wann wohl die ersten Jahrmarktwagen einträfen. Er dachte an den schaurigen Anblick, den Herbert Ruskin in seinem Rollstuhl abgab, und daran, dass für Ted Bellenger offenbar sein letzter Tag angebrochen war, dieser Tag, der für ihn selbst bislang alles andere als nach Plan verlaufen war.

Als er sich aus seinen Gedanken riss und sich von dem Städtchen abwandte, verfing sich sein Hosenbein in der Astschlinge eines Brombeerstrauchs und er bückte sich, um es zu befreien. Dabei fiel ihm der verwahrloste Zustand des Friedhofs auf, eine Wildnis aus selbst ausgesäten Holunderbüschen, schiefen Grabsteinen, zerbrochenen Marmeladengläsern, hohem, verfilztem Gras und Brennnesseln. Dann hörte er gedämpfte Stimmen und wandte sich zu der offenen Kirchentür um.

Auf den ersten Blick schien die Kirche verwaist. Eine Arkade aus dicken Säulen erhob sich über dem mit Steinplatten bedeckten Fußboden, ein verkümmerter Chorbogen mit einem Gemälde, dessen Farben beinahe verblichen waren – es zeigte das Gleichnis vom reichen Mann, der von inzwischen verblichenen zinnoberroten Flammen verzehrt wurde und verzweifelt die Arme nach einem kaum mehr erkennbaren Lazarus ausstreckte, im Hintergrund ein Himmel aus blassblauer, abblätternder Farbe. Peplow ging geräuschlos hinein und erblickte ganz vorn zwei ältere Damen; er kniete sich hinter sie. Ein kleiner Junge, ein Ministrant, kniete im Sanktuarium; der Priester war dem Ostfenster zugewandt.

Peplow lauschte angestrengt seinem Gemurmel: »»Dies ist mein Blut des neuen Bundes, mein Blut … das für viele vergossen wird … zur Vergebung der Sünden … tut dies zu meinem Gedächtnis …‹«

[Ruskin … Wie hatte bloß *das* aus ihm werden können? Was hatte dazu geführt? Die Amputation? Oder das, was danach kam? Diese lächerliche schrille Stimme, dieser feiste Rumpf! Man hatte jemandem das Leben gerettet, der nicht mehr Ruskin war.]

Der Priester hob den Kelch und trank.

Peplow tat es den beiden Frauen gleich, ging zur Altarbank und kniete nieder. Eine Hostie wurde in seine Hände, dann der Kelch an seine Lippen gelegt. Unwillkürlich schauderte er, und ihm sträubten sich die Nackenhaare – war das hier eine Absolution?

Das beharrliche Gemurmel setzte sich fort: »Trinkt dies in Erinnerung daran, dass Christi Blut für euch vergossen wurde, und seid dankbar.«

Während er mit gesenktem Kopf dort kniete, den Geschmack des Weins noch im Mund, erschien es ihm mit einem Mal vollkommen natürlich, dass morgen zu genau dieser Zeit jemand anderes an seinem Platz knien und er selbst tot sein würde.

Kurz darauf schritten sie über den Steinboden zum Ausgang der Kirche. Die Frauen, wesentlich älter, als er gedacht hatte, humpelten in Richtung Straße davon, und der Priester, ein schmächtiger, noch recht junger Mann von unauffälligem Aussehen, die Hände unter die Ärmel geschoben, ging in Richtung eines waldartigen Dickichts.

DIE FRAU SEINES AMTSVORGÄNGERS war Pantheistin gewesen, überzeugt davon, dass Bäume ohne jede Beschränkung zu wachsen hätten, bis sie auf natürliche Weise starben, sodass sich das zur Pfarrei gehörende Stück Land, kaum mehr als ein Hektar, in eine Art vorzeitliche, dunkle Wildnis voll flatternder Flügel verwandelt hatte. Das Pfarrhaus stand auf einer Lichtung, erreichbar über eine grasbewachsene Einfahrt, und seine gelben Ziegelsteine ließen es kalt und gewöhnlich erscheinen. Auf der Nordseite waren die Fensterläden in der Regel geschlossen, und die Fenster auf der Südseite waren halb von wuchernden Kletterpflanzen verhüllt. In der Zeit nach ihrem Einzug hatten sie es ziemlich romantisch gefunden, und er hatte Georgina, seine frisch angetraute Frau, neckend »Dornröschen« genannt. Aber inzwischen stellte der Zustand des Pfarrhauses lediglich einen weiteren der zahlreichen Missstände dar, die zu beheben ihm das Geld fehlte.

Nach dem Gang durch die warme Morgensonne überlief ihn ein Schauder, als er jetzt über den Steinboden des Flurs die geschlossenen Zimmertüren passierte. In dem riesigen, nur halb möblierten Wohnzimmer hing noch immer der schale Geruch von Zigaretten und Alkohol. Auf dem staubbedeckten Tisch ein Dosenöffner, eine leere Konservendose, eine Gabel und ein Teller mit übrig gebliebenen fetttriefenden Sardinenschwänzen. Er setzte sich für ein paar Minuten auf einen der beiden steifen Armlehnstühle und ließ die Stille des riesigen Hauses auf sich wirken – achtundzwanzig Zimmer, zweiundzwanzig davon abgedunkelt und leer, verschlossen, düster und unbewohnt, keine Läufer in den kalten Fluren und auf den Treppen, vier ineinander übergehende Keller, feucht, voller Spinnweben, in gespenstische Stille getaucht.

Er nahm seine Brille ab und reinigte die Gläser, dann stand er mühsam auf und ging nach oben. Vorbei an dem Zimmer, in dem sie eine kleine Privatkapelle eingerichtet hatten, und an dem Büro, dessen schmales, zweckmäßiges Bücherregal zur Hälfte mit Papierstapeln gefüllt war, an dem überdimensionalen Bad mit seinem Geflecht von Rohren, dann an seinem eigenen Zimmer … bis zum Ende eines langen Korridors zu dem seiner Frau. Er klopfte sachte an und trat ein.

Auch hier kalter Zigarettenrauch und der schale Geruch von Verwahrlosung.

Seine Frau lag bäuchlings auf dem zerwühlten Bett, ihr schwarzes Haar wie ein Fächer auf dem Kissen ausgebreitet.

»Georgie!«

Das Laken war ihr von den nackten Schultern und den Rücken hinabgerutscht. Eine Hand hing über der Bettkante und schwebte über einem Aschenbecher voller Kippen und abgebrannter Streichhölzer. Der Läufer war übersät von Illustrierten und Zeitschriften für Körperertüchtigung.

»Georgie!«

Träge zog sie sich das Laken über den Rücken.

»Geh weg, lass mich in Ruhe«, murmelte sie.

Er blieb unentschlossen stehen, dann drehte er sich zur Tür um. Dabei verfingen sich seine Füße in etwas, und er bückte sich, hob ihren Morgenmantel hoch und ließ den schweren cremefarbenen Satin zwischen den Fingern hindurchgleiten. Dann trat er wieder auf den Flur hinaus und schloss leise die Tür.

Zehn Minuten später saß er allein am Tisch, eine Kanne Tee und einen Teller mit Toastscheiben vor sich, und sann darüber nach, was dieser Tag wohl für ihn bereithalten würde. Die Untreue seiner Frau war inzwischen so offensichtlich, dass eine Trennung nahezu unvermeidlich war; seine Kirchengemeinde war auf eine Handvoll zusammengeschrumpft; er lag im Streit mit den beiden Kirchenvorstehern und dem Pfarrgemeinderat und hatte überall in den örtlichen Geschäften Schulden. Das Leben erschien ihm völlig unwägbar und feindselig, und weit und breit niemand, der ihn unterstützte.

Wie hatte es nur so weit kommen können? War es bereits zu spät, um das ganze Kuddelmuddel zu entwirren, mit Georgie einen Neuanfang zu wagen und seine Beziehung zur Kirchengemeinde wieder auf eine vernünftige Basis zu stellen? Unvermittelt schlug er mit der flachen Hand auf den Tisch.

So sollte der vor ihm liegende Tag verlaufen. *So* – er würde seinen Kirchenvorstehern die Stirn bieten und darauf bestehen, dass der überwucherte Friedhof wieder hergerichtet wurde. *So* – er würde von der Diözese fordern, dass man ihm ein kleineres, moderneres Haus zur Verfügung stellte. *So* – er würde den Liebhaber seiner Frau zur Rede stellen und ihm klipp und klar sagen, dass diese Affäre ein Ende haben musste. *So* – er würde Georgie bitten, mit ihm nochmals von vorn anzufangen.

Ein Neufanfang!

Das ist es, dachte er zunehmend aufgeregt. Jetzt – heute – an diesem Kirchweihtag – ein Neuanfang!

»Ich habe dich in der Kirche gesehen«, sagte Peplow zu dem Jungen, der ihn auf der abschüssigen Straße eingeholt hatte. »Stehst du immer so früh auf?«

»O nein, aber heute ist Kirchweih: Deswegen hatten wir auch mitten unter der Woche eine Messe mit Kommunion. Werktags findet normalerweise keine statt.«

»Du bist wohl ein eifriger Kirchgänger, was?«, fragte Peplow.

»Na ja, ich glaube schon. In gewissem Sinn. Aber ich stehe nicht gern früh auf, wobei, wenn man mal aufgestanden ist, ist es ganz in Ordnung, stimmt's?«

Er sah Peplow grinsend an, um dann rasch seine großen, dunklen Augen wieder abzuwenden.

»Mein Vater meint, es ist leicht, die Sachen zu machen, die man gern macht, aber seine Pflicht zu erfüllen gehört zu den Dingen, die man nicht gern tut. Er sagt, es gibt schon zu viele Drückeberger, da braucht es nicht noch mehr. Er sagt, wir müssen uns wenigstens Mühe geben, das ist die Hauptsache. Das, meint er, formt den Charakter, mehr noch als Kricket.«

»Mhm-mmm.« Peplow hatte Spaß an dieser Unterhaltung. »Nun, Väter wissen, wie es auf der Welt zugeht. Jedenfalls war das bei meinem so. Einmal hat er mir eine dieser kleinen Spruchtafeln gekauft, als wir in Beverly waren, die hat ihn bestimmt eine Half-Crown gekostet. Darauf stand:

Ein Hund, der sich regt, jagt mehr als ein Löwe,
der sich legt.

Er meinte, ich soll die Tafel über mein Bett hängen, und das tat ich auch. Wenn ich den Spruch beherzigte, würde aus mir ein erfolgreicher Mensch werden, sagte er, aber das war nicht der Fall.«

Er lachte leise in sich hinein.

»Haben Sie Kinder, und geben Sie ihnen auch solche Ratschläge?«

Als Peplow nicht sogleich antwortete, sah der Junge ihn neugierig an.

»Ja, ich habe einen Jungen. Und ja, ich gebe ihm Ratschläge. Deswegen habe ich diese Spruchtafel aufgehoben, damit er sie sich auch über sein Bett hängt. Gehst du hier in Minden zur Schule?«

»Ja, aber ich hätte eigentlich im September auf die alte Schule von meinem Vater wechseln sollen. Aber jetzt weiß ich nicht mehr, ob ich das dann noch kann.«

»Oh.«

»Er ist sehr krank … mein Vater. Seit Mittwoch kann er nicht mehr sprechen. Das ist ein schlechtes Zeichen, oder?«

Er sah Peplow besorgt an.

»Nun, vielleicht hat er nur Probleme mit dem Hals.«

»Er ist schon sehr alt.«

»Älter als ich?«

»O ja, viel älter. Er war im letzten Krieg Navigator und im Krieg davor Pilot. Also muss er ziemlich alt sein, nicht wahr?«

»Ja, das stimmt wohl.«

»Er sagt, das war das einzige Mal, dass er gelogen hat, als er wieder in den Krieg zog und nicht sein wahres Alter genannt hat. Er meint, wenn man nicht aus Angst vor einer Strafe lügt und niemandem außer sich selbst damit schadet, ist es nicht so schlimm, aber man muss es sich vorher gut überlegen und abwägen.«

»Und deine Mutter?«

Der Junge wandte rasch den Blick ab. »Mein Vater hat gesagt, sie ist weggegangen, bevor ich sie kennenlernen konnte.«

Mit einem Mal beschlich Peplow ein unbehagliches Gefühl, und sie gingen schweigend zwischen den Hecken weiter, die jetzt, im Mai, üppig grün waren. Ein sachter Wind trug den Duft der Blumen heran: Geißblatt, Hundspetersilie.

»Sind Sie nach Minden gezogen?«

»Ich? O nein. Ich bin nur für einen Tag hier.«

»Wegen der Kirchweih?«

»Der Kirchweih? Nun, in gewisser Weise schon. Wie lange dauert sie eigentlich?«

»Nur heute. Morgen räumen sie alles wieder zusammen und ziehen weiter. Die Kirchweih findet jedes Jahr am gleichen Tag statt – es sei denn, das Datum fällt auf einen Sonntag, dann ist sie am Samstag. Es hat irgendwas mit der Statue zu tun. Haben Sie sie gesehen? Den Mann auf dem Pferd?«

»Ja, und ich habe mich gefragt, was es wohl damit auf sich hat. Wen stellt die Figur dar?«

»Sir Theodore Firbank. Er hat die Dragoner in der Schlacht bei Minden angeführt und fiel, als seine Truppen sie praktisch schon gewonnen hatten.«

»Oh, tatsächlich? Dann war er also ein richtiger Ritter?«

»Nein, mein Vater sagt, die Schlacht war nicht im Mittelalter, wie alle glauben. Die Schlacht bei Minden hat auch nicht hier stattgefunden, sondern in Deutschland, im Siebenjährigen Krieg. Sir Theodore hat hier gewohnt, im Gutshaus, wenn er nicht bei seinem Regiment war, allerdings hieß der Ort damals noch gar nicht Minden. Er hieß Little Oatley. Aber als Sir Ephraim Firbank, Sir Theodores Vater, hörte, dass sein Sohn gefallen war, verging er fast vor Kummer und ließ, sobald er sich wieder einigermaßen gefangen hatte, den Namen in Great Minden ändern und diese Statue errichten.«

»Oh, das ist in der Tat verwirrend!«, sagte Peplow und fügte schnell hinzu: »Aber deine Erklärung war exzellent, wie aus dem Geschichtsbuch.«

Sie waren auf dem Platz angekommen.

»Kurz darauf ist er gestorben.«

»Wer?«

»Sir Ephraim.«

»Oh!«

»Gut, ich muss dann dort lang«, sagte der Junge.

»Ich hoffe, deinem Vater geht es bald besser und dass wir uns wiedersehen, damit du mir noch mehr über Minden erzählen kannst. Und dass sich alles wieder zum Guten wendet … die Dinge nehmen oft ein gutes Ende, auch wenn es zunächst nicht so aussieht.«

»Auf Wiedersehen, und ich hoffe, dass Sie das Kirchweihfest genießen!«

Peplow ging ein paar Schritte, nur um abermals innezuhalten. Er zögerte kurz und rief dem Jungen dann nach: »Du hast mir deinen Namen gar nicht verraten.« Er blieb abwartend stehen, während er sich insgeheim fast fürchtete, den Namen zu hören, von dem er sich sicher war, dass er ihn bereits kannte. Es war, als würden sich all die Jahre auf diesen Moment verdichten.

»Ich heiße Nicholas. Nicholas Bellenger.«

DAS KLOPFEN hörte nicht auf.

»Es ist höchste Eisenbahn. Wirklich, Mr Croser. Sie werden zu spät zum Unterricht kommen. Ich werde nicht noch einmal klopfen. Das war ganz bestimmt das letzte Mal. Wirklich! So stehen Sie doch endlich auf, Mr Croser.«

Croser, der das verdrossene Gejammer seiner Vermieterin durch den Nebel des Halbschlafs wahrnahm, stöhnte gereizt.

»Ich stehe ja gleich auf. Ist schon gut. Ich bin wach«, rief er mit erstickter Stimme. »Ich komme ja gleich.«

»Ihr Bacon ist fertig. Schon seit fünf Minuten. Er schmort unter dem Backofengrill und wird hart. Außerdem verbraucht das Strom. Also wirklich. Ich schalte den Grill jetzt aus. Dann wird Ihr Bacon eben kalt. Es sei denn, Sie stehen endlich auf.«

Sie schlug mit der flachen Hand gegen die Tür.

Croser wälzte sich schwerfällig herum, packte sein schmuddeliges Kissen und legte es sich übers Gesicht, um den Drang zu schreien zu ersticken. Als er es wieder wegnahm, hörte er das Geklapper der orientalischen Pantoffeln seiner Vermieterin auf dem linoleumbedeckten Treppenabsatz und dann ihre sich entfernenden Schritte, eine Mischung aus Schlurfen und Scheppern, während sie die Treppe hinabstieg.

Er hob die Beine aus dem Bett, fischte, noch immer ohne

die Augen zu öffnen, die Prothese mit den drei falschen Zähnen aus dem Wasserglas auf seinem Nachttisch und drückte sie in die Lücke zwischen seinen Vorderzähnen. Dann wankte er, noch während er seine Hose hochzerrte und das Hemd hineinstopfte, in das grauenvolle Badezimmer und hasste bereits den vor ihm liegenden Tag.

Ich muss unbedingt vor der Prosser eintreffen, dachte er. Außerdem muss ich noch die Aufsätze korrigieren: Sie wird sie sich bestimmt ansehen wollen. Gott bewahre, dass die Mutter von Thickness heute in der Schule aufkreuzt. Warum habe ich ihn bloß geschlagen? Das hätte nicht sein müssen. Und ausgerechnet auf den Kopf. Warum musste ich das tun? Wenn ich ihn doch wenigstens an einer anderen Stelle geschlagen hätte, dann wäre es nicht weiter schlimm gewesen. Noch dazu, wo ich nicht einmal in der Gewerkschaft bin. Als steckte ich nicht ohnehin schon bis über beide Ohren in Schwierigkeiten! Aber vielleicht hat Thickness es seiner Mutter ja gar nicht erzählt …

Die Gedanken fuhren Karussell in seinem Kopf, sodass ihm ganz schwindelig wurde.

Ich kann unmöglich so weitermachen. Sonst werde ich noch verrückt. Eine von ihnen muss gehen. Ich kann nicht beide behalten. Georgie gibt mir den Rest. Mit Effie war alles in Ordnung, bis ich was mit Georgie angefangen hab. Sie ist einfach zu leidenschaftlich; sie laugt mich aus. Prosser und sie, die beiden bringen mich noch ins Grab.

Einen Moment lang sonnte er sich in der Vorstellung, wie er, absurd jung, unwiderstehlich gut aussehend, vielleicht etwas konfus, in die Ecke getrieben wurde von drei gierigen Frauen, die sich über ihn beugten und ihm dieses Juwel aus seiner Brust reißen wollten – seine flüchtige Jugend.

Ruskin, dieser Mistkerl, der hat Glück, kann den lieben langen Tag auf seinem Allerwertesten sitzen und muss sich um rein gar nichts Gedanken machen, dachte er missmutig. Seine Vision von den drei Frauen war bereits wieder verblasst.

»Mr Croser, Ihren Bacon habe ich jetzt rausgenommen. Er steht auf dem Tisch. Und ist kalt. Sie müssen sich beeilen. Mr Croser! Mr Croser!«

»Ich komme, ich komm ja schon«, rief er und unterdrückte die in ihm aufwallende Wut, während er grimmig in den stockfleckigen Spiegel starrte; sein langes, blasses Gesicht starrte zurück, und er fragte sich wohl zum zehntausendsten Mal, ob seine Nase nicht ein kleines bisschen zu lang war.

Diese Bude ist grauenhaft, aber wenigstens billig, dachte er grollend, während er sich ein paar Schuppen aus dem Haar kämmte, um es dann mit Brillantine glatt zu streichen. Ruskin, der wird von vorn bis hinten bedient. Man könnte fast meinen, er sei eine Art Gott, dem Wirbel nach, den der alte Drachen um ihn macht.

Er zerrte an seiner Collegekrawatte, bis der Knoten die verschlissene Stelle an seinem Kragen verbarg.

Effie, ich werde mich an Effie halten. Ich werde mit ihr von hier weggehen. Und Georgie sage ich, dass es vorbei ist. Dann mache ich mit Effie Nägel mit Köpfen. Und der Prosser werde ich Honig ums Maul schmieren, damit sie mich mein Probejahr bestehen lässt. Dann suche ich mir eine andere Stelle und gehe mit Eff von diesem drögen Kaff weg an einen Ort, wo wir *leben* können.

Er stapfte die Treppe hinab.

Sich mit der Prosser gut stellen, dachte er aufgewühlt … Wer kriegt das schon hin?

Vor sich hin brütend schlang er sein Frühstück hinunter. Schließlich schob er die Teekanne zurück, starrte angewidert den Stapel unkorrigierter Aufsätze an und wünschte, er wäre am Donnerstagabend zu Hause geblieben, um sie durchzusehen. *Die Lebensgeschichte eines Pennys.* Zur Hölle damit! Was hatte er sich bloß dabei gedacht, als er ausgerechnet dieses Thema ausgesucht hatte! Wie trist und trostlos ihm dieser Titel an diesem strahlenden Morgen vorkam, und doch hatte jedes Kind penibel das wechselhafte Schicksal einer Münze beschrieben: *»Ich wurde in einer großen Fabrik mit dem Namen Münzanstalt geboren ...«* – *»Meine Mutter war eine Maschine. Sie hatte noch viele andere Kinder ...«* – *»Ich hatte lauter braungesichtige Brüder ...«* Und so weiter und so fort, wobei die skrupellos intelligenten Kinder ihre Geschichte mit einem herzerweichenden Ende gekrönt hatten, während die dümmeren unter ihnen, niedergeschmettert von der offensichtlichen Unverwüstlichkeit von Geld, mitten in einem unverständlichen Satz auf der dritten Seite in Sprachlosigkeit getaumelt waren.

Während er mit dem roten Stift mechanisch über die Seiten stocherte und hier einen vergessenen Großbuchstaben umkringelte und dort einem nicht enden wollenden Satz Einhalt gebot, dachte er an Effie und die letzte Nacht mit ihr in den Büschen am Mühlenteich. Er sinnierte über ihre drallen Schenkel und den befremdlichen Schweißgeruch, der ihr anhaftete, darüber, wie sie in seinen Armen erschlaffte, sobald ihr ihre Begegnung zu heftig wurde, und über die Tatsache, dass so manchem Autor das Prädikat »großartig« angeheftet wurde, obwohl er allenfalls mittelmäßig war. Er fragte sich, ob es dumm von ihm war, die Hochzeit aufzuschieben, bis sie genug Geld für die Anzahlung einer Hypothek angespart hätten, um eine Doppelhaushälfte zu kaufen.

Schließlich könnten sie sich auch auf die Warteliste für eines der günstigen, staatlich geförderten Reihenhäuser setzen lassen; einer der Bankangestellten hatte auch eines bezogen (wobei man wissen musste, dass er aus Wales stammte). Er stellte sich Effie in einem Crêpe-de-Chine-Nachthemd in einem großen Doppelbett vor, einem mit ausladendem ovalen Rahmen und einem bauschigen Plumeau aus Kunstseide, während er sich gemächlich vor einem Gaskaminfeuer auszog und ein paar Boxübungen und Finten vor der verspiegelten Wand machte.

[»Ich wurde von einer großen Maschine zusammen mit vielen anderen Pennys geboren, die alle in eine Wanne rasselten, und ein Mann sagte: Bringt diese Wanne mit den Münzen zur Bank …«]

Wie wunderbar, herrlich, großartig es wäre, samstagabends früh zu Bett zu gehen und am Sonntag, nachdem er ausgiebig ausgeschlafen hätte, aufzuwachen, während sich Effie mit einer Tasse Tee und den *News of the World* über ihn beugte, ihm eine Zigarette ansteckte und zu ihm sagte: »Und, was kann ich noch für dich tun, Liebster?«

Am gestrigen Abend war ihm ein schlecht ausgebessertes Loch in ihren Nylonstrümpfen aufgefallen. Wenn sie erst einmal verheiratet waren, würde er ihr verbieten, ausgebesserte Nylonstrümpfe zu tragen, außer bei der Hausarbeit. Und schlaff sitzen durften die Strümpfe auch nicht, sie müsste schon darauf achten, dass ihre Strumpfbänder straff waren. Und sie müsste sich Stöckelschuhe mit höheren Absätzen kaufen. Er umkringelte lustlos ein kleingeschriebenes »C« in dem Wort »Constantinople« und strich »Misson« aus und schrieb »Mission« darüber, ehe er die Arbeit nachsichtig mit »Ausgezeichnet« bewertete.

Die heißen Strahlen der Maisonne, die ihm auf den Kopf schienen, ließen seine Fantasie erneut auf Abwege geraten. Und die andere? Georgie? Seine Niedergeschlagenheit von vorhin hatte sich verflüchtigt und einem verheißungsvollen Optimismus Platz gemacht. Konnte er die Wonnen der Liebe nicht doch doppelt genießen? Mit Eff im Ehebett in ihrem staatlich geförderten Reihenhaus und mit Georgie einmal in der Woche in ihrem Wagen? Seine komplexe Persönlichkeit brauchte nun mal Abwechslung. Aber könnte er den Ansprüchen dieser beiden leidenschaftlichen Frauen genügen? Vielleicht schon, wenn er anfing, rohes Eigelb zu schlürfen und sich nach dem Mittagessen zwanzig Minuten lang auszuruhen oder die Anweisungen der Prosser zu ignorieren und sich während des Unterrichts setzte. Er fand diese Herausforderung verlockend.

Er fuhr mit dem Finger an der Innenseite seines Schenkels entlang und nickte vehement. »Es ist machbar«, murmelte er zuversichtlich. »Ich bin sicher, ich schaffe es.«

Er hörte die Rollstuhlräder von Herbert Ruskin über den Boden im Zimmer unter seinem schleifen und empfand ausnahmsweise einmal Mitleid mit ihm.

Miss Adela Prosser, die Rektorin der Church of England School in Minden (eine noch nicht reformierte Hauptschule alten Typs), streifte sich ihre Wollstrümpfe über und machte dann ihr Bett. Obwohl nur in der Mitte die Andeutung einer Kuhle zu erkennen war, in der sie die ganze Nacht über reglos wie eine mittelalterliche Grabplastik gelegen hatte, straffte sie penibel das Laken und traktierte das Federbett mit beidhändigen Fausthieben, während sie es halb umrundete. Ihre Nerven waren an diesem Morgen zum Zerreißen gespannt.

Als alles wieder straff und stramm war, spähte sie durch den Vorhangspalt auf die Straße hinab und zu dem halb hinter Bäumen versteckten Haus auf der gegenüberliegenden Seite hinüber und zog die schweren Plüschvorhänge erst zurück, nachdem sie sich vergewissert hatte, dass niemand von den Bellengers am Fenster stand. Falls sie bemerkt hatte, was für ein strahlend schöner Tag es war, ließ sie sich nichts anmerken.

Ihre ältere Schwester saß bereits im Esszimmer und wartete mit demonstrativer Geduld darauf, zum Zeichen ihres Missfallens heftig mit dem Teelöffel in ihrem Tee rühren zu können. Sie hatte den Rocksaum bis über ihre dicken Knie gezogen, nachdem sie zuvor den untersten Knopf gelöst hatte, um die Wärme des elektrischen Kaminfeuers voll auszukosten.

»Lydia, Liebste, ich habe dich doch schon so oft gebeten, nicht auf mich zu warten«, sagte Miss Prosser. »Es macht mir wirklich nichts aus, wenn das Toastbrot kalt ist. Im Gegenteil, ich ziehe es kalt vor. Wirklich. Das weißt du doch. Bitte warte also in Zukunft nicht mehr auf mich.«

Ihre Schwester antwortete nicht. Stattdessen nahm sie beide Teehauben von der Stahlkanne und goss zwei Tassen ein.

»Ein Teelöffel; nein, eineinviertel! Deine Nerven sind angespannt; das kann ich an deiner Stimme hören. Also gebe ich dir ein kleines bisschen mehr als einen.«

»Mit meinen Nerven ist alles in Ordnung, Lydia, und ich möchte bitte nur einen Teelöffel voll wie immer, danke.«

Die ältere Schwester lächelte wissend und gab einen Teelöffel und eine weitere Löffelspitze voll Zucker in ihre Tasse.

»Also hast du schon wieder nicht gut geschlafen?«, fragte sie, wobei ihr Tonfall keineswegs besorgt klang.

»Ich habe hervorragend geschlafen. Wie kommst du darauf, ich hätte schlecht geschlafen?«

»Heute ist Kirchweih, und ich weiß, wie sehr dir das zusetzt. Ist doch jedes Jahr das Gleiche. Da sind deine Nerven immer besonders angespannt. Wobei ich mich wundere, dass du inzwischen nicht darüber hinweggekommen bist.«

Diesmal antwortete Miss Prosser nicht.

»Wie die Jahre dahinfliegen«, fuhr ihre Schwester fort. »Ich bin schon fünfundfünfzig und du bist zweiundfünfzig. Ja, du bist jetzt schon seit zweiundzwanzig Jahren Schulrektorin. Du meine Güte! Seit zweiundzwanzig Jahren! Viel zu lange schon. In Anbetracht deiner Intelligenz. Du hättest Karriere machen und Schulinspektorin werden sollen oder welche Position auch immer über deiner ist.«

»Du weißt ganz genau, warum ich hiergeblieben bin – wegen Mutter und Vater.«

»Ach herrje, aber warum denn? Schließlich war ich doch hier. Ich hätte mich ebenso gut um sie kümmern können.«

Miss Prosser rührte in ihrem Tee. »Lydia, wir haben doch schon zigmal darüber gesprochen. Du weißt ganz genau, warum. Wieso musst du immer wieder davon anfangen?«

»Ach, das Pflichtgefühl in Person! Hört sie euch an! ›Wegen Mutter und Vater!‹ Unsere Miss Großherzigkeit! Wir wissen doch beide, warum du hier hängen geblieben bist. Ich bin schließlich auch nicht von vorgestern, Schwesterherz.«

Miss Prosser ging nicht darauf ein, sondern sagte stattdessen: »Wir hingen nun mal aneinander. Ich habe es für ihn getan. Vater wurde im Alter zusehends einsamer, und nachdem Mutter gestorben war … Nun, müssen wir all das wieder durchkauen? Können wir zur Abwechslung nicht ein Mal von etwas anderem reden, statt immer nur davon, was war und hätte sein können? Müssen wir immerzu von der Vergangenheit sprechen? Wir sind beide nicht mehr jung, und die Zukunft schrumpft zusehends. Was vorbei ist, ist vorbei. Wir können es nicht wieder zurückholen.«

Ihre Stimmen wurden immer lauter, aber keine der Schwestern hörte auf die andere.

»Wenn wir nicht über unsere Eltern sprechen können, worüber sollen wir bitte schön denn sonst reden, hm? Sag es mir! Worüber denn?«

[Diese geröteten Augen, das blasse Gesicht, das dünne graue Haar, das Zimmer wie ein altes Foto: das Buffet, der mottenstichige Läufer, die Kohlenschütte, das pompöse Ticken der Marmoruhr …

Worüber können wir reden? Worüber *können* wir reden? Stimmt, worüber eigentlich? Wir leben hier zusammen, in diesem kalten Haus, eingesperrt von unseren Erinnerungen an die Vergangenheit. Wir leben in diesem Haus zusammen, weil wir hier als kleine Mädchen aufgewachsen sind. Wir leben hier zusammen und hassen uns und die Vergangenheit. Und die Gegenwart. Und fürchten die Zukunft.

Das ist nicht das Leben, das wir uns erhofft haben. So haben wir es uns nicht vorgestellt. Was soll nur aus uns werden? Was sollen wir nur tun? Was können wir tun?

Wir werden bis zu unserem Tod hier zusammen wohnen, so wie unsere Eltern. Und worüber können wir reden? Jedenfalls nicht über das, was wir denken, darüber jedenfalls nicht.]

NICK BELLENGER STAND etwas weiter unten am Flussufer, an der Innenseite einer Biegung, wo das Wasser seicht und grasbestanden war und Binsen wuchsen. Er trödelte auf seinem Nachhauseweg, wartete, die Milchflasche unter dem Arm, auf die sich nähernde Karawane der Jahrmarktswagen, lauschte auf das Hufgetrappel und hörte das Wiehern der Pferde auf den Koppeln weiter oben, die sich gegen die Weißdornhecken drängten und neugierig verfolgten, wie ihre Artgenossen die staubige Straße entlanggetrottet kamen. Die Lastwagen mit den schweren Geräten und den Jahrmarktbuden würden etwas später eintreffen.

Den vordersten Wagen führte der Jahrmarktbetreiber an. Der Junge erkannte ihn an der hohen Melone auf seinem Kopf und daran, dass alle vier Knöpfe seiner Cordjacke zugeknöpft waren, dass er weder einen Kragen noch eine Krawatte trug, sondern einen dunkelgrünen Seidenschal um den Hals, dessen Enden sich vorn kreuzten und straff unter die Achseln gezogen waren.

Der alte Mann bemerkte den Jungen. Um seine Augen herum war die Haut runzelig. Er nickte ihm feierlich zu. Der Junge lächelte. Seine großen dunklen Augen weiteten sich vor Freude. Die Kirchweihleute hielten Einzug, und das dort war der Besitzer der Buden und Fahrgeschäfte! Einen Moment lang vergaß er seinen kranken Vater und das nunmehr abweisende Haus, seine diffusen Ängste.

Das hier waren die Jahrmarktswagen, und er war der Erste, der sie gesehen hatte.

WARUM IST ER HERGEKOMMEN?, fragte sich Herbert Ruskin. Warum ausgerechnet hierher? Bestimmt nicht, um Bellenger oder mich zu besuchen, und auch nicht, um einen freien Tag in Minden zu verbringen. Er muss noch jemanden hier kennen. Was ist mit der Kirchweih? Jedenfalls gibt es eine Verbindung. Aber was für eine?

Abgesehen von dem Zucken unter seinem Auge hat er sich kaum verändert. Damals hat er wie ein Bankangestellter ausgesehen und heute sieht er wie ein Schreibstuben-Sergeant aus. Etwas nagt an ihm. Damals war er so ein ruhiger Zeitgenosse. »Peplow kann nichts erschüttern«, pflegten die Jungs zu sagen. Aber jetzt ist er erschüttert. Nach außen scheinbar ruhig – meistens jedenfalls –, aber unter der Oberfläche brodelt es. Früher hat er sich in alles hineingekniet; jedes Detail musste sitzen. Jetzt scheint ihn nichts mehr zu interessieren.

Vielleicht haben wir ihn nie wirklich gekannt. Er war einfach immer da. Vielleicht war es das, was ihn auszeichnete. Es war so sicher wie das Amen in der Kirche: Peplow war *da*. Neue

Jungs stießen aus den Ausbildungscamps zu uns, und von uns ging ständig jemand hops, niemand wusste, ob er heil von einem Einsatz zurückkommen würde – aber er, so hieß es, würde hinterher garantiert noch da sein, so wie er schon da gewesen war, als zum Aufbruch gepfiffen worden war. »Frag Peplow, wenn einer es weiß, dann er.« – »Frag den Adjutanten, der hat alle Infos.« – »Frag ihn, der leiht dir sogar sein Fahrrad.«

Nie widersprach er einem.

»Am liebsten würde ich den Rest von ihnen aufknüpfen.«

»Da hast du recht, Kumpel.«

»Die Krauts sind im Grunde auch nur Menschen, die haben diese Scheiße genauso satt wie wir.«

»Das stimmt, Kumpel.«

Kein Wunder, dass niemand ihn nicht mochte; kein Wunder, dass keiner ihn richtig mochte. Man konnte eine ganze Nacht mit ihm durchmachen und wusste hinterher auch nicht mehr über ihn als vor der ersten Runde Bier. Er war schon verschlossen gewesen, bevor sie ihn zum Adjutanten machten, aber danach erst: Von da an war gar nichts mehr aus ihm herauszukriegen.

Aber man konnte ihm kein X für ein U vormachen: Ihm ist nie etwas entgangen.

Zum Beispiel wusste er über Bellenger Bescheid. Und sie. Und mich. Er ist der Einzige, der, abgesehen von uns beiden, wusste, was geschehen war. Der alte Mann hat es vielleicht vermutet – aber Peplow hat es gewusst. Er wusste alles und hielt den Mund.

Warum ist Peplow hergekommen? Ich hatte ihn in die Abstellkammer meiner Erinnerung verfrachtet, und dort hätte er bleiben sollen – in meinem letzten Sommer. Hätte er mir gesagt, was er hier sucht, hätte ich ihm vielleicht helfen können. Hier gilt nämlich: »Frag Ruskin, ihm entgeht nichts.« –

»Frag Ruskin, er weiß alles.« – »Frag Ruskin, aber er besitzt kein Fahrrad …«

Ruskin zog die oberste Schublade seiner Kommode auf, holte sein Fernglas heraus und machte sich daran, den Metzger und die Metzgerei zu beobachten.

In ihrem Steinhaus – Erdgeschoss mit Wohnzimmer und Küche, oben zwei Schlafzimmer –, das bereits vor dem Krieg abbruchreif gewesen war und nach wie vor einen Schandfleck darstellte, hatte die Familie Thickness gerade ihr Frühstück beendet – in Bratenfett getränktes Brot und Bratkartoffeln. Ursprünglich aus dem Norden stammend, hatte die mehr oder weniger vagabundierende Familie das Haus in Beschlag genommen. Edwin war mit seinen elf Jahren das älteste von fünf Kindern, von denen das jüngste drei war. Trotz der ständigen Geburten, Armut und häuslichen Misere hatte sich Mrs Thickness mit ihren achtundzwanzig Jahren noch einen Gutteil der Anmut des sechzehnjährigen Mädchens bewahrt, das damals den längst bitter von ihr bereuten Fehler begangen hatte, einen arbeitsscheuen Mann zu ehelichen. Ihr Anblick hatte etwas Verheißungsvolles, das pralle, üppige Leben schien aus ihrer Bluse hervorzuquellen – eine Art schlampige Venus.

»Edwin«, sagte sie, »sei so lieb und hol'n Eimer Wasser aus dem Brunnen im Hof hoch, bevor du in die Schule gehst.«

»Warum kann er das nicht machen?« Edwin warf seinem Vater einen grimmigen Blick zu. »Der hat sowieso nix zu tun. Er hat keine Arbeit, und für die Schule ist er zu alt.«

Sein Vater fuhr wütend auf. »Werd mir ja nicht frech, Bürschchen!«

»Los, mach schon.« Edwin reckte trotzig das Kinn. »Lang mir ruhig eine. Und was dann?«

»Er tut dir nix«, sagte Mrs Thickness, »weil er das am besten kann, nix tun. Nun sei ein guter Junge, Edwin, und hol mir 'nen Eimer Wasser.«

»Die ganze Zeit hängt er nutzlos rum«, sagte Edwin in bitterem Ton. »Die Väter von den anderen Jungs haben alle eine Arbeit. Warum hat er keine?«

»Der Krieg ist schuld«, sagte sein Vater ernst. »Seitdem habe ich …«

Seine Frau lachte höhnisch. »Ah, der Krieg, hör mir doch auf! Der Krieg hindert dich an allem, nur nicht am Essen, Schlafen und du weißt schon was. Darin biste wirklich gut. Dafür biste nie zu müde. Wenn der Krieg das aus dir gemacht hat, wie du's behauptest, dann hätte er die Sache gleich zu Ende bringen und dich ganz erledigen können.«

»Gehst du heut Abend mit uns zur Kirchweih, Mama?«, fragte der Junge.

»Und wo soll ich das Kleingeld dafür hernehmen?«

»In der Dose ist welches. Du hast gesagt, da ist eine halbe Krone drin, extra für die Kirchweih.«

»Ja, und so war es auch, bis gestern. Dann hat seine Lordschaft unbedingt Zigaretten gebraucht, und jetzt ist da nur noch 'ne leere Dose.«

»Die Hälfte davon hast du geraucht«, sagte ihr Mann gekränkt.

Die einzige Antwort darauf war das laute Scheppern, mit dem der Eimer gegen die Hintertür knallte. Edwin, ein Spross des Thickness'schen Unvermögens, hatte sich auf den Weg in die Schule gemacht.

»Nicht diese Bluse, Effie«, sagte ihre Mutter, »die passt nicht zu deinem Teint, Liebes. Orange steht dir nicht. Diese Farbe steht nur jemandem mit dunklerer Haut. Die hier, dunkles Meerblau, das ist deine Farbe: Die hebt dein blondes Haar hervor, verstehst du. Sie hat was Geheimnisvolles. Aber Orange, das ist nichts für dich. Ich verstehe nicht, warum Mr Croser diese Bluse so mag, wie du sagst.«

»Oh, nenn ihn doch nicht immer ›Mr Croser‹, Mum. Damit kränkst du ihn nur; er findet, dass mir Orange Pepp gibt. Er sagt, ein sicheres Zeichen dafür, dass jemand aus der Provinz kommt, ist es, wenn bei ihm alles Ton in Ton ist; die farblich passenden Handschuhe, der passende Hut, sodass derjenige aussieht, als wäre er auf dem Weg zu einem Kirchenfest. Du solltest ihn so reden hören. Er meint, dieses Orange hat etwas Prickelndes, wie Champagner. Orange ist eine leidenschaftliche Farbe, meint er. Er sagt, sie macht mich reifer. Er kann sich ja so gut ausdrücken, weißt du.«

»Leidenschaftlich, soso«, sagte ihre Mutter zweifelnd.

»Ach Mum, nicht die Art von Leidenschaft, um die es in diesen Illustrierten geht. Es ist nur seine Art, Dinge so zu beschreiben, wie zum Beispiel, dass Schwarz eine ›traurige‹ Farbe ist und Grün eine ›kühle‹. Eine moderne Art, über die Dinge zu sprechen.«

»Nun, wenn sie Sidney gefällt … Die Männer sind in dieser Hinsicht wirklich komisch: Selbst dein Vater hatte so seine Vorlieben.« Effies Mutter errötete leicht und hielt für einen Moment inne, ehe sie kühn fortfuhr: »Kurz nach unserer Hochzeit hat er mich gebeten, ein schwarzes Flanellnachthemd zu tragen.«

»Schwarzer Flanell! Das ist ja wirklich ein Ding. Damit hättest du bestimmt wie ein Bestatter ausgesehen. Aber du hast das doch nicht angezogen, oder, Mum?«

»Natürlich nicht. Aber er war sehr enttäuscht. Das habe ich gemerkt. Danach hat er mich nie wieder darum gebeten. Das wollte ich damit sagen: Männer setzen sich bisweilen merkwürdige Sachen in den Kopf. Du wirst schon sehen.«

Sie machte eine geheimnisvolle Miene auf, aber Effie ließ sich nicht beirren.

»Nun, eine orangene Bluse ist wohl kaum mit einem schwarzen Flanellnachthemd zu vergleichen. Das musst du zugeben. Also wirklich, schwarzer Flanell! Das ist zum Schießen. Selbst den Toten zieht man was Weißes an …«

»Du musst jetzt nicht weiter darauf herumreiten. Ich habe dir ja gesagt, dass ich seinen Wunsch nicht erfüllt habe. Hätte er mich vor der Hochzeit darum gebeten, weiß ich nicht, wie ich reagiert hätte. Aber du weißt ja, wie dein Vater ist: Er ist nicht der Typ Mann, der in einer normalen Unterhaltung über Nachthemden reden würde, nicht wahr?«

Die beiden Frauen betrachteten den Frühstückstisch mit dem schmutzigen Geschirr. Beide wussten, dass das Thema damit erschöpft war, und jede hoffte, die andere würde ein anderes anschneiden.

»Wenn Sidney die Bluse gefällt, dann solltest du sie wohl anziehen, nehme ich an«, sagte Effies Mutter schließlich. »Wie dem auch sei, Orange ist wirklich nicht deine Farbe. Du bist gestern Abend früh nach Hause gekommen, stimmt's, Liebes?«

»Sidney musste noch einen Stapel Aufsätze korrigieren. Unentwegt muss er korrigieren. Das ist nun mal Teil seiner Arbeit, meint er. Diese Miss Prosser hält ihn wirklich auf Trab. Sie setzt ihm ganz schön zu. Deswegen sieht er manchmal so blass aus. Er meint, wenn er sich nicht gut führt, kann sie ihn feuern, weil er noch in seinem Probejahr ist. Er sagt, an seiner Arbeit liegt es bestimmt nicht; aber sie sucht so lange, bis sie ein Haar in der Suppe findet. Sie mag ihn nicht – weil er ein Mann ist und sie selbst keinen abgekriegt hat.«

»Im Grunde ist sie zu bedauern«, sagte ihre Mutter mitfühlend. »Also diese orangene Bluse, Liebes … warum fragst du ihn nicht, ob du nicht lieber eine tragen sollst, die mehr ins Rosé spielt. Ein etwas dunklerer Ton, um dein blondes Haar zu betonen. Stell es so dar, umschmeichel ihn, sag ›die mein blondes Haar betont‹ …«

Das Bimmeln der Schulglocke ließ beide erschrocken zur Uhr blicken. Effie streifte die Wangen ihrer Mutter mit ihren rot angemalten Lippen.

»Ach Mum«, sagte sie. »Manchmal, an manchen Tagen wie diesem, wenn es warm ist und ich über all das hier nachdenke, habe ich das Gefühl, ich zerspringe. Glaubst du, dass ich verliebt bin … ich meine, so richtig?«

HERBERT RUSKIN BEOBACHTETE von seinem Fenster aus, wie auf der gegenüberliegenden Seite des Platzes der Metzger ein gehäutetes Lamm, dessen Gliedmaßen abgespreizt waren und das an zwei Haken am Türsturz des Eingangs aufgehängt war, mit einem beherzten Hieb des Hackbeils durchtrennte. Zeitungsjungen kehrten von ihrer morgendlichen Runde zurück, ein Postbote trottete nach seiner Tour aufs Land die Straße entlang, der gammlige Fotograf lehnte an der Mauer seines unaufhaltsam in Richtung Ruin taumelnden Ladens, Geschäftsinhaber wischten die Fassaden ihrer Geschäfte sauber und kurbelten Markisen heraus. Eine warme, verheißungsvolle und heitere Atmosphäre herrschte in dem Städtchen. Irgendwo hinter dem zwischen Bäumen und Büschen versunkenen Pfarrhaus ließ ein Kuckuck seinen monotonen, beharrlichen Ruf vernehmen.

Die letzten Kinder stürmten durch das Pausenhoftor in die Schule und hinter ihnen, ohne nach links oder rechts zu blicken, marschierte Miss Prosser, steif wie eine Spieluhrporzellanfigur, gekleidet wie für einen Wandertag in der Nähe von Bridlington, Brust raus, Bauch rein, zu ihrer täglichen Kampffront in einer der letzten Festungen des Mittelalters, wo sie gegen die wilden, unbesiegbaren Kinder zu Felde zog, die verstummten und sich in Habachtstellung begaben, sobald sie sich näherte.

»Ah!«, sagte Herbert Ruskin. »Vorwärts, Soldat Christi!«

Der von der Grafschaft bestellte Tutor für Fernstudien hatte ihm erzählt, sie sei im Begriff, eine Biografie über ihren verstorbenen Vater, ihren Vorgänger im Amt des Schulrektors, zu verfassen.

[»Eine Biografie!«, hatte er ausgerufen.

»Nun, es ist wohl eher ein langer Aufsatz, aber sie nennt ihn ›Biografie‹.«

»Wird sie veröffentlicht werden?«

»Wenn sie selbst für die Druckkosten aufkommt.«

»Aber wer wird sie kaufen?«

»Der Grafschaftsbibliothek wird nichts anderes übrig bleiben, als ein Exemplar für das Regal mit den Büchern zur Lokalgeschichte anzuschaffen, ein halbes Dutzend werden ehemalige Schüler kaufen, die zu glauben geneigt sind, dass sich ihr eigener Erfolg zur Hälfte seinem Unterricht verdankt und nicht etwa ihrer Gier, Doppelzüngigkeit oder purem Glück, und den Rest der Exemplare wird sie ihren Verwandten zu Weihnachten schenken müssen. Selbst Schwippschwager dritten Grades werden eins kriegen. Aber für sie wird es die Sache wert sein. Das gibt ihr einen Sinn im Leben, streichelt ihr Ego und verzögert den Prozess des geistigen Verfalls. Natürlich wird es ziemlich unlesbar sein. Ihr Englisch klingt wie das eines beflissenen Buchhalters zur Jahrhundertwende.

Abgesehen davon ist das Thema ja auch nicht gerade prickelnd: Der alte Prosser, die tragende Säule der Mindener Gesellschaft, der nie einen Fehler begangen hat, überaus mäkelig, wichtigtuerisch, ungemein rechtschaffen. Wenn ein Mann ein allzu tugendhaftes Leben führt, hat er ein gewisses Recht darauf, Bewunderung von weniger willensstarken Menschen zu erwarten, aber es wäre zu viel von uns verlangt, angesichts einer Aufzählung solcher Vorzüge in Verzückung zu geraten. Außerdem wird sie garantiert einen Titel wie *Die Fußstapfen eines geliebten Menschen* oder etwas in der Art wählen, wetten?«]

Miss Prosser, die Biografin, trat über die stille Schwelle ihrer Schule und verlor sich in dem Vorraumdurcheinander aus Gestellen und nummerierten Haken wie ein Wilder, der mit den Farben seiner Jagdgründe verschmilzt; jetzt watschelte auch Croser über den Platz, keuchend und ausgelaugt von zu viel körperlicher Liebe. Ruskin grinste. »Wie der Hirsch schreit nach frischem Wasser«« summte er vor sich hin, »dabei hat Miss Prosser ihn noch gar nicht in ihren Klauen gehabt heute Morgen, ihm noch nicht den ersten Liebesbiss des Tages verpasst.«

Ach, wie gern hätte er jetzt dort Mäuschen gespielt.

Ein wenig wie ein im letzten Moment aus dem Griff des Geflügelzüchters entlassener Gockel, der ein wenig zerzaust, aber stur auf seinen vertrauten Misthaufen zurückkehrt, hatte Miss Prosser an dem großen Schreibtisch in der Aula Platz genommen. Dort gab sie eine wesentlich imposantere Figur ab als am Frühstückstisch als jüngere Schwester oder hingebungsvolle Tochter, vergrößert jeweils durch Herbert Ruskins Feldstecher. Sämtliche Klassenzimmer waren um das Podium herum gruppiert – es befand sich am zentralen Kreuzweg der Schule –, und durch die Glaswände hindurch hatte sie den Vorsitz über alles, was sich abspielte, ein Dirigent, der den leisesten Missklang im Getöse des Lernens heraushörte.

Als Erstes schloss sie ein ganzes Arsenal an Schubladen auf, öffnete sie und schob sie laut dröhnend wieder zu. Dann nahm sie das Zeiterfassungsbuch, stellte irritiert fest, dass eine Unterschrift fehlte, warf einen Blick auf ihre Uhr und zog einen dicken anklagenden Strich unter den letzten Namen in der Reihe. Sie hatte es gerade noch rechtzeitig geschafft, just in diesem Moment erschien Croser, beinahe im Laufschritt, vor ihrem Schreibtisch.

»Guten Morgen, Miss Prosser … wieder einmal ein wunderschöner Tag für die heutige Kirchweih«, sagte er atemlos und entfernte die Kappe von seinem Druckbleistift, ehe er das Blatt Papier wegschnipste, unter dem sich das Zeiterfassungsbuch versteckte.

Oh, da war er schon, dieser unerbittliche rote Strich!

»Die Uhr geht bestimmt nicht richtig«, sagte er mit lächerlich schriller Stimme.

»Unsinn, Sie sind zu spät dran. Bitte unterschreiben Sie unter der roten Linie, dann kann ich den Vorstand auf einen weiteren Aspekt Ihrer ganz und gar nicht zufriedenstellenden Arbeit aufmerksam machen – nämlich, dass Sie unfähig sind, um acht Uhr fünfzig in Ihrem Klassenzimmer zu sein.«

Sein Blick huschte von ihrer Bluse über ihr Gesicht, und er bemerkte, dass sich das Rot ihrer Wangen noch vertieft hatte und ihre grauen Augen feucht glitzerten.

Ach du liebe Güte, stöhnte er innerlich. Einer ihrer schlechten Tage. Und ausgerechnet an mir lässt sie es wieder einmal aus.

Sein Herz hämmerte wie wild in seiner Brust, und seine Lippen zitterten. »Wie Sie meinen, Miss Prosser«, presste er hervor und wandte sich zum Gehen, um in sein Klassenzimmer zu flüchten.

»Und es ist schon eine Unverfrorenheit zu unterstellen, meine Uhr gehe nicht richtig, eine große, unverschämte Unverfrorenheit, vor allem von einem Lehrer im Probejahr.«

»Ja, Miss Prosser«, erwiderte er matt. »Ich weiß auch nicht, was mich dazu gebracht hat, so etwas zu sagen. Tut mir sehr leid.«

Er bemerkte, dass zwei, drei Lehrer sich geflissentlich in der Nähe der Tür aufhielten, um sich an seiner Demütigung zu ergötzen.

»Ich habe mir Ihre Unterrichtsaufzeichnungen angesehen und zwei Rechtschreibfehler angemerkt: Es heißt ›entwickeln‹ und nicht ›entwicklen‹, und ›Grammatik‹ schreibt man mit zwei ›m‹.«

Ohne sich ihre Korrekturen anzuschauen, nahm er das Heft entgegen und drehte sich um.

»Und kommen Sie heute Nachmittag nach dem Unterricht noch einmal vorbei, um meinen Bericht an den Schulvorstand zu unterschreiben – wenn Sie so nett wären!«, rief sie ihm hinterher. »Und lassen Sie mir die Aufsätze von gestern bringen, damit ich Ihre Korrekturen überprüfen kann.« Dann schlug sie ein paarmal entschieden auf eine kleine Schreibtischglocke.

Edwin Thickness, der Schulglockendienst hatte und in einer Ecke der Aula auf seinen Einsatz wartete und den trotz der gestrigen Ohrfeige die Schmach seines Lehrers merkwürdigerweise bestürzte, begann, an dem Seil zu ziehen, woraufhin die Lehrer emsig in ihre Klassenzimmer eilten und darüber nachsannen, ob dieser Vorfall ein schlechtes Omen war und was dieser Tag wohl noch bringen würde.

***

Das ist die Schulglocke, also hat der Unterricht angefangen, dachte Edward Bellenger, und Nick hat schon wieder das Haus verlassen, ohne bei mir vorbeizuschauen. Dabei wäre es so wichtig gewesen, dass er heute zu mir kommt. Ich habe Vorkehrungen getroffen für die Zeit, wenn ich nicht mehr da bin. Aber welche noch mal? Es fällt mir wieder ein, sobald ich ein bisschen klarer denken kann. Aber im Moment ist alles weg. Wenn sie es wüsste, würde sie ihn dann holen kommen? Habe ich ihr wirklich rein gar nichts bedeutet? Und das Kind auch nicht? Waren wir nichts weiter als eine kleine Episode in ihrem Leben? Wo sie jetzt wohl ist? Wird sie es erfahren?

Sein Atem ging kurz und rasselnd, und er knetete mit den Fingern den Saum seiner Bettdecke.

Nicht so, ich sollte nicht so aus dem Leben scheiden. Vor zehn Jahren – das war meine Zeit. Damals hätte ich das Zeitliche segnen sollen, in einer dieser beängstigend herrlichen Nächte – Gott weiß, wie sehr ich es versucht habe –, nachdem sie mich verlassen hatte. Ostende – Gravelines … die Nacht, in der die Kiste dieses Ingenieurs erwischt wurde … Du lieber Himmel, wie sie in der Luft Feuer fing! Und die beiden armen Teufel darin! Wie sie in einer ausladenden Kurve abstürzten und im Meer aufschlugen. Dixon – so hieß doch der Navigator? Oder Hobson? Der auf dem Rückflug allein starb, als der Boden der Maschine halb weggerissen wurde. Oder war Peplow bei ihm, ebenfalls verwundet, während der Kamerad in seinen Armen starb? Oder war es Mullett? Nein, Ruskin war es.

Zwischen den Blättern und Blüten der Kastanie vor seinem Fenster begann eine Drossel zu zwitschern, und der Spiegel an der gegenüberliegenden Wand warf die hereinfallenden Sonnenstrahlen quer über sein Bett zurück.

Warum ist sie ausgerechnet zu mir gekommen? Ich war doch zu alt für sie. Weil sie sah, wie diese jungen Burschen, die kurz zuvor zur Staffel gekommen waren, starben, bevor sie das Leben kennenlernten? ›Warum nicht ein letztes Abenteuer, bevor sein Stündchen geschlagen hat …‹ – hat sie das gedacht?

Und es war Frühling.

Alles spielte verrückt! Aber sie ist darüber hinweggekommen, ich jedoch nicht.

Weggegangen, ohne ein Wort zu sagen, warum?

Und Nick, das Kind, die Frucht meiner Altersnarretei und meine einzige Verbindung zu ihr! Die Leute waren ganz schön verblüfft. Und Ella und Margie, die waren richtig schockiert oder taten jedenfalls so … Im Grunde platzten sie vor Neugier, und statt mich zu fragen, redeten sie unentwegt hinter meinem Rücken, verbittert. »Wer ist die Mutter? Ob sie wohl noch jung ist? Hübsch? Verheiratet? Warum hat sie ihn verlassen? Wird sie zurückkommen?«

Und Herbert Ruskin, der hätte ihnen alles, was sie wissen wollten, erzählen können. Fast alles!

Ein stechender, krampfartiger Schmerz drückte seine Eingeweide zusammen und presste ein leises, keuchendes Stöhnen aus ihm heraus. Das also war der Tod, gemein, entwürdigend, ungerecht, sein letzter Tag war angebrochen. Die Schulglocke gab ein letztes krampfartiges Bimmeln von sich – und verstummte dann.

Beim letzten Klang der Schulglocke sah Herbert Ruskin, dass die Mütter, die außerhalb des Schulhofs in einem Grüppchen zusammenstanden, zu plaudern aufgehört hatten und erwartungsvoll zum Schuleingang blickten. Als die Tür aufging, kamen kleine Mädchen, die meisten in Weiß, gesittet und ein Lied trällernd heraus. Ihr sanfter Gesang wehte zu seinem Fenster herüber. Es war das Kirchweih-Lied:

»Mother of Christ, hear us we pray.
This is Thy Day, This is Thy Day …«

Es war jedes Jahr das Gleiche. Die Kinder verließen nacheinander und paarweise den Schulhof, und ihre Lehrer schoben und stupsten sie hierhin und dorthin und schnalzten mit der Zunge, bis ihre Schützlinge einen mehr oder weniger runden Kreis um den feschen jungen General bildeten, der über ihren Köpfen hoch zu Ross saß. Und da war auch dieser Croser, der zerrupfte Liebhaber, der eine Leiter auf den Platz schleppen musste, als wäre er ein Fensterputzer.

Sie piesackt ihn, dachte Ruskin. Sie lässt ihn wie einen Hausmeister Aufgaben verrichten, Aufgaben, die eigentlich ein paar der größeren Burschen erledigen müssten. Sie hat ihn zu Boden gestoßen, und er liegt mit dem Gesicht nach unten im Dreck, und jetzt drückt sie ihn mit dem Fuß noch tiefer hinein. Was für ein kaltes Erwachen nach dem schweißtreibenden Triumph von gestern Nacht!

Die Leiter wurde unter Mühen gegen die Flanke des Streitrosses gelehnt. Miss Prossers kleiner, flacher Gestalt war anzumerken, dass sie nicht zufrieden war. Nein, das war nicht die richtige Stelle, völlig falsch.

Der Lehrer in seinem Probejahr blickte bange über die Schulter zurück und bugsierte sie ein Stückchen weiter.

Hier – ist es hier recht?

Nein, nein, nein!

Er fuhr fort, die Leiter Zentimeter für Zentimeter zu verrücken, und blickte immer wieder kläglich zur Rektorin, damit sie ihm endlich ihr Einverständnis gab.

Jetzt hob sie gebieterisch ihre Hand … Stopp!

Ruskin stellte seinen Feldstecher scharf, um Croser in Augenschein zu nehmen.

Ja, der hat eine anstrengende Nacht in der alten Mühle unten am Fluss gehabt, dachte er. Und wen hat er diesmal vernascht – seine vollbusige Blondine oder die langbeinige Georgie? So fertig, wie er aussieht, könnten es auch beide gewesen sein. Die Frauen bringen ihn ins Grab, bevor er vierzig ist, wenn er so weitermacht.

Der schrille Klang von Blockflöten lenkte ihn ab, und er verfolgte, wie sich eine Schar kleiner Mädchen aus dem Kreis herausschälte, die abwechselnd Kränze mit weißen und rosafarbenen Weißdornblüten hochhielten. Eins nach dem anderen stieg die Leiter empor, klammerte sich mit einer Hand am Hals des Helden fest, um dann den Kranz über seinem Dreispitz und der langen, spitzen Nase zu drapieren, wobei sich Blüten auf seine Epauletten ergossen. Die Schulkameradinnen klatschten dazu.

Wie lächerlich!, dachte Ruskin und schwenkte mit seinem Feldstecher zu dem steinernen Gesicht. Er hat die gleiche lange Nase wie der arme kleine Mullett, komisch, dass mir die Ähnlichkeit noch gar nicht aufgefallen ist. Ich nehme an, der hier wollte auch noch nicht sterben – Mullett hinter dem Oktan-Tank zusammengekauert und Sir Theodore, der auf diesem Schlachtross eine Bruchlandung hinlegte! Männer mit langen Nasen scheinen kein Glück zu haben; vielleicht verdienen sie es auch nicht.

Kurz darauf bewegte sich die kleine Prozession widerstrebend in das Schulgebäude zurück, die Ladeninhaber drehten sich in ihren Eingängen um und gingen wieder hinein, und die Jahrmarktfrauen, die auf den Treppen ihrer Wagen gestanden hatten, wandten sich träge wieder ihren kleinen Kindern zu. Mrs Thickness kehrte, augenscheinlich in Gedanken versunken, in ihre abscheuliche Spülküche zurück.

Wieder einmal war feierlich dem ergebnislosen Blutbad von

Minden im Jahr 1795 gedacht worden, und Herbert Ruskins Vermieterin klopfte an die Tür und kam dann mit seinem Frühstückstablett herein.

»Ist Ihr Freund wieder gegangen?«, fragte sie und ließ sich auf das Sofa plumpsen. Sie nahm die ihr angebotene Zigarette an. »Oh, dieser Croser, Mr Ruskin, er ist wirklich das Letzte. Sie sollten mal sehen, in welchem Zustand er sein Zimmer hinterlassen hat, Asche und Kippen überall verstreut. Und seine Kissen! Also, diese Kissen, die müssten Sie wirklich mal sehen, die sind besudelt mit seinem Haarfett. Und wie sein Bett riecht, ekelhaft! Um nicht zu sagen: Es stinkt. Dabei dachte ich immer, Lehrer seien respektable Menschen. Und haben Sie ihn gestern Nacht nach Hause kommen hören?«

»Ja. um halb zwei.«

»War wieder mit der Frau vom Pfarrer zusammen. Habe sie wegfahren hören. [Nun, es ist nicht ihr Wagen. Jemand muss ihn ihrem Mann geliehen haben, damit er Hausbesuche machen kann. Sagen die Leute.] Sie lässt ihn immer auf der Station Street aussteigen, aber uns kann sie nicht hinters Licht führen. Und sehen Sie, was ich in einer seiner Schubladen gefunden habe.«

Sie hielt ihm kichernd ein Foto hin.

Herbert Ruskin besah sich eine Gruppe Menschen, die vor einem Reihenhaus posierte.

»Ach, das ist seine Familie.« Sie lachte. »Sehen Sie – das da ist sein Vater. Er ist ihm wie aus dem Gesicht geschnitten, nur dass er einen Schnurrbart hat. Und dort ist seine Mutter. Man sieht auf Anhieb, woher er stammt. Arbeiterklasse, garantiert!«

PEPLOW HATTE SICH EBENFALLS die Bekränzungszeremonie angesehen.

Alle Kinder sollten auf dem Land aufwachsen, dachte er. In einem Ort wie diesem haben sie Luft zum Atmen. Jeder kennt jeden. Tom hätte es hier gefallen. Samstags hätten wir einen Ausflug mit dem Fahrrad gemacht. Oder wären Angeln gegangen. Ich hätte ihm das Frottieren beibringen, ihm zeigen können, wie man Münzen abpaust. Wir hätten zusammen Kirchen anschauen gehen können. Er hat so gern gelernt. Alle haben gesagt, er sei so begabt.

[»Was hast du heute gelernt, Tom?«

»Wir haben Richard Löwenherz und die Kreuzzüge und den Mann durchgenommen, der singend von Burg zu Burg gezogen ist, bis er den König gefunden hat.«

»»»Deine Augen werden den König schauen in seiner Schönheit; du wirst ein weites Land sehen.‹«

»Und in Mathe haben wir Dreisatz geübt.«

»Das klingt ziemlich kompliziert!«

»Nein, es ist einfach Arithmetik. Es geht so: Wenn, dann, also: Wenn drei Schweine zwölf Pfund kosten, dann …«

»Wenn, dann, also: Genau wie das Leben, Tom – oder wie es sein sollte. Wenn wir dies oder das machen, dann wird das passieren, also … Aber es gibt auch ein Schicksal, eine höhere Gewalt, die älter und dunkler ist als der Verstand! Eins und eins ergibt zwei, so ist es nun mal, glaubt man, aber dann gilt das plötzlich einfach nicht mehr …«

»Du hörst mir gar nicht zu, Daddy – du hörst mir gar nicht zu.«

In Toms Stimme schwang ein Anflug von Angst mit.

»Doch, doch, ich hör dir zu … Erzähl weiter, Tom. Ich höre dir wirklich zu …«].

Plötzlich zuckte er zusammen und drehte sich erschrocken

um. Eine dralle, junge, blonde Frau betrachtete ihn neugierig vom Eingang eines Friseursalons aus; sie musste gesehen haben, wie sich seine Lippen im Selbstgespräch bewegt hatten. Er schlenderte betont unbekümmert weiter, während er mit den Tränen kämpfte.

»Komisch«, sagte Effie, »wenn jemand mit sich selbst spricht! Ich hab diesen Mann noch nie hier gesehen. Aus Minden ist er jedenfalls nicht; bestimmt ist er wegen der Kirchweih hier. Er hat so traurig ausgesehen. Und dieses Zucken in seinem Gesicht!«

Sie bemerkte einen Lichtreflex im Schaufenster und drehte sich schnell um. »Oh, dieser schreckliche Mr Ruskin!«, sagte sie wütend. »Es stimmt also, was die Leute sagen: dass er jedem mit seinem Fernglas hinterherspäht. Nun gut!«

Sie stellte sich wieder in den Eingang, holte tief Luft und straffte die Brust, sodass sich ihre Bluse spannte.

»Wennschon, dennschon!«, formte sie mit den Lippen in Richtung des Fensters von Herbert Ruskin. »Schau ruhig hin, du sollst auch nicht darben!«

»Fight the good fight *with all thy might*«, sang Croser ohne jegliche Begeisterung.

[Mein verdammter Rücken; fühlt sich an, als würde er gleich auseinanderbrechen. Ob wir uns diesen Vormittag irgendwann einmal noch hinsetzen dürfen? Ich habe einen furchtbaren Geschmack im Mund. Es wäre nicht so schlimm, wenn ich an Miss Prossers Stelle wäre, mich nach Belieben in meinem kleinen Büro einschließen könnte und nichts weiter tun müsste, als in anderer Leute Listen herumzuschnüffeln und nach falsch gezählten Milchflaschen zu fahnden. Aber zu unterrichten! Mit vierzig kleinen Stinkern in einem muffigen Klassenzimmer eingesperrt sein, das ist was ganz anderes! »Herr Lehrer, bitte dies, Herr Lehrer, bitte das …« Ach, wäre ich doch nur gleich zu Bett gegangen, nachdem ich Effie nach Hause gebracht hatte. Mein Problem ist, dass ich nie weiß, wann Schluss ist. Und die Frauen! Die bringen mich noch um.]

> »Run the straight race
> Through God's good grace.«

Er formte die Worte lautlos mit den Lippen.

[Sie macht sich nicht wirklich was aus mir – nicht so wie Eff. Sie liebt mich nicht. Ich bin nur ein Zeitvertreib. Ich wette, wenn es einmal aus ist, macht sie sich über mich lustig.

Gestern Nacht, oben in der Mühle. Junge, Junge! Ein bisschen übergeschnappt muss sie schon sein. So wie sie aus sich herausgeht, das ist richtiggehend beängstigend.]

> »Lay hold on Life and it shall be
> Thy joy and crown eternally.«

[Was für eine Frau! Sie versteht was von der Liebe. Ob sie es mit ihrem Mann genauso treibt? Wie wohl ein Wochenende mit ihr sein muss! Freitagnacht, Samstagmorgen, Samstagnacht, Sonntagmorgen, Sonntagnacht, früh am Montagmorgen …]

Bei diesem Gedanken wurde ihm schwindelig.

[Ich kann da nicht Schritt halten. Effie hat schon gemerkt, dass etwas nicht stimmt, und ich kann ihr nicht jedes Mal erzählen, ich hätte mich im Sportunterricht überanstrengt.

Was für eine Nacht! Eine Welt aus wirbelnder Dunkelheit und bitterem Aroma – eine Feuersbrunst der Leidenschaft! Ich war nicht ich. Ich benutze normalerweise nicht solche Wörter. Wenn ich an sie denke, bin ich nicht mehr Herr meiner selbst.]

Wieder war er in dem Mühlenspeicher oben, wo sich alles um ihn herum drehte, und einen Moment lang fürchtete er, mitten unter den singenden Kindern zusammenzubrechen. Der Konrektor sah ihn neugierig an.

»Alles in Ordnung, Alter?«, fragte er flüsternd.

[Ich kann sie nicht heiraten. Außerdem kann ich sie unmöglich mit nach Hause nehmen. Sie würde sich beim Anblick von Dad und Mum und unserer Freda kranklachen. Und all der Tanten.

Aber was sieht sie in mir? Sie ist teuflisch clever. Sie weiß, dass ich ihr nicht das Wasser reichen kann. Was wohl ihr Mann davon hält? Für sie ist das alles ja ganz angenehm – sie kann ausschlafen, während die Prosser mich wie einen Ball in der Gegend herumkickt. Ich wette, sie fläzt sich noch immer im Bett ...]

Als er an ihre langen Beine unter dem zerwühlten Laken dachte, taumelte er.

»Setzt euch im Schneidersitz auf den Boden und gebt Ruhe«, ordnete Miss Prosser an.

Croser brach auf dem Handarbeitskorb zusammen. Ein knackendes Geräusch war zu hören.

»Alles in Ordnung mit dir, Alter?«, fragte der Konrektor erneut im Flüsterton. »Du siehst schrecklich aus. Bist du krank?«

Die Kinder ließen sich dankbar auf den Boden der Aula sinken; alle verharrten reglos. Von seinem Platz inmitten des Gedränges beobachtete Nick Bellenger aufmerksam Miss Prosser. Ihm fielen ihr gerötetes Gesicht und ihre feuchten Augen auf. Während sie das Kirchenlied gesungen hatten, hatte ihre Stimme ein wenig schrill herausgeklungen und die anderen übertönt, und ihm war ganz beklommen dabei zumute gewesen.

Jemand aus der Belegschaft hätte seine Beklemmung in Worte fassen können ... Die Frau unterhalb des Podiums, die heftig die Tasten eines Walnussholzklaviers bearbeitet hatte, hatte gedacht: Puh, die singt aber schrill, heute nimmt sie sich garantiert jemanden vor.

»Jemand hat ein Wort in die Wand der Jungentoilette gekratzt«, sagte Miss Prosser unheilvoll. »Ein böses Wort. Mit vier Buchstaben. Und zwar nicht nur ein Mal oder zwei Mal, nein, gleich drei Mal!«

Croser, der über seine diversen Verfehlungen nachgrübelte, wurde mit Wucht wieder in die Gegenwart zurückgeholt und überschlug im Kopf panisch die Summe aus seinem Zuspätkommen und dem schmutzigen Wort, das drei Mal in die Wand der Jungentoilette geritzt worden war, und der Röte, die jetzt Miss Prossers Hals hinaufkroch. Er erschauderte angesichts seiner Bilanz … ihr Bericht über sein Probejahr würde das Papier versengen. Dabei hatte sie noch gar nicht zu ihrer eigentlichen Moralpredigt angesetzt!

Nick, der unverwandt das wutverzerrte Gesicht der Rektorin anstarrte, rutschte unauffällig auf seinem Hintern herum und versuchte dem Kitzeln in seiner Nase Einhalt zu gebieten, weil er es nicht wagte, sich vorzustellen, um was für ein Wort es sich handeln mochte. Selbst der gefürchtete Edwin Thickness, der neben ihm saß und an einer Warze auf seiner linken Hand kratzte, war ganz blass geworden.

»Irgendein sündhafter Junge … ein Junge mit schmutzigen Gedanken … dieses böse Wort … Jesus, unser Erlöser … Sünden … Schmutz … Er ist gestorben zur Vergebung unserer Sünden … Toilette …« Während die Worte ihnen um die Köpfe zischten und dröhnten, duckte sich auch der kühnste kindliche Übermut weg.

Die Klavierspielerin starrte stumpf auf die gelben Tasten und dachte: Jetzt redet sie über Jesus. Damit ist es ausgemacht. Bevor der Tag zu Ende ist, geht es jemandem an den Kragen.

Croser. Es muss Croser sein; er ist wieder zu spät gekommen. Ich muss ihr heute aus dem Weg gehen. Bitte, lieber Gott, lass es jemand anders sein. Lass es bitte, bitte Croser sein.

MITTLERWEILE HATTE SICH der Platz mit Lastwagen, Anhängern und Wohnwagen gefüllt, mit dem ganzen Drum und Dran einer Kirchweih und ihrer Schausteller, die emsig wie Ameisen ihr einen Tag während es Städtchen errichteten. Alles geschah zugleich, und dementsprechend laut ging es zu. Zuerst die nackten Gerüste der Stände und Buden, die wie ein winterliches Unterholz aus roten Weiden das dichtere, bunt zusammengewürfelte Dickicht aus Fahrgeschäften säumten. Als Dreh- und Angelpunkt dieser Anordnung stand eine riesige Jahrmarktsorgel in ihrer ganzen messingen Pracht in dissonanter Nachbarschaft neben dem mit Girlanden behangenen siegreichen Sir Theodore Firbank, der auf seinem tänzelnden Ross über dem ganzen Lärm und dem Durcheinander thronte.

Der Metzger, der soeben ein Willkommensschild für die Neuankömmlinge an der Tür angebracht hatte – *Nur Bargeld – kein Anschreiben* –, hielt Ausschau nach dem strammen rötlichen Mädchen, mit dem er im Vorjahr in einen angenehmen Tauschhandel getreten war.

Effie trat in den Eingang ihrer Haarboutique.

»Nun, es ist ja Gott sei Dank nur ein Mal im Jahr«, sagte sie zur Mitarbeiterin des Fotografen. Dergleichen musste man sagen. Wenn man sich mit den Einheimischen gut stellen wollte, musste man solche Sachen sagen. Doch insgeheim wurde sie von einer Art kindlicher Aufregung erfasst – die Kirchweih, die Karusselle. Die Orgel! In diesem Moment hörte sie allerdings jemanden hämisch fragen: »*Butike*, was soll denn bitte schön eine Butike sein? Warum nennt sie ihren Laden nicht einfach ›Friseurladen für Flittchen‹?«

Effie sog scharf die Luft ein. Es war der älteste Sohn des Jahrmarktbetreibers. Er drehte sich um und sah sie griesgrämig an. »Butike!«, sagte er abermals.

Das war ein ganz neuer Blickwinkel auf ihr Geschäft, und sie weigerte sich, ihn einzunehmen.

»Gott sei Dank ist es nur ein Mal im Jahr«, wiederholte sie mit Nachdruck. »Dreckspack, vulgäres Dreckspack!«

Und es besänftigte sie nur halbwegs, als ein kleines, helläugiges Mädchen mit dunkler Hautfarbe zu ihrer noch kleineren Freundin sagte, diese Dame dort habe wunderschöne blonde Haare, die aussähen wie die einer Prinzessin.

In der Schule schauten die Schüler ihre Lehrer unbeteiligt an, blendeten die gereizten oder auch wohlmeinenden Anweisungen aus und lauschten stattdessen dem aufregenden Hämmern und Sägen, das jenseits der Milchglasfenster vor sich ging, während sie in Gedanken die staubtrockene Ebene der Arithmetik hinter sich ließen und zu den magischen Wäldern des Jahrmarkts davoneilten. Croser, der durch die Seiten des Alten Testaments blätterte, hörte es ebenfalls und überlegte, wie er den Abend möglichst kostengünstig verbringen könnte. Auch Miss Prosser vernahm die Geräusche und rief sich verbittert die Kirchweih von vor zehn Jahren ins Gedächtnis.

Während Herbert Ruskin auf das geschäftige Treiben unter seinem Fenster hinabblickte, vergaß er einen Moment lang Peplow und Bellenger und gab sich der angenehmen Hoffnung auf einen Tag hin, der außer der Reihe verlaufen und mit der einen oder anderen Verrücktheit aufwarten würde. Er beobachtete, wie geschickt die Männer die einzelnen Teile zusammensetzten; Kerle, die sich von allen einengenden gesellschaftlichen Zwängen freigemacht zu haben schienen und denen das verwegene Flair der Freiheit anhaftete. Besonders einer fiel ihm auf, ein Mann um die dreißig, groß und gut aussehend, der sich gegenüber dem Frisiersalon zu schaffen machte, wie ein Raubtier seine Beute ins Visier nahm und dann beiläufig zu einer wartenden Frau hinüberschlenderte. Ruskin beobachtete, wie provozierend nah er sich zu der Frau stellte, ohne sie zu berühren, sodass sie den Kopf ein wenig zurückbeugen musste, während sie jedes Wort, jedes Muskelspiel seines Gesichts in sich aufnahm.

Sie war eine Einheimische, erkannte Ruskin jetzt – und zwar Mrs Thickness. Ah, du nimmst wohl schon frühzeitig Reservierungen entgegen, was?, dachte er sarkastisch. Bist gut organisiert! Nach dem Motto: Früher Vogel fängt den Wurm. Könnte es sein, dass Mr Thickness nicht solch spitze Pfeile im Köcher hat wie früher? Oder ist ihm die Lust bereits vergangen? Der arme Mr Thickness! Und die Kirchweih ist nur ein Mal im Jahr. Du liebe Güte! Liebe! Musik! Hitze! Warum wollen die Leute sich von den Sandflöhen an der Costa Brava beißen lassen, wo doch Minden um die Ecke liegt? Man sollte die Kirchweih in *La Fiesta* umbenennen, und die Besucher sollten maskiert hingehen.

Auch Peplow beobachtete vom Fenster des Postamts dieses Paar, und die plötzlich in ihm aufwallende Wut ließ seinen Körper krampfartig erzittern, sodass er sich an der Schreibtischkante festhalten musste. Als er den Mann zuletzt gesehen hatte, hatte dieser vor Erleichterung gegrinst, seinem einfältigen Bruder auf den Rücken geschlagen und war dann halb tanzend zu dem Pub gegenüber dem Schwurgericht hinübergegangen, um seinen Freispruch zu feiern. Peplows Blick wanderte zu dem Balkenende über ihm, der müßig in den Himmel ragte und vorgab, irgendeinen praktischen Nutzen zu erfüllen.

Irgendwo wird sich heute Abend ein ruhiges Plätzchen abseits von den hellen Lichtern finden, dachte er. Und dort wird es geschehen.

CROSER TRIEB SEINE viel zu große Schulklasse in das Gewühl aus eng stehenden Tischen und Bänken zurück und machte die Schotten bis zur nächsten Pause dicht. Er suchte in seinem Unterrichtsplan nach der Spalte *Heilige Schrift*, um festzustellen, dass er sich auch noch die restliche Woche über mit dem *Ersten Buch der Chronik* würde beschäftigen müssen. Er fragte sich, ob er es wagen sollte, zum *Zweiten Buch der Chronik* vorauszueilen, zur Königin von Saba … Die Königin von Saba war wenigstens etwas, das man mit Leben füllen konnte, während das erste Buch der Chronik im Grunde nichts anderes als ein israelitisches Abstammungsbuch war.

Lieber nicht, in Anbetracht von Miss Prossers Laune, beschloss er. Garantiert würde sie hereinplatzen und mich dabei ertappen, wie ich von meinem Unterrichtsplan abgewichen bin.

Die wartenden Schüler begannen ungeduldig auf ihren Sitzen herumzurutschen und zu tuscheln.

»Ruhe!«, rief er und blätterte in der Hoffnung auf einen rettenden Einfall rasch durch die Seiten.

»Sibbekai, der Huschathiter, Maharai, der Netophatiter, und Asmaweth, der Barchumiter«, sagte er höhnisch. Einfach nur Namen, ohne Fleisch und Blut. Wenn ich die Stipendiatenklasse unterrichten würde, könnte ich einen Lesetest daraus machen, aber die Hälfte von diesen hier hat Mühe, ein einfaches Kinderbuch zu lesen.

»Soundso zeugte Dingsbums und soundso Dingsbums«, murmelte er. »Sex, der sich als Familienchronik tarnt, darauf läuft das Leben im Grunde hinaus. Soundso zeugte Dingsbums und soundso Dingsbums … Wirklich erstaunlich.«

Er fragte sich, ob er sich, wenn er den Pultdeckel hochklappte, ein wenig in das *Hohelied Salomos* vertiefen könnte. Es liegt an dieser Hitze, dachte er, dass ich zurzeit so spitz bin.

»Sir?«, rief Thickness kühn. »Dürfen wir etwas zeichnen, während Sie die richtige Stelle suchen?«

»Du bleibst in der Pause hier und schreibst Psalm dreiundzwanzig ab«, erwiderte Croser mechanisch. »Hier, wie wäre es damit … ›Benaja, der Sohn des Jojadas, er stieg hinab und erschlug einen Löwen mitten in einem Brunnen, als Schnee gefallen war‹.«

Croser wappnete sich und atmete tief ein und wieder aus, in der Hoffnung, dass der Hauch seiner Inspiration irgendwo auf fruchtbaren Boden fallen würde.

»Gut«, sagte er, »ich werde euch als kleine Dreingabe an diesem besonderen Tag vom Propheten Benaja erzählen, einem der bekanntesten Krieger des Alten Testaments …«

In der zeitraubenden Handschrift, die die Pädagogin Marion Richardson entwickelt hatte, schrieb er sorgfältig »B-e-n-a-j-a« an die Tafel.

»Benaja war der stärkste Junge auf dem Schulhof. Außerdem war er Klassenerster und hatte oft Klassenzimmeraufsicht. Pünktlich um neun Uhr hatte er alles für seinen Lehrer vorbereitet und brachte ihm immer wieder Geschenke wie Blumen oder Früchte mit. Was für ein Prachtjunge! Ach, hätte ich nur einen oder zwei Benajas in meiner Klasse.«

Er fragte sich, ob er es wagen sollte hinzuzufügen: »…und hin und wieder sogar eine Schachtel Zigaretten«, beschloss aber abermals, Vorsicht walten zu lassen. Die Klasse hörte ihm aufmerksam zu. Klassenzimmeraufsicht zu haben war erstrebenswerter, als einer der Richter Israels zu sein.

»Abends trug er Zeitungen aus und mähte für andere Leute den Rasen, um Kohle für seine betagte Mutter und Tabak für seinen betagten Vater kaufen zu können. Und natürlich bekam er ein Stipendium.«

»Und was war sein Lieblingsfach?«, fragte Thickness.

»Rechnen natürlich«, erwiderte Croser barsch. »Vor allem die kniffligen Aufgaben.«

»Oh!«, sagte Thickness entmutigt und ließ sich wieder tief hinter sein Pult sinken.

»Nachdem er als Einserschüler das Gymnasium abgeschlossen hatte, arbeitete er für den König, als Beamter. Eines Tages geriet sein König in tiefe Schwierigkeiten und rief seine Berater herbei … ›Schafft mir einen richtig harten Kerl für eine richtig harte Aufgabe herbei‹, sagte er zu ihnen … ›Einen, der weder raucht, trinkt, flucht, noch auf andere unziemliche Weise seine Kräfte aufzehrt.‹«

Schon wieder war Thickness' Hand oben. »Was bedeutet ›seine Kräfte aufzehren‹?«

»Frag deinen Vater; der weiß es bestimmt«, entgegnete Croser gereizt, bereute es aber im selben Moment schon wieder und fuhr fort. »Alle riefen wie aus einem Mund: ›Benaja, Benaja! Lang lebe Benaja!‹« Unnötigerweise fügte er hinzu: »Auch sein Großvater, der große Obadaja.« Seine plötzliche Beredsamkeit stieg ihm allmählich zu Kopfe.

»Nun, Benaja‹, sagte der König, ›es gibt da einen großen, fetten Löwen, der sich in der Gegend herumtreibt und schon vierzehn Menschen verschlungen hat, und er ist schon wieder auf Beutezug, und ich will, dass das aufhört. Also nimm dir das schärfste Schwert und geh und töte ihn‹, und Benaja sagte: ›In Ordnung, das mach ich.‹ Nun war es so, dass es draußen heftig schneite, aber Benaja ließ sich nicht im Geringsten davon abhalten. Er kümmerte sich nicht um die vielen Weihnachtsfeste, die überall ausgelassen gefeiert wurden, ließ die Buffets und tanzenden Mädchen links liegen, holte seine Skier hervor und …«

Die Schulglocke begann zu bimmeln.

»Morgen erzähle ich euch die Geschichte zu Ende«, sagte Croser. »Nehmt jetzt eure Rechenbücher heraus und passt gut auf. Wir werden die nächste Stunde mit einer kleinen Denkaufgabe beginnen … ›Wenn ein Wagen vier Räder hat, wie viele Räder haben dann achtundzwanzig Wagen?‹ Nein, das Lenkrad zählt nicht.«

Alle stellten sich irgendwelche Automobile vor, nur Croser dachte an einen ganz bestimmten Wagen … Inzwischen müsste sie aufgestanden sein, und wahrscheinlich lümmelte sie einfach irgendwo herum … ruhte sich aus.

EINE HOHE, BRÖCKELIGE STEINMAUER hielt die Hitze im Garten gefangen, einem von Gestrüpp überwucherten, vernachlässigten, verwilderten Ort mit halb verfallenen Gewächshäusern, wild wachsenden Sträuchern, viel zu eng stehenden Bäumen und knietiefem Unkraut. Für den Pfarrer war der Garten nur der Spiegel einer weiteren seiner diversen Unzulänglichkeiten, und er mied ihn, wenn möglich. Es war Wochen her, nein, Monate, seit er zuletzt dort gewesen war, im letzten Herbst, und jetzt ragten die braunen Stängel der Bergastern und Goldruten vom letzten Jahr zwischen den neu gewachsenen Pflanzen hervor. Winden wucherten zwischen den Pfingstrosen und Rosensträuchern, die schwarzen Johannisbeeren wurden schier von den Brennnesseln erstickt, die Himbeersträucher waren zu einem undurchdringlichen grünen Wirrwarr verkommen.

Bald werden auch die Wege vollkommen zugewachsen sein,

dachte er, und ganz den Vögeln und anderem kleinen Getier gehören.

Langsam folgte er den Pfaden, die bedeckt waren vom vermoderten Laub des Vorjahrs und dem der Jahre davor. Mit einem Mal blieb er stehen. Nur einen Meter weiter kniete seine Frau auf der Erde. Sie drehte sich um und sah ihn an.

»Georgie … Liebes … was machst du denn hier?«, rief er aus.

Sie richtete sich auf, klopfte sich die Erde von ihrer Hose und ließ ihre kleine Schaufel fallen.

»Nun, was mache ich hier? In deinem kleinen, entzückenden Garten, was wohl?«

[Wie kann ich mich jetzt unauffällig wieder zurückziehen? Dumm, dass ich sie hier antreffen musste. Jetzt kommt sie bestimmt nicht mehr hierher. Dann wird noch eine der wenigen Verbindungen zwischen uns gekappt sein. Wie wenig ich sie kenne. Und jetzt ist es fast zu spät, um es noch zu richten.]

»Georgie, was für ein hübsches Plätzchen du geschaffen hast! Diese wilden Fingerhüte! Du hast sie bestimmt von einem deiner Ausflüge aufs Land mitgebracht, stimmt's? Darf ich mir das mal näher anschauen?«

Sie schob sich an ihm vorbei.

[Halt einfach den Mund. Lass sie am besten in Ruhe. Du plapperst nur dummes Zeug daher. Wenn du schon reden willst, dann sag ihr, was du auf dem Herzen hast. Sag ihr, dass du einen Neuanfang willst, bevor alles zerbricht, dass du sie liebst …]

»Bitte, rede mit mir, Georgie«, sagte er verbittert. Er drehte sich schnell um und erfasste ihren Arm. »Ich ertrage das nicht länger.«

Als seine Finger die dunkle Seide ihrer Bluse berührten, erstarrte sie, als hätte er sie versengt, und blieb unbeweglich stehen. Er ließ die Hand wieder sinken.

»Georgie, hör mir zu. Wir können noch mal neu anfangen. Lass es uns bitte versuchen. Bitte, lass uns kämpfen. Lassen wir uns von Minden nicht in die Knie zwingen. Unsere Ehe war nicht so, bevor wir hierherkamen. Du erinnerst dich doch noch? Ich werde eine Jugendgruppe ins Leben rufen; und du könntest eine Theatergruppe gründen und ein paar junge Ehepaare dafür gewinnen. Ihr könntet zum Beispiel mit *Die Katze und der Kanarienvogel* beginnen und euch nach und nach an etwas schwierigere Stücke wagen, wie *Die Frau des Farmers* oder etwas von Galsworthy, vielleicht *Candida*. Du könntest die Hauptrollen übernehmen, damit sich die anderen an dir ein Beispiel nehmen können. Und die Jugendgruppe würde sich um die Kulissen kümmern. Sie könnten eines unserer vielen Zimmer dafür umbauen; ich habe in *The Spectator* über etwas Ähnliches gelesen – man nennt es ›Theater-Workshop‹. Das könnten wir doch tun, ich bin sicher, das könnten wir …«

Er hatte zusehends schneller gesprochen, doch seine Stimme klang immer weniger überzeugend, und abschließend sagte er kläglich: »Und wir könnten diesem schrecklichen Ort neues Leben einhauchen, und vielleicht könnten auch wir beide … wieder zu dem Punkt zurückkehren, als alles noch gut war. Weißt du noch?«

Einen Moment lang schien es, als würde sie ihn einfach wortlos stehen lassen, aber dann wandte sie sich um.

»Das glaubst du wirklich? Dass wir in diesem Loch eine Chance haben? Begreifst du nicht, dass sie dich fast ebenso sehr verfluchen, wie sie mich verachten? Du bist am Ende, Schluss, aus. Sie wollen dich hier nicht. Sie warten nur darauf, dass du gehst. Bislang haben sie dich nur mit Missachtung gestraft, aber wenn du nicht bald deine Koffer packst, werden sie dich rauswerfen … beim Bischof eine Petition einreichen, oder was immer man tut, um einen gescheiterten Pfarrer loszuwerden.

Besitzt du keinen Funken Stolz mehr? Dieses ewige Gerangel mit den Kirchenvorstehern über dies oder jenes! Was ist noch mal der aktuelle Zankapfel? Der Friedhof? Eine Theatergruppe gründen! *Ich* weiß wenigstens, wann ich am Ende bin.«

»Du warst doch ein Jahr lang in einem Theaterensemble.«

»Ja, ich war in einem Theaterensemble.« Sie äffte seinen Tonfall nach. »Und zwar als was? Als kleine Nebendarstellerin – ich durfte ein bisschen auf der Bühne herumstolzieren. Und selbst diese Rolle hätte ich nicht bekommen, wenn ich nicht an den richtigen Stellen die nötigen Rundungen hätte, denn das trug dazu bei, dass sie das Abonnement für die halbe vorderste Sitzreihe an ein paar dieser Tattergreise verkaufen konnten. Das Einzige, was ich je gut konnte, war, durch die Gegend zu fahren, aber ich war so dumm, einen Mann zu heiraten, der es sich nicht einmal leisten kann, mir ein Fahrrad zu kaufen. Wir sind beide Nieten. Auch du solltest dieser Tatsache ins Auge blicken, dann erwachst du vielleicht endlich aus deiner Traumwelt.«

»Ich werde mich um eine bessere Pfarrei bemühen – verbunden mit einem modernen Haus –, vielleicht als Schulpfarrer …«

»Dafür ist es jetzt zu spät. Geld hin oder her, das spielt jetzt keine Rolle mehr. Wir können nicht von vorn anfangen. Etwas ist unwiderruflich zerbrochen, und weder du noch ich können daran was ändern …« Ihre Stimme klang dumpf, und sie sprach ohne jede Betonung. »Wenn du nur in meine Nähe kommst, könnte ich schreien.«

Mit einem Mal erhob sie hysterisch die Stimme.

»Verstehst du?«, schrie sie.

Er wurde leichenblass, seine Lippen zitterten, und er stand wie erstarrt da, als sie sich von ihm abwandte.

»Georgie, unsere Ehe! Sie darf nicht zerbrechen. Wir haben ein Gelübde abgelegt …«

Eine Ringeltaube gurrte, und eine andere antwortete in die einsetzende Stille hinein; eine Katze kam aus dem Himbeerdickicht hervor und huschte davon.

»Ich brauche dich. Ich glaube nicht, dass ich hier ohne dich weiterleben kann. Ich habe mir etwas überlegt: Bellenger liegt im Sterben, und seine Töchter wollen Nicholas nicht behalten. Vielleicht könnten wir ihn zu uns nehmen: Wir könnten ihn adoptieren … Das würde uns vielleicht guttun. Ein Kind! Der Junge braucht uns: Und vielleicht brauchen wir ihn auch.«

Als er den Blick erneut hob, war sie verschwunden.

Wᴇɴɴ ɪᴄʜ ᴠᴇʀʜᴇɪʀᴀᴛᴇᴛ ʙɪɴ, dachte Effie, werde ich das hier nicht mehr lange machen. Wenn er mich das Geschäft nicht aufgeben lässt, werde ich eben schwanger, ob er will oder nicht. Nicht, dass ich unbedingt ein Kind will – diese Übelkeit über Wochen hinweg und ständig mit einem Kinderwagen herumhantieren, Babyhandschuhe suchen und so fort. Aber schlimmer als das hier kann es auch nicht sein.

Ihre nächste Kundin kam zögernd herein.

»Guten Morgen«, sagte sie und blickte auf den nicht ganz sauberen Boden. »Ich hoffe, es ist nicht so schlimm, dass ich ein bisschen zu spät bin.«

Effie lächelte so strahlend, wie man es ihr in Madam Lucille's Salon eingebläut hatte.

»Ach, ich weiß ja, wie schwer es ist, wenn man abgelegen auf dem Land wohnt«, erwiderte sie. »Immer auf den Bus angewiesen sein … das ist bestimmt nicht einfach.«

»Oh, aber ich möchte trotzdem nicht in der Stadt wohnen«, sagte die Kundin, »ich kann es mir wirklich nicht vorstellen, hier zu leben.«

»Ah, Sie mögen also die Stille und das Vogelgezwitscher und so was. Ja, setzen Sie sich bitte hierher.«

»Nein, das ist es nicht. In einer Kleinstadt wie Minden ist immer etwas los, so wie heute. Das würde mich nervös machen.«

[Dann solltest du mal zum Arzt gehen, vielleicht stimmt was mit deinem Oberstübchen nicht, dachte Effie. Hier war schon seit einer halben Ewigkeit nichts mehr los, du dumme Gans.]

»Ja, stimmt, in Minden passiert so allerhand«, sagte sie geheimnisvoll.

»Das würde mir Angst machen«, fuhr ihre Kundin fort.

Worauf sie wohl hinauswill?, fragte sich Effie.

»Ist dieser Mr Loatley eigentlich wieder aufgetaucht?«, fragte die Kundin in gespielt beiläufigem Ton.

[Ach so, darum geht es also: das Große Loatley-Geheimnis.]

»Mr Loatley?«, fragte Effie. »Habe noch nie von ihm gehört, glaube ich. ›Loatley‹, sagten Sie? Was ist mit dem? Es gibt eine Mrs Loatley, aber keinen Mr Loatley, soweit ich weiß. Würden Sie den Kopf bitte in die andere Richtung drehen? … Sehr schön!«

»Es war schon komisch, wie er einfach verschwunden ist, nicht wahr?«, fuhr die Kundin fort. »Ich kann mich noch gut an ihn erinnern. Er hatte einen dichten blonden Schnurrbart und ein rötliches Gesicht. Er hat immer so schön bei unseren Methodistenabenden gesungen – *Jerusalem* und *Watchman, what of the Night?* Wir mochten ihn, er war so ein fröhlicher Kerl.«

»Ich muss mal meine Mutter fragen, vielleicht weiß sie ja was«, erwiderte Effie, obwohl sie die Antwort bereits kannte. »Er wird wohl nach Australien ausgewandert sein oder das Gedächtnis verloren haben oder so was Ähnliches. Normalerweise gibt es immer eine Erklärung, wenn jemand einfach so verschwindet, nicht wahr?«

»Oh, aber niemand hat ihn weggehen sehen«, erwiderte die Kundin, »nicht, dass ich wüsste. Jedenfalls ist er nicht mit dem Zug gefahren, und Sie wissen ja, wie es auf dem Land ist: Hätte er sich zu Fuß aufgemacht, hätte ihn irgendjemand auf der Landstraße oder auf den Feldern gesehen. Die arme Mrs Loatley! Bestimmt macht sie sich schreckliche Sorgen und fragt sich, was aus ihm geworden ist. Ob er noch lebt; soweit ich weiß, hat sie nicht wieder geheiratet, oder?«

Wer würde schon dieses alte Klappergestell heiraten?, dachte Effie. »Nun, sie ist nicht mehr so jung wie damals«, sagte sie stattdessen.

Beide schwiegen eine Weile. Der Blick der Kundin huschte über den Boden, fand jedoch nichts Bestimmtes außer ein paar Haarbüschel ihrer Vorgängerin, die Effie in ihrer Nachlässigkeit hatte liegen lassen. Nach einer Weile sagte sie in barschem, entschiedenem Tonfall: »Die Polizei müsste etwas unternehmen.«

Wieder entstand eine lange Pause.

»Meint mein Mann«, fügte sie hinzu.

[Ich werde heute Abend auf dem Jahrmarkt das hautenge Wollkleid tragen, auch wenn es unbequem ist, dachte Effie. Sidney gefällt es – außerdem werde ich meinen roten Mantel anziehen, den hat er noch nie gesehen.]

WARUM BIN ICH HIER?, fragte sich Croser und ließ den Blick über die gebeugten Köpfe und die verkrampften Arme wandern, während die Kinder auf ihren Einmaleins-Tabellen herumkritzelten. Er meinte seine Frage jedoch im geografischen, nicht etwa im metaphysischen Sinn.

»Schreibt ordentlich«, sagte er ausdruckslos. »Wenn ihr nicht ordentlich schreibt, müsst ihr es noch mal machen, und vergesst nicht, was Miss Prosser über die oben abgeflachte Drei gesagt hat. Jeder malt seine Dreien jetzt mit einem flachen Strich oben – das ist eine neue Regel.«

Ein kleines Mädchen in der ersten Reihe, das die ganze Zeit über eifrig geschrieben hatte, hob ruckartig den Kopf und wollte offenbar verkünden, es sei fertig. Doch Croser unterbrach es schnell.

»Das ist nicht ordentlich genug«, sagte er. »Mach es noch mal, und wenn du fertig bist, machst du das Achter- und Neuner-Einmaleins, und danach füllst du deine Pence-Umrechnungstabelle aus.«

Nachdem die Klasse verinnerlicht hatte, dass es verrückt war, zu viel Eifer an den Tag zu legen, schaltete sie in den ersten Gang zurück.

Ich hätte mich nicht dazu überreden lassen dürfen, aufs College zu gehen, dachte er. Stattdessen hätte ich meinen Willen durchsetzen und zur See fahren sollen. Ich wünschte, ich hätte mein Lehrerdiplom nicht geschafft. Damit hat der Schlamassel angefangen … als sie immer zu mir sagten: »Mach dein Lehrerdiplom, dann bist du auf der sicheren Seite.« Ah, dachte er reumütig, genau da bin ich falsch abgebogen, und sieh nur, wo ich gelandet bin – mit einer Horde quengelnder Kinder am Hals und einer Psychopathin, die mir im Nacken sitzt. Dabei ist meine Stelle keineswegs sicher …

Ich hätte nach Osten reisen können, in den Orient. Dort hat man jede Menge Möglichkeiten. Ich hätte zum Beispiel von meinem Schiff gehen und eine Firma gründen können. In Moulmein oder in Angkor Wat zum Beispiel! Ich hätte mit den Einheimischen dort Handel treiben können. Damit lässt sich gutes Geld verdienen. Ein Kaufmann! Dort wäre ich eine große Nummer gewesen. Die Einheimischen hätten zu mir hochgeschaut. Der weiße Master! *Tuan* Croser! Sie hätten mir Geschenke gebracht, um mich geneigt zu stimmen. Und diese chinesischen Mädchen in der letzten Ausgabe von *National Geographic* waren alles andere als hässlich …

Genüsslich sann er über Mandelaugen, schwarze Haare, hochgeschlossene, eng sitzende, sich beim Gehen wiegende Seidenkleider mit hohem seitlichen Schlitz nach. Ich hätte Junggeselle bleiben können, dachte er. Ich hätte zwei oder drei, ja ein halbes Dutzend Konkubinen haben können. Wenn sie achtzehn geworden wären und weniger knackig, hätte ich ihnen eine Fünfpfundnote als Aussteuer in die Hand gedrückt, sie in ihr Dorf zurückverfrachtet und mir einen Satz Jüngere zugelegt. Arbeit ist dort drüben billig, und ich hätte ihnen klargemacht, dass ihre einzige Aufgabe darin besteht, *Tuan* Croser glücklich und zufrieden zu machen.

Als er sich einen kühlen, schummrigen, nach Sandelholz duftenden Raum mit einem ausladenden Diwan vorstellte, darauf zwitschernde junge Mädchen mit nachgiebigen Körpern, die entfernt an Effies üppige Kurven erinnerten, hielt er es fast nicht mehr aus. Er spürte, wie ihm plötzlich die Luft wegblieb, und fürchtete, dass gleich die Beine unter ihm nachgäben.

»So, Kinder, das reicht jetzt!«, rief er. »Als Nächstes schreibt die Antworten zu folgenden Fragen auf. Aber erst, wenn ich es euch sage. Alle Köpfe nach oben! Und los: Fünf plus fünf, minus vier, diese Zahl multipliziert ihr mit sich selbst, teilt das Ergebnis durch sechs, addiert zwei hinzu, dann vier, multipliziert die Zahl mit zwölf, minus vierzig, und jetzt schreibt eure Lösung auf. Schnell!

Die nächste Aufgabe: Wenn sechs Kühe eine Weide in zwölf Tagen abgrasen können, wie lange brauchen dann achtzehn Kühe für dieselbe Weide?

Die nächste: Wenn ein Händler im Fernen Osten einige Seidenballen für zehn Pfund gekauft und sie für hundert Pfund verkauft hat, wie hoch ist dann sein Profit in Rupien, wenn acht Rupien ein Pfund sind?

Die nächste ...«

Minden ist so klein, dass man sich im Handumdrehen zurechtfindet, dachte Peplow. In der Mitte der Platz, dann eine breite Straße, die talwärts zum Bahnhof verläuft, und eine, die an der Kirche vorbei in den Wald führt. Eine breite Straße hinein und eine breite wieder hinaus! Sehr praktisch. Genau die richtige Anzahl an Wegen für mein Vorhaben.

Er blickte sich auf dem Platz um.

Metzger, Bäcker, kein Kerzenmacher, aber ein Fotograf, ein *Fish-and-Chips*-Imbiss (sonntags und montags geschlossen), ein Juwelier, ein Bestatter, eine Apotheke, eine Art Kapelle – entweder von den Baptisten oder aber ein buddhistischer Tempel, er konnte es nicht genau sagen –, ein Zeitungsladen und nach einer scharfen Linkskurve oben auf dem Hügel der Friedhof. Bis auf ein Kino alles, was man für ein zivilisiertes Leben braucht. Man kann sich sicher sein, jeden anderen mindestens zweimal am Tag zu sehen, und wenn das nicht der Fall ist, ist man entweder selbst oder aber der andere gestorben. Großartig!

Und diese Kirchweih – ein Dorf im Dorf! Minden *en fête!*

Die Sonne stach vom Himmel: Dass er in dem kühlen Eisenbahnwagen gefroren hatte, das Haus mit der Kastanie daneben, selbst sein frühes Frühstück mit Herbert Ruskin, alles schien bereits wieder lange her zu sein. Ich hätte mir öfter einen Tag freinehmen sollen, dachte er selbstironisch und wandte seine Aufmerksamkeit einem Zettel zu, der an einen Torpfosten geheftet war:

MILLIONEN VON MENSCHEN
WERDEN EWIG LEBEN
Sprecherin: Mrs Corley aus Gornard
Thema: DIE TROMPETE WIRD ERKLINGEN
Heute Abend um 19.30. Alle sind willkommen.

Nun, kein besonders passendes Thema für den heutigen Tag, schoss es ihm durch den Kopf, und es ist das genaue Gegenteil von dem, was mir das Konkurrenzunternehmen oben auf dem Hügel vorhin erzählt hat …

»Haben Sie Interesse, mein Freund?« Erst jetzt bemerkte er die ältere, ziemlich große und farblose Dame, die hinter dem schief in seinen Angeln hängenden Tor stand.

»Kommen Sie heute Abend doch bei uns vorbei. Vielleicht wartet eine Botschaft auf Sie.«

Seit der Sonntagsschule hatte sich, soweit er sich erinnern konnte, niemand mehr für sein Seelenheil interessiert, und seine Unerfahrenheit in diesen Dingen ließ ihn vor einer brüsken Ablehnung dieser unvermittelten Einladung zurückscheuen.

»Lastet vielleicht etwas auf Ihrer Seele, wovon Sie sich gern befreien würden?«, fragte sie.

»Vermutlich schon«, erwiderte er dummerweise.

»Also werden Sie kommen?«

»Vielleicht … mal sehen«, murmelte er und schickte sich zum Gehen an.

»Und hinterher trinken wir zusammen eine Tasse Tee, so wie es unsere Glaubensbrüder vormals hielten. Der Tee ist übrigens kostenlos.« Ihre randlose Brille glitzerte, als sie ihm zunickte.

»Vielleicht – mal sehen«, sagte er abermals.

»Sie sehen müde aus. Wollen Sie nicht für einen Augenblick reinkommen und sich setzen? In der Kanne ist noch etwas Tee.«

»Ah, das ist wohl eine Art Werbemaßnahme?«, fragte er.

»Werbemaßnahme?«

»Sie wissen schon, eine Kostprobe – nach dem Motto: Wenn es mir schmeckt, kann ich heute Abend nach dem Vortrag mehr davon haben.«

Sie lächelte nicht, und Peplow folgte ihr widerstrebend zu einem alten Küchentisch, der im langen, ungemähten Gras unter einem Dach aus überhängenden Weißdorn- und Holunderbuschzweigen stand.

Er nippte an dem heißen, starken Tee. »Der Titel des Vortrags klingt ein wenig seltsam«, sagte er. »Habe noch nie davon gehört.« Er deutete vage zum Gartentor. »Ich meine diesen Zettel dort – ›Millionen von Menschen werden ewig leben‹.«

»Ach, das meinen Sie!«, sagte sie. »Die Leute lachen uns aus. Jedenfalls einige von ihnen. Es geht um die Wiederkunft des Herrn, wenn er dereinst wird sitzen auf dem Thron und alle Völker um ihn versammelt sein werden, wenn die Toten auferstehen und wir alle vor den Richterstuhl treten müssen. Es ist alles in der *Offenbarung des Johanne*s niedergeschrieben: Ich gebe Ihnen später ein Buch darüber mit.«

Sie sah ihn lächelnd an. »Sie sind fremd hier. Sind Sie nur für diesen Tag hergekommen – für die Kirchweih?«

»In gewisser Weise, ja. Ich denke, so kann man es sagen, dass ich wegen der Kirchweih hier bin, in weitestem Sinn jedenfalls.«

»Dann gehören Sie also nicht zu den Jahrmarktsleuten?«

»Nein, ich reise heute Abend mit dem letzten Zug wieder ab. Die Kirchweih ist hier wohl ein großes Ereignis, nicht wahr?«

»Ja, die Leute messen die Zeit an diesem Ereignis: Sie sagen ›vor der Kirchweih‹, ›nach der Kirchweih‹, ›Es passierte kurz vor oder nach der Kirchweih, als es den lieben langen Tag geregnet hat …‹«

Sie blickte gen Himmel.

»Noch ist es ein strahlender Tag«, fuhr sie fort, »aber es braut sich was zusammen. Sie werden sehen, noch vor dem Abend wird es ein Unwetter geben. Ein sehr heftiges Gewitter in unmittelbarer Nähe. Die Menschen werden merkwürdige Dinge tun – das tun sie so oder so, wenn Kirchweih ist. Es muss an dem Lärm und den Lichtern liegen. Doch heute wird die elektrische Spannung in der Luft alles noch schlimmer machen. Ich habe dergleichen schon etliche Male erlebt; schließlich habe ich mein ganzes Leben hier verbracht.«

Peplow blickte über ein trockenes Beet mit Mohnblumen hinweg zu dem Haus.

»Es ist ein hübsches Haus«, sagte er, doch in Wahrheit empfand er die düsteren Steinmauern und den trostlosen Anstrich als bedrückend.

»Nicht in diesem Haus. Ich habe nicht immer hier gewohnt. Das war das Haus meines Schwiegervaters. Die Loatleys waren schon vor meiner Geburt hier ansässig. Es hat drei Stockwerke.«

Peplow stand auf. »Der Tee hat gutgetan«, sagte er, »und es war überaus freundlich von Ihnen, mich auf eine Tasse einzuladen.«

Sie sah ihn an, betrachtete forschend sein Gesicht.

Sie möchte mir etwas sagen, dachte er. Irgendetwas beunruhigt sie, aber sie schafft es nicht, darüber zu reden – nicht einmal gegenüber einem Fremden, den sie nie wiedersehen wird.

Kurz fragte er sich, was es wohl sein mochte.

Ich darf mich mit niemandem einlassen, beschloss er voller Starrsinn. Auch nicht mit Ruskin, ja nicht einmal mit Bellenger, diesem armen alten Tropf. Aber selbst hier passiert es mir – die Leute sprechen mich einfach an.

Nun, damit hat es sich jetzt. Sie werden künftig allein mit ihren Problemen zurechtkommen müssen. Wir alle müssen allein mit unseren Problemen fertigwerden.

»Ich habe Sie heute Morgen ankommen sehen«, fuhr die Frau fort. »Ich stehe früh auf. Sie sind ein Freund von Mr Ruskin, stimmt's?«

Er nickte.

»Die Leute ziehen ständig über ihn her, aber er ist nicht so schlimm, wie sie behaupten. Was wissen sie schon darüber, was er alles durchmachen muss? Nur Menschen, die selbst ein solches Bündel tragen müssen, können es verstehen.«

Sie sah ihn eindringlich an. Er nickte.

»Sie kommen doch heute Abend? Ich hoffe es sehr. Werden Sie?«

Seine Antwort ging in Kindergeschrei unter: Es war große Pause, und die Schüler quollen auf den kiesbedeckten Schulhof hinaus wie überschäumendes Bier aus einer Flasche, die geschüttelt worden war.

»Die Toiletten bereiten uns Probleme«, sagte Croser zu Peplow durch den Lattenzaun hindurch, hinter dem die Kinder eingesperrt waren. »Wenn nämlich ein Unfall passiert, sind wir verantwortlich. Vor allem, seit aus unserem Land ein Wohlfahrtsstaat geworden ist. Bei der kleinsten Beule oder auch nur einem Kratzer marschieren die Eltern zur Grafschaftsverwaltung, eine ellenlange Beschwerde im Gepäck, das meiste davon gelogen, und fordern Schadenersatz. Schadenersatz! Und die zuständigen Beamten wenden sich dann postwendend an uns. Fallen in Horden über uns her. Es hat alles mit Geld zu tun. Sobald etwas mit Geld zu tun hat, sind die von der Grafschaft zur Stelle. Pädagogische Dinge, die kümmern sie nicht, aber sobald Geld im Spiel ist, setzen sie sich in Bewegung ... Daher muss während der Pause immer einer von uns Lehrern seine Runden drehen. Nur dann ist man vor einer Klage gefeit.«

»Nun gut, aber was haben nun die Toiletten damit zu tun?«, fragte Peplow.

Die Mechanismen des Schulbetriebs hatten ihn schon immer interessiert. Doch nach wie vor überraschte es ihn, wenn Lehrer hin und wieder ihre Unfehlbarkeitsmaske fallen ließen und sich über die Tyrannei beschwerten, der sie ausgeliefert waren.

»Es ist wegen der Tür«, sagte Croser, der sich jetzt richtig ereiferte, weil er sich bei diesem Thema auskannte wie wohl bei keinem anderen in der Welt der Erziehung. »Kinder haben nicht die natürliche Abneigung vor Toiletten, wie wir Erwachsene sie haben. Sie lungern gern dort herum. Für sie ist es das, was für uns Männer ein Club ist. Die Toiletten sind ihr Club, dort treffen sie sich. Aber am meisten fasziniert sie die Tür ... entweder verstecken sie sich dahinter oder sie stoßen jemanden hinein oder hindern einander beim Eintreten. Sollte ich je die Karriereleiter hochklettern und Rektor werden, wissen Sie, was dann meine erste Amtshandlung ist?«

Er machte eine bedeutungsvolle Pause.

»Ich werde mitten auf dem Schulhof eine Tür aufstellen lassen.«

»Wirklich? Eine Tür? Und wohin soll sie führen?«

»Nirgendwohin!«, verkündete Croser triumphierend. »Einfach nur eine Tür, die auf- und zugeht, und davor und dahinter ist gar nichts. Das ist der springende Punkt. Dann hätten sie nämlich absolut keine Entschuldigung mehr, in den Toiletten zu spielen. Und das Problem wäre gelöst.«

»Interessant, in der Tat!«, sagte Peplow und reichte seinem

Gesprächspartner eine Zigarette durch den Zaun hindurch. »Unterrichten Sie eigentlich gern?«

Croser steckte die Zigarette in seine Westentasche.

»Im Dienst darf ich nicht rauchen«, erklärte er, »also zünde ich sie mir hinterher an. O ja, für mich ist es eine Berufung, ich liebe das Unterrichten, es liegt mir im Blut. Warum fragen Sie?«

»Weil Sie so müde aussehen.«

»Oh, wirklich? Nun, ich habe gestern bis spät nachts Aufsätze korrigiert und den heutigen Unterricht vorbereitet. Außerdem habe ich noch andere Verpflichtungen. In ländlichen Gemeinden wie dieser erwartet man von uns, dass wir eine führende Rolle ausüben. Man erwartet ein gewisses Engagement von uns. Manchmal laugt es mich ganz schön aus, immerzu den Anforderungen all dieser Leute gerecht zu werden. Für sie sind wir die Welt da draußen, verstehen Sie? Manchmal komme ich erst am frühen Morgen ins Bett. Sind Sie eigens für die Kirchweih hergekommen?«

»Ja. Sind Sie von hier?«

»Machen Sie Witze? Ich? Hier aufgewachsen? Nein, ich wohne hier nur vorübergehend. Ich stamme aus einer richtigen Stadt. Aus Castleford! Dort gibt es zwei Flüsse, den Aire und den Calder, und Kanäle haben wir auch. Leute, die schon mal auf dem Kontinent waren, sagen, es ist ein bisschen wie Venedig, nur dass es kühler und weniger schmutzig ist. Der Ort ist bekannt für die Herstellung von Flaschen und Medikamenten.«

»Wie praktisch!«

»Es ist nicht leicht hier, das kann ich Ihnen sagen. Die Menschen im Norden mögen zwar schlicht sein. Aber hier herrscht die reine Inzucht. Man wagt nicht, über irgendjemanden etwas zu sagen. Immer ist jemand mit irgendwem über drei Ecken verwandt. Sie sollten mal versuchen, deren

Kinder zu unterrichten. Das ist echt mörderisch. Wegen der Inzucht, Sie wissen schon.«

Eine mittelalte Frau in einer staubfarbenen Leinenbluse und einem Tweedrock kam um eine Ecke des Schulhofs geeilt.

»Die Glocke, Mr Croser!«, rief sie ärgerlich. »Die Glocke! Sie sind schon drei Minuten zu spät! Los, läuten Sie endlich.«

»Du liebe Güte!«, rief Croser bestürzt aus und begann wie verrückt an der Schnur einer kleinen Messingglocke zu ziehen.

Mhm, murmelte Herbert Ruskin. Soso, du alte Hexe. »Millionen werden niemals sterben!« Versteckst du immer noch deinen Gatten, oder dient er längst als Dünger für die Himbeersträucher? Falls er noch lebt, warum packst du nicht seine Füße, wenn er in der Badewanne liegt, hältst sie nach oben und bringst es so zu Ende? Ich bin ein Verfechter der Effizienz.

Mrs Loatley, die in ihrem blauen Wollkleid keinerlei Zugeständnisse an die stechende Sonne machte, stapfte, einen Korb am Arm, den Gehsteig entlang und verschwand in der Apotheke.

Was für ein heißer Tag, dachte er, und das im Mai. Der Berghang jenseits der Dächer kräuselte sich in der Hitze, und es schien, als würden die Bäume auf dem Hügelkamm strampeln und die Luft zum Flirren bringen.

Ah, und da ist die dralle Miss Blondie, die Wichtigtuerin, die in ihrer Vormittagspause auf einen Tratsch und eine schnelle Kippe davonstolziert. Und, du hast noch immer nicht herausgefunden, was direkt vor deiner Nase passiert, was? Vielleicht sollte ich dir eine kleine Notiz zukommen lassen. Aber am Ende wirst du deinen Sid schon kriegen: Er spielt nicht wirklich in Georginas Liga. Eher in der dritten Liga wie du und Hartlepools United. Eine Weile wird er noch brünftig herumstreunen, aber zum Schluss kommt er nach Hause gekrochen, um sich von seiner molligen rosa Gummipuppe das Ego aufpäppeln zu lassen.

Effie ging mit verächtlichem Blick zwischen den halb zusammengebauten Teilen der Jahrmarktbuden und Stände über den Platz. Als der dunkle, drahtige Mann, der vorhin mit Mrs Thickness zusammengestanden hatte, sich aufrichtete, grinste und ihr nachpfiff, während seine Kameraden angesichts seiner Unverfrorenheit feixten, erschauderte sie ein wenig.

Ruskin spürte Ärger aufwallen, lachte dann aber über sich selbst. Ich führe mich ja auf wie ein empörter Steuerzahler, dachte er, dabei steht sie ja gar nicht auf der Gemeindegehaltsliste.

Sie schlängelte sich weiter zwischen den Ständen hindurch, bis sie aus seinem Blickfeld verschwand. Er schob sich in seinem Rollstuhl zurück zu einem Regal und langte nach oben, bis er mit den Fingern ein Hollywood-Jahrbuch erreichte. Er blätterte durch die Hochglanzmotive, bis er ein Bild von Bridget Malabar in einem Schaumbad entdeckte … die beiden Frauen wiesen eine erstaunliche Ähnlichkeit auf.

Als er nach ein paar Minuten ans Fenster zurückkehrte, steuerte die Frau des Pfarrers auf den Metzgerladen zu. Sie trug ein graues, figurbetontes Seidenkleid, und er hob seinen Feldstecher und nahm sie genießerisch in Augenschein.

»Verdammt!«, murmelte er und stellte sich den sonnengebräunten Körper unter dem geriffelten Gewebe vor. Pfarrer sollten nicht solche Frauen haben. Es ist schlecht für sie, dachte er, sie setzen ihnen nur Flausen in den Kopf, die unter ihrer Würde sind, führen sie in Versuchung, ziehen sie hinab in den Schlund der ewigen Verdammnis oder wie immer dieser Ort heißt. Der Bischof sollte ihnen verbieten, solche Frauen zu heiraten; sie sollten nur solche mit demütigem Geist und Sekretariatserfahrung nehmen dürfen.

Er sah zu, wie sie mit dem verdrießlich dreinblickenden Metzger verhandelte. Ah, heute gibt's kein Fleisch! Der gibt dir gar nichts mehr, präsentiert dir höchstens deine unbeglichenen Rechnungen. Das ist schlecht. Mit einer Frau wie dir im Haus braucht dein armer Mann rotes Fleisch, noch halb blutig, damit sein Motor auf Touren kommt. Ölsardinen aus der Dose reichen da nicht, Süße.

Er dachte an Croser, seinen billigen Anzug, sein geöltes Haar, seinen hungrigen Körper. Ein Schakal, der am Rand lauert und wartet, bis etwas für ihn abfällt, ohne dafür kämpfen zu müssen. Ganz anders als Bellenger in der Blüte seiner Tage, ein Raubtier, das dem Rest des Rudels seine Beute entriss. Nun, auch ein blindes Huhn findet mal ein Korn, und heute war Croser an der Reihe.

Der Metzger war seiner Kundin zur Tür gefolgt und sah ihr, die Hand über den Augen, nach. Ruskin stellte sein Fernglas auf dessen Gesicht scharf. Er sah, wie sich ein Kunde an ihm vorbei in den Laden schob. »Ah, du alter Eunuch, auch du?«, murmelte Ruskin. »Los zurück zu deinen Gerippen! Was willst du noch? Reicht dir deine Goldgrube nicht? Wie praktisch, so eine kleine private Goldgrube! Der Metzger gräbt und gräbt, und die Frau des Metzgers und seine picklige Tochter graben fleißig mit und schaufeln Goldklumpen um Goldklumpen hinauf, die er am Freitag zur Bank schafft.«

Metzger & Co. Goldminenbetreiber.
  Besitzer, Ex-Bürgerwehrkorporal.
  Diente, indem er auf seinem Hintern sitzen blieb und im Sektor Minden/Gornard die Stellung hielt.

(Wenn er nicht gerade auf dem Schwarzmarkt Koteletts an Kunden verhökerte, die sie sich leisten konnten.)

Trägt seine Kriegsteilnehmermedaille aus dem Ersten Weltkrieg Tag und Nacht über seinem Unterhemd.

Kirchenvorsteher, obwohl keiner bekannten Religion anhängig.

Hat ein kleines goldenes Kalb im Regal des Schlachthauses stehen.

Sein Bestreben: Nach genug Gold zu schürfen, um sich zwanzig Chalets in Skegness zu kaufen und von deren Vermietung zu leben.

»Was für ein grässlicher Zeitgenosse! Aber immerhin hat er zwei Beine.«

Herbert Ruskins Fingerknöchel traten weiß hervor, während er das Fensterbrett umklammerte; sein Rumpf zitterte. Als es ihm nicht gelang, das Zittern zu kontrollieren, ließ er den Kopf in die Hände sinken und weinte.

»Es war eine interessante kleine Zeremonie«, sagte Peplow, während er in dem Kaffee rührte, den die Bedienung gerade vor ihn hingestellt hatte. »Die Bekränzung der Reiterstatue, meine ich.«

Die Frau ihm gegenüber schien ihm nicht zugehört zu haben. Sie hob den Kopf. »Wie bitte?«, fragte sie. »Was meinten Sie? Tut mir leid, aber ich fürchte, ich war in Gedanken woanders.«

Er wiederholte es.

»Ach so, die Bekränzung heute Morgen. Die habe ich leider verpasst. Ging irgendetwas schief? Irgendetwas geht immer schief.«

»Nun, dem jungen Mann mit der Leiter schien es gar nicht gut zu gehen. Er wirkte überaus nervös. Die Frau, die das Kommando führte, ist wohl ein richtiger Tyrann. Sie hat ihn ganz schön herumgescheucht.«

Die Frau stieß ein kurzes Lachen aus.

»Sind Sie wegen der Kirchweih in Minden?«

»Ja. Eine Art Blitzbesuch. Und Sie, wohnen Sie hier?«

»Ja, mein Mann ist der hiesige Pfarrer. Wir wohnen seit fünf Jahren hier.«

»Nun, es scheint mir ein recht angenehmer Ort zu sein.«

»Ach ja, finden Sie?«

»Also nicht besonders aufregend?«

»Sie können ja ein bisschen auf Probe hier wohnen. Mögen Sie Bridge- und Tennisturniere? Und stehen Sie gern unter ständiger Beobachtung?«

»Nicht unbedingt.«

»Gut, dann lassen Sie es lieber.«

»Nun, ich nehme an, als Frau des Pfarrers sind Sie … wie soll ich es ausdrücken? …«

»Bin ich ganz schön eingeengt? So könnte man es sagen.«

Peplow entging der bittere Unterton in ihrer Stimme nicht. Er betrachtete sie eingehender und nahm ihre leicht vorstehenden Augen mit dem düsteren Blick wahr, die winzigen Schweißperlen über ihrer Oberlippe.

»Die Leute beobachten einen auf Schritt und Tritt«, sagte sie. »Wirklich, auf dem Land kann man keinen einzigen Schritt machen, ohne dass es jemand mitbekommt, nicht mal nachts. Von wegen ländliche Ruhe! Wenn man aufmerksam lauscht, kann man ihr Getuschel hören, aber Vorsicht, sonst versengt man sich die Ohren! Die Leute hier brauchen weder Fernsehen noch eine Bibliothek. Es spielt sich alles direkt vor ihrer Nase ab – sie können sich Romane oder Sachbücher sparen. Vor allem natürlich interessieren sie sich für pornografisch angehauchte Biografien. Hier wird ihnen immer etwas geboten – ihre Lüsternheit wird rund um die Uhr bedient!«

»Ach ja?«, fragte Peplow mit einem unbehaglichen Gefühl.

»Schauen Sie nach rechts. Nein, auf die andere Seite des Platzes, schräg links von der Apotheke. Am Fenster im ersten Stock sitzt ein Mann. Er sieht aus wie ein Frosch, aber ohne Beine. Er sitzt den ganzen Tag und die halbe Nacht dort, nehme ich an, und beobachtet alles; ihm entgeht nichts. Sie kennen doch diese Zauberkünstler, die auf manchen Festen auftreten und zu einem sagen: ›Ziehen Sie irgendeine Karte aus dem Stapel – irgendeine …‹ Nun, bei ihm ist es so ähnlich, nur dass er zu Ihnen sagen würde: ›Nennen Sie mir irgendeinen Namen …‹ Er könnte glatt der Lady of Shalott aus dieser Ballade Konkurrenz machen.«

»Oh, ich muss Ihnen gestehen, ich kenne diesen Mann«, sagte Peplow schnell.

»Wie dumm«, erwiderte sie ungerührt. »Dass ich mir ausgerechnet ihn herausgepickt habe. Aber wie auch immer, hier gibt es ein paar Hundert Leute mit noch vollständigeren Dossiers, als er sie hat. Schließlich kann er nur die Haustüren sehen; doch die anderen wissen, was in den Schlafzimmern vor sich geht.«

Sie zündete sich eine Zigarette an und sah ihn eindringlich durch den Rauch hindurch an. Sie schien ihre folgenden Worte mit Bedacht zu wählen.

»Um das schmuddelige Thema abzuschließen … Sie sind nicht zufällig in irgendeiner alten Angelegenheit hier? Ich denke, dass Sie wegen etwas Bestimmtem hier sind; und ich hätte gern gewusst, was es ist. O ja, geben Sie es ruhig zu. Ich bin mir ziemlich sicher. Sie sind nervös. Schon seltsam, so etwas zu einem Fremden zu sagen, stimmt's? Nun, Sie haben begonnen,

sich mit mir zu unterhalten. Warum immer nur dieses ober-
flächliche Geplänkel? Wenn man nicht mit jemandem offen
reden kann, den man nie wiedersehen wird, mit wem dann?
Und ich weiß einfach, Sie warten darauf, dass etwas passiert,
oder Sie selbst führen etwas im Schilde.«

»Fallen Sie immer mit der Tür ins Haus?«

»Nein. Aber dieser Tag verspricht ein außergewöhnlicher
zu werden, für mich oder für Sie, könnte das sein?«

»Nun gut, ich habe tatsächlich eine Aufgabe zu erledigen.
Aber sie ist nur für mich von Bedeutung. Die Menschen nei-
gen dazu zu glauben, die Welt dreht sich um sie selbst, aber das
ist ein Irrtum. Ich für meinen Teil habe immer Wert darauf
gelegt, die Dinge aus einer gewissen Distanz zu betrachten,
mich rauszuhalten, wenn Sie wissen, was ich meine, keine
Stellung zu beziehen. Ich habe das Gefühl, das fällt mir zusehends schwerer, glaube aber trotzdem, dass es die richtige Haltung ist. Denn wer interessiert sich letzten Endes für einen? So
richtig, meine ich.«

»Vielleicht ein, zwei Menschen. Mehr wohl nicht.«

»Nun, warum sollte sich jemand für einen anderen interessieren? Wir sind alle im selben Boot. Wir glauben einander
zu kennen, aber das stimmt nicht. Das können wir gar nicht.
Es ist so, als würde man mitten in einem Film das Kino betreten: Man kann nur Vermutungen darüber anstellen, was vorher passiert ist, und mindestens die Hälfte der Zeit irrt man
sich. Sie haben vorhin Ruskin erwähnt. Können Sie sich vorstellen, dass er einer der attraktivsten – und mutigsten – Männer war, die mir je begegnet sind? Sie kennen ihn nur so, wie
er jetzt ist: ein Torso ohne Beine, ein abgeschnittener Körper,
ein beschädigter Geist. Aber er erinnert sich gut daran, wer er
einmal war. Das weiß ich. Und er hasst den Menschen, zu
dem er geworden ist.«

Einen Moment lang waren beide in ihre Gedanken versunken, und Peplow bereute seinen emotionalen Ausbruch bereits wieder.

»Vielleicht haben Sie ja recht«, sagte sie, »aber das ist alles furchtbar deprimierend, finden Sie nicht auch?«

»Das dachte ich auch lange Zeit und bin Schwierigkeiten aus dem Weg gegangen. Jetzt habe ich das Gefühl, im selben Sumpf wie alle anderen gefangen zu sein.«

Sie streifte sich langsam ihre weißen Handschuhe über. Unvermittelt beugte sie sich vor und berührte den kantigen Gegenstand in seiner Jackentasche.

»So etwas kenne ich eigentlich nur aus dem Kino, Sie verzweifelter Mann«, sagte sie, und ein träges Lächeln verlieh ihrem dunklen Gesicht einen besonderen Reiz. »Aber nicht, dass Sie danebenschießen, er hat es bestimmt verdient. So, jetzt muss ich gehen. War nett, mit Ihnen zu plaudern.«

Peplow stand auf. »Es war nett, Sie kennenzulernen. Auf Wiedersehen.«

Er folgte ihr nach draußen und stieß mit der molligen blonden jungen Frau zusammen, die er vorhin vor ihrem Salon hatte stehen sehen.

»Oh, ich dachte schon, ich würde es nicht mehr schaffen!«, rief Effie schnaufend aus und legte die Hände auf ihre wippenden Brüste, als wollte sie sie besänftigen. »Ich habe echt gedacht, ich würde es nicht mehr schaffen. Diese Mrs Bumby hat mich so lange aufgehalten … ›Meinen Sie, er wird merken, dass sie gefärbt sind? … Finden Sie, ich sollte sie färben lassen? … Also für mich selbst würde ich es ja nicht tun; es ist nur seinetwegen … Denn grau würde er sie bestimmt nicht mögen, bestimmt würde er denken, ich komme allmählich in die Jahre … Andererseits mag er sie vielleicht auch nicht gefärbt …‹ Diese dumme alte Schachtel, sie sieht doch so oder so aus wie hundert.«

»Ja, es ist wirklich furchtbar!«, sagte die Gehilfin des Fotografen. »Bei uns ist es genauso. Einige Leute können sich einfach nicht mit ihrem Alter abfinden. ›Aber nicht dass meine Nase zu lang aussieht‹, sagen sie zu meinen Chef. ›Bitte nicht zu nah … Ich werde nicht lächeln – wegen meinem Gebiss … Bitte ja keine Aufnahme unterhalb vom Hals …‹ Da wird einem echt schlecht, oder? Ach, diese Menschen!«

Ob ich ihr sagen soll, dass sie einen Mitesser auf dem Kinn hat?, überlegte Effie.

Sie nippten geziert an ihrem mit Fettaugen bedeckten Kaffee und bliesen große Rauchkringel in die Luft. Nein, beschloss sie. Die andere würde sich brav bedanken, sich aber hinterher insgeheim ärgern.

»Gestern habe ich Sid vor dem Blatter's stehen sehen. Du liebe Güte, hat er sich vielleicht die Ringe in der Auslage angeschaut? Jedenfalls stand er gute zehn Minuten dort und schaute einfach nur. Jetzt rechne ich jeden Morgen damit, dass du mit einem glitzernden Stein am Finger auftauchst. Ich kann es einfach nicht erwarten! Ach, ich wünschte, ich würde mich auch bald häuslich niederlassen wie du. Es ist bestimmt herrlich, einen festen Freund wie Sid zu haben. Und er ist so gut aussehend und vornehm! Man sieht, dass er nicht in Minden aufgewachsen ist.«

»In den Sommerferien nimmt er mich mit zu seinen Eltern«, sagte Effie betont beiläufig. »Nach Castleford! Er sagt, sie haben dort zwei Kinos *und* ein Hallenbad und es gibt jeden Tag Tanztee, außer Sonntag, aber da kann man dann entweder in den Memorial Garden gehen oder in ein Kirchenkonzert. Ich hoffe, seine Familie mag mich.«

96

»Sie sind bestimmt wohlhabend, nicht wahr? Oh, wie ich dich beneide.«

»Ich nehme an, ja. Wobei er nicht viel von ihnen erzählt. Ich glaube, er hatte eine einsame, unglückliche Kindheit«, fügte Effie in melodramatischem Ton hinzu. »Manchmal hat er einen so traurigen, fast verängstigten Ausdruck in den Augen, als wollte er mir etwas sagen, könnte aber seine Gefühle nicht in Worte fassen. Du weißt schon, was ich meine!«

Die Gehilfin des Fotografen ließ keinen der beiden wöchentlich neuen Filme im Kino im benachbarten Gornard aus und wusste daher, was Effie meinte.

»Wird er dich dein Geschäft weiterführen lassen, wenn ihr verheiratet seid?«

Effie kicherte und beugte sich vor. »Nein … er sagt, er will mich mit niemand teilen. Er sagt, ich brauche mich erst anzuziehen, wenn er zur Arbeit gegangen ist.« Sie sagte übertrieben vertrauensvoll flüsternd: »Ich kann so lange in meinem Negligé am Frühstückstisch sitzen, wie es mir beliebt, meint er.«

»Das ist ja himmlisch, Eff!«, rief ihre Freundin neidisch aus. »Keiner der Jungs, mit denen ich bislang ausgegangen bin, hat je so was zu mir gesagt. Im Vergleich zu Sid sind sie alle ungehobelte Tölpel. Ich könnte dir stundenlang zuhören, ehrlich, das könnte ich. Aber du weißt ja, wie mein Boss ist, wenn ich nur eine Minute zu spät komme, reitet er noch stundenlang darauf herum. Also dann, tschüssi! Zurück in die Dunkelkammer. Du müsstest mal seinen Atem riechen heute! Eingelegter Hering! Zum Frühstück! Dieser Bauerntrampel!«

Sie drückten ihre Zigarettenstummel in den Untertassen aus und gingen hinaus.

»Wie man hört, läuft es oben im Pfarrhaus nicht besonders gut«, sagte die Kundin in forschendem Ton.

»Ja, da kommt man schon ins Nachdenken, wenn man das hört«, antwortete Effie. »Ich selbst bin ja keine Kirchgängerin, aber man würde doch meinen, solche Leute müssten mit gutem Beispiel vorangehen. Aber Mum meint, für die ist das einfach nur eine Arbeit, genau wie bei uns auch. Und eine angenehme noch dazu«, ergänzte sie boshaft, während sie an ihre zusammengequetschten Zehen dachte.

»Nun, ich für meinen Teil gehe nur an Ostern in die Kirche, obwohl ich anglikanisch erzogen bin«, fuhr die Kundin fort. »Wobei er ein netter Mann zu sein scheint. Wenigstens versucht er nicht, einem bei jeder Gelegenheit seinen Glauben einzutrichtern, so wie die Baptisten, und faselt nicht die ganze Zeit von Sünde. Sie hingegen ist völlig verrückt«, fügte sie listig hinzu.

»Sie ist keine Kundin von mir«, sagte Effie. »Es heißt, sie fährt nach Northampton, um sich die Haare machen zu lassen. Nun, manche Leute sind halt so. Es geht einfach nicht in ihren Kopf hinein, dass sie dort für genau die gleiche Frisur mehr bezahlen, und dann kommt noch das Busticket dazu. Aber da sind sie unbelehrbar. Sie meinen wohl, je teurer der Salon, desto besser wird frisiert.«

»Also ich bin hier immer sehr zufrieden, das muss ich sagen.«

[Was wohl dran ist an dem, was die Leute sagen?, fragte sich die Kundin. Offensichtlich weiß sie nichts von Sid Croser und dieser Frau. Schon komisch, wo sie doch eine der größten Klatschbasen hier im Ort ist und glaubt, sie ist über alles im Bilde, aber *das* weiß sie offenbar nicht. Wirklich zum Schreien!]

»Was werden wir bloß tun, wenn Sie diesen netten Lehrer heiraten?«, fragte sie versuchsweise.

»Nun, keine Ahnung. Wobei wir noch keinen konkreten

Termin haben. Mr Croser weiß nicht, ob er in Minden bleiben wird. Er braucht einen größeren Wirkungsbereich. Wenn man ehrgeizig ist, braucht man einen größeren Wirkungsbereich, stimmt's? Aber er wird bestimmt wollen, dass ich mein Geschäft aufgebe. Das hat er jedenfalls durchblicken lassen.«

[Das stimmte nicht. Croser hatte mehr als einmal gesagt, dass eine Familie ihn beim Aufstieg auf der gesellschaftlichen Leiter behindern würde und er, es sei denn, er ändere seine Meinung noch oder die Natur funke dazwischen, von Effie erwarte, dass sie nicht untätig im Nest herumliege, sondern tatkräftig helfe, es zu bauen.]

»Glauben Sie, die beiden bleiben zusammen?«, fragte die Kundin gähnend. Aber Effie hörte ihr gar nicht zu, sie grübelte wie so oft besorgt darüber nach, was da in den dunklen Winkeln von Crosers faszinierendem Geist herumspukte.

»Wie bitte?«, fragte sie. »Tut mir leid, war gerade in Gedanken woanders.«

Die Kundin wiederholte ihre Frage.

»Wer?«, fragte Effie. »Ach so, die beiden! Mum sagt, man hätte doch meinen können, er nimmt sich eine passendere Frau. Erst heute Morgen habe ich sie mit einem anderen Mann gesehen. Sogar einem Fremden, jedenfalls war er nicht aus Minden. Haben ganz vertraulich getan. Sie hat ihn sogar berührt – in der Öffentlichkeit.«

»Es heißt, sie hat eigenes Geld«, sagte die Kundin boshaft und forschte in dem vergoldeten Spiegel in Effies Gesicht.

»Nun, einen großen Teil davon gibt sie anscheinend für Klamotten aus. Ich hab sie noch nie zweimal in denselben Sachen gesehen.«

Aha, diese Reaktion passte schon eher ins Bild. »Wobei man ihr ihr Alter ansieht«, sagte die Kundin beharrlich. »Außerdem ist ihr Haar gefärbt. Das muss es sein in Anbetracht ihres Alters. Einige Frauen ertragen es einfach nicht, nicht mehr jung und knackig zu sein.«

Jetzt hatte sie ganz ihre ursprüngliche Absicht vergessen, Effie auszuhorchen, und wurde stattdessen von der Erinnerung an ihr eigenes eheliches Desaster überwältigt.

»Ach, Männer!«, fügte sie verbittert hinzu. »Die werden nie erwachsen. Sie streunen herum wie Hunde und schnüffeln an jedem Rock, ja, genau, wie sabbernde Hunde …«

Die restlichen Minuten, in denen Effie sie zu Ende frisierte, verharrten beide in düsterem Schweigen, dann verließ die Kundin den Salon.

Scheint zu stimmen, was die Leute sagen, dachte Effie, während sie die abgeschnittenen Haare auf einen auf dem Boden ausgebreiteten *Daily Mirror* fegte, kein Wunder, dass ihr Mann auf und davon ist. Sie ist völlig verbittert. Wenn eine Frau so wird, hat sie es verdient, verlassen zu werden. Man kann nicht erwarten, dass ein Mann dieses sauertöpfische Gesicht lange erträgt, wenn er von der Arbeit nach Hause kommt. Ist bestimmt keine Freude, dieser Anblick!

Und sie hat versucht, mich auszuquetschen … So eine Frechheit!

Effie mochte es gar nicht, ausgequetscht zu werden.

CROSER BLÄTTERTE ZU SEITE 61 in *Englischunterricht für unsere Kinder*, zum Abschnitt *Aufsätze – Wie man Kinder dazu ermuntert*. Ich brauche ein Thema, bei dem sie schnell ins Stocken geraten, etwas, um den Notendurchschnitt niedrig zu halten. Die Sache mit den Pennys hat sie verdammt noch mal zu sehr gefesselt; ich brauche etwas, bei dem sie nicht über eine halbe Seite hinauskommen, damit ich nicht so viel korrigieren muss, das sie aber trotzdem beschäftigt hält.

»Mein Leben – von einer Schnecke« ... »Ein Porträt meines Vaters« ... »Wenn ich tausend Pfund gewinnen würde« ... »*Als er erwachte, blickte er sich um* – fahre hier mit der Geschichte fort« ... Genau, das ist es!

Er schrieb das Thema an die Wandtafel.

»Als er erwachte, blickte er sich um.« Dieser Eröffnungssatz hätte wohl selbst einen Shakespeare mundtot gemacht, dachte er.

»Und denkt daran – kein Blut, keine Diebstähle, keine Raumschiffe, keine Feen, keine Schlachten, keine Cowboys und Indianer und keine Waffen«, fügte er hinzu, um auf Nummer sicher zu gehen. »Gut, nehmt eure Schreibfeder zur Hand, taucht sie ein, hebt eure Gesichter dreißig Zentimeter über die Federspitze und fangt an.«

Die Schüler beugten sich gehorsam über ihre Hefte und begannen fleißig zu schreiben: »*Als er erwachte, blickte er sich um*«, um dann ratlos innezuhalten und wie Galeerensklaven gen Decke zu blicken, auf das Sepiabild von Jack Cornwell, Victoria-Kreuz-Träger, auf die Köpfe der anderen, auf deren Schreibfedern. Dann fanden sie einer nach dem anderen eine Bresche in der undurchdringlich erscheinenden Hecke, hinter der sich ihre verrückten Kindheitsträume verbargen, und krochen hindurch.

»*Und dort war eine orangelich-rote Blume, fast so groß wie ich. Sie wuchs direkt neben mir im Sandkasten*«, schrieb Nick. »*Und da war auch ein Kletterbaum mit saftigen Früchten. Ein Granatapfelbaum. Und es gab auch einen Hund, der hieß Flecki, weil er einen brauen Fleck hinter dem linken Ohr hatte. Der Hund kam zu mir und rieb seine Nase an meinem Bein und kletterte mit mir den Baum hinauf, und wir setzten uns auf einen Ast und aßen die leckeren Früchte. Und wir blickten durch die Blätter hindurch ...*«

[Mein Vater wird bestimmt nicht mehr gesund, dachte er. Ich glaube, er stirbt. Fred Ellis haben sie in ein Heim gesteckt, als sein Vater gestorben ist. Ob ich wohl meine Mutter finden könnte? Wenn sie wüsste, was los ist, würde sie mich vielleicht holen kommen. Das wäre schön. Ich wünschte, ich hätte Vater damals nicht gefragt, ob er mein Großvater ist, weil die anderen Jungs das behauptet haben. Den Schwestern liegt nichts an mir, aber ich würde trotzdem lieber bei ihnen bleiben, als in ein Heim zu müssen. Ich darf mir nichts anmerken lassen. Vater sagt, es bringt nichts, es zu zeigen, wenn man Angst hat. Vielleicht wäre es nicht so traurig, wenn …]

Er sinnierte vage über den Tod nach, wusste aber nur eines mit Gewissheit, dass sein Vater und er nie mehr zelten gehen oder ans Meer fahren oder still in seinem Schlafzimmer sitzen würden, beide froh über die Anwesenheit des jeweils anderen.

Miss Prosser hatte geräuschlos das Klassenzimmer betreten, ihre Brille aufgesetzt, einen kurzen Blick auf die Wandtafel geworfen und marschierte dann den Mittelgang entlang. Dabei blickte sie den Schülern über die Schulter und rief verdrießlich: »Rechtschreibung! … Heb deine Nase vom Blatt hoch! … Zu viel Tinte auf deinem Löschpapier! … Deine Schrift kippt nach links. … Ihr dürft erst nächstes Jahr Kommata verwenden. … Rechtschreibung! …«

Der Moment der Ernüchterung war gekommen.

Sie war bei Nick angekommen und schnappte sich sein Heft.

»Ist das alles? Hast du nicht mehr geschrieben? Was hast du die ganze Zeit gemacht, Nicholas Bellenger? Du fauler Junge! Neun Zeilen! Und noch dazu neun Zeilen voller Unfug! ›Der Hund kletterte mit mir den Baum hinauf‹ – also wirklich. Ein Hund, der einen Baum hinaufklettert! Und dann hat er mit dir zusammen Früchte gegessen, soso?«

Sie zerschlitzte mit ihrem dicken roten Stift zweimal die Seite. Nick starrte fassungslos auf die beiden langen rötlich klaffenden Risse im Papier. Seine Augen schimmerten feucht.

»Ein Hund in einem Baum! Himmelschreiender Blödsinn! Ich werde deinem Vater schreiben, dass du deine Zeit in der Schule vergeudest. Der wird sich freuen. Oh, und wie er sich freuen wird! So wirst du die Prüfung fürs Gymnasium nie schaffen.«

Triumphierend marschierte sie zur Tür zurück und rief, wobei sie mal nach links und mal nach rechts schaute: »Rechtschreibung! … Tintenflecke! … Tintenverschmierte Finger!«

Thickness beugte sich wagemutig zu Nick vor und flüsterte ihm zu: »Blöde Ziege!«

Gott sei Dank, sie ist wieder weg, dachte Croser, der beobachtet hatte, wie sie wie ein Feldwebel zwischen den Pultreihen auf und ab geschritten war, den Stift wichtigtuerisch über dem Notizblock bereithaltend, um sich unverzüglich belastende Beweise zu notieren. Sie ist tatsächlich wieder gegangen, ohne mich auch nur im Mindesten zu kritisieren. Augenblicklich wurden seine Ängste von Optimismus überflutet, doch damit schäumte auch das Gefühl, seine Klasse im Stich gelassen zu haben, hoch, und er ließ sich zu seiner eigenen Entrüstung zu einem Akt törichten Leichtsinns hinreißen.

Er beugte sich über Nick und tat, als läse er die zerfetzte Seite. »Also ich finde es richtig lustig, was du geschrieben hast, Bellenger«, sagte er. »Vor allem deine Adjektive und das mit dem Hund, der einen Baum hinaufklettert.«

Seine Kühnheit schwoll zu regelrechtem Wahnsinn an. »Ich hatte einmal einen Hund, der *konnte* auf Bäume klettern«, fügte er hinzu.

Was Thickness betraf, so bewegte er sich bei ihm auf vertrauterem Boden. Er hatte das Schimpfwort gegen die Rektorin von seinen Lippen abgelesen, und da er seinem Befund nur von ganzem Herzen zustimmen konnte, gab er ihm das, was von den tags zuvor konfiszierten Süßigkeiten noch übrig war, zurück und dazu die volle Punktzahl.

Zurück in ihrem Büro, betätigte Miss Prosser indes ihren Summer und sagte zur Fluraufsicht, die sogleich wie ein Geist zur Stelle war, Croser möge unverzüglich zu ihr kommen. Ihre Vorstellung im Klassenzimmer soeben war nur eine Finte gewesen, bevor sie zum eigentlichen Schlag ausholte.

»Ich habe einen Fehler in Ihrer Anwesenheitsliste gefunden«, verkündete sie.

»Oh«, sagte er ahnungsvoll, und sein neu gewonnener Mut verebbte bereits wieder, »dabei habe ich sie nochmals sorgfältig überprüft, nach dem, was Sie letztes Mal zu mir sagten, Miss Prosser.«

Ängstlich neigte er den Kopf zur Seite und versuchte, den Stein des Anstoßes inmitten der roten Linien und schwarzen Nullen zu entdecken.

»Sie wissen genau, wovon ich spreche, Mr Croser. Es gibt kaum etwas, was mir an meiner Schule entgeht, oder?«

»Sehr wenig, in der Tat, Miss Prosser.« Croser bemühte sich, trotz seiner widerstrebenden Gesichtsmuskeln eine dienstbereite Miene aufzusetzen.

»Und wie soll ich das nun verstehen? Ja, was wollen Sie damit sagen? Diese Bemerkung nehme ich Ihnen wirklich übel!« Sie schlug auf den Schreibtisch. »Sie glauben wohl, Sie können, nur weil ich eine Frau bin, so mit mir reden, stimmt's? Sie arbeiten wohl nicht gern unter einer Frau? Darauf läuft es doch hinaus, hab ich recht, Mr Croser? Sie glauben, Frauen sind nur dazu gemacht, Männern wie Ihnen als Spielzeug zu dienen, nicht wahr? Sie ist nur eine Frau: Daher kann ich sie behandeln, wie es mir gefällt – ich weiß, dass Sie so denken.«

Croser schüttelte in einem fort den Kopf. »Ich wollte gar nichts damit sagen, Miss Prosser, wirklich nicht. Ich wollte nur das sagen, was ich gesagt habe. Ich meine, Sie wissen doch wirklich über alles Bescheid, das stimmt doch? Ich meine, das weiß doch jeder.«

Entsetzt sah er, wie sich die gefürchteten roten Flecken auf den Wangen seiner Peinigerin abzeichneten und ihre Augen feucht wurden.

»Oh, dann geben Sie es also nicht zu. Sie geben Ihren Fehler nicht zu. Nun gut, schicken Sie Phyllis Hawkins zu mir. Los, gehen Sie schon. Was stehen Sie noch länger herum? Schicken Sie sie zu mir!«

»Ich kann sie nicht zu Ihnen schicken«, stammelte Mr Croser. »Sie ist nach Hause gelaufen.«

»Aber Sie haben hinter ihren Namen keine Null gesetzt, oder? Sie dachten, ich würde es nicht bemerken. Sie dachten, ich würde es nicht herausfinden, stimmt's? Sie haben versucht, mich hinters Licht zu führen.«

»Ich habe ihr eine Ohrfeige gegeben, und daraufhin ist sie nach Hause gelaufen. Das war, nachdem ich die Anwesenheitsliste bereits ausgefüllt hatte.«

»Sie haben versucht, mich zu täuschen, und das kann ich Ihnen unmöglich verzeihen. Sie dachten, ich würde es nicht bemerken. Nun, ich werde die Angelegenheit dem Verwaltungsrat zur Kenntnis bringen. Dann sollen die Herren ihre eigenen Schlüsse daraus ziehen! Nein, Sie können noch nicht gehen. Da ist noch etwas. Es gibt noch mehr Dinge, die es anzusprechen gilt. Ihre Klasse widersetzt sich Ihnen, Sie ohrfeigen Schülerinnen, Sie fälschen die Anwesenheitsliste, Sie kommen zu spät, Sie sind ein störendes Element an meiner Schule …«

Die Worte sprudelten nur so aus ihr hervor.

»Und, ja, ich weiß, dass Sie hinter meinem Rücken gegenüber den anderen Lehrern über mich reden. Oh, Sie brauchen gar nicht so den Kopf zu schütteln. Ich habe so meine Quellen. Ich habe verschiedene Möglichkeiten, diese Dinge herauszufinden. Ich weiß alles, was vor sich geht. Aber wir werden ja noch sehen, wer das Sagen an meiner Schule hat. Das werden wir sehen …«

Sie hatte die Stimme erhoben und schlug mehrmals hart auf den Schreibtisch.

»Gehen Sie in Ihre Klasse zurück. Los, sofort!«

Croser drehte sich zitternd um und wankte aus dem Büro hinaus. Als er draußen auf dem Flur war, hämmerte er mit blinder Wut gegen die Glasurziegelmauer.

»Sie ist nicht dazu geeignet, Verantwortung für kleine Kinder zu tragen«, sagte Effie. »Ich habe Geschichten über sie gehört, da würden sich Ihnen die Nackenhaare aufstellen.«

»Ach ja?«, fragte die Kundin, die ihre Chance witterte. »Erzählen Sie mir eine? Das würde mir bestimmt helfen, diese schreckliche Kopfhaube zu ertragen.«

Effie streifte sie zur Seite.

Ganz schön clever, dachte sie, die versucht mich mit allen Mitteln aus der Reserve zu locken.

»Nun, jemand, den ich kenne, hat mir erzählt, ihre Methoden sind so was von altmodisch. Und ich muss sagen, ich habe auf dieser Schule rein gar nichts gelernt. Und diese Person, von der ich spreche, meint, sie wird immer schlimmer. Sie tut nichts anderes, als alle zu schikanieren; früher hat sie uns Mädchen oft geohrfeigt. ›Wehe, sie schlägt dich auch nur ein Mal‹, hat meine Mutter immer gesagt, ›dann läufst du schnurstracks nach Hause, und ich gehe hin und rede ein Wörtchen mit ihr.‹ Aber mich hat sie nie angefasst; vermutlich war ich ein bisschen schlauer als die anderen, deswegen hat sie es nicht gewagt.«

»Vielleicht sind es die Wechseljahre«, sagte die Kundin.

»Ja, vielleicht, aber deswegen muss man doch nicht den anderen das Leben schwer machen, oder? Meine Informationsquelle meint auch, dass das Leben von unsereinem ohnehin schon schwer genug ist. Aber die Prosser versucht, jeden ins gleiche Schema zu pressen, und wenn man versucht, man selbst zu sein, ist sie persönlich beleidigt. Und das Schlimme ist, dass sie noch ungefähr zehn Jahre vor sich hat.«

Eine kurze Gesprächspause entstand.

»Die arme Frau!«, sagte die Kundin nach einer Weile.

»Und das Komische ist: Es heißt, sie war früher ganz anders; sie war lebenslustig und im Tennisclub und fuhr bei jungen Männern hinten auf dem Motorrad mit. Tatsächlich haben sich damals einige Leute sogar beschwert, dass sie sich nicht benimmt, wie man es von einer Lehrerin erwartet, sagt meine Mutter.«

»Für einen Lehrer muss das Leben in einer so kleinen Stadt schon sehr aufreibend sein«, bemerkte die Kundin.

»Hin und wieder ist sie sogar in den *Fusilier* gegangen und hat einen Gin Tonic bestellt, sagt man. Man braucht schon einige Fantasie, um sich das vorzustellen, aber das erzählt man sich tatsächlich. Nicht zu glauben, nicht wahr?«

»In Minden? Nein«, sagte die Kundin lapidar.

»Und die Leute zerrissen sich das Maul, meint meine Mutter. Offenbar wollten einige sogar bei der zuständigen Behörde im County erwirken, dass man sie versetzt. Muss ein richtiger

Skandal gewesen sein. Wie sie mitten in der Nacht auf einem Sozius nach Hause kam … Sie ist sogar mit dem Fußverein, den Wanderers, zu Auswärtsspielen gefahren und hat sich an der Seitenlinie die Seele aus dem Leib gebrüllt. Und Sie wissen ja, was für widerliche Dinge in den Bussen dieser Fußballclubs auf der Rückfahrt geschehen, wenn die Männer betrunken sind.«

»Na ja, aber es muss schon sehr schwierig sein, seine Jungfräulichkeit zwischen diesen hochlehnigen Sitzen zu verlieren, meinen Sie nicht auch? Ich kann mir bequemere Orte für eine Orgie vorstellen«, erwiderte die Kundin.

»Und dann hörte es urplötzlich auf, sagt Mum. Einfach so. Über Nacht war sie völlig verändert. Und seitdem darf niemand mehr Spaß haben. Von einem Extrem ins andere! Meine Informationsquelle meint, allein schon jung zu sein ist für sie ein Grund, auf einem herumzuhacken.«

Effie hatte sich so in Rage geredet, dass sie aus Versehen eine Haarsträhne abgeschnitten hatte, die eigentlich an ihrem Platz hätte bleiben sollen, sodass sie die nächsten fünf Minuten damit beschäftigt war, auch an anderen Stellen des Kopfes die ein oder andere Kürzung vorzunehmen, um ihren Fehler zu kaschieren. Die Kundin, die das Manöver säuerlich im Spiegel verfolgte, beschloss, dass es sich künftig doch lohnen würde, zusätzliches Geld in eine Busfahrt zu einem Friseursalon in der Stadt zu investieren.

»So, genau so habe ich mir das vorgestellt«, sagte Effie mit gespielter Begeisterung.

»Ach ja?«, antwortete die Kundin trocken. »Ich bin mir nicht ganz sicher, ob *ich* es mir so vorgestellt habe. Nächstes Mal sollten wir besser übers Wetter reden … oder den Pfarrer. Sehen Sie, er dreht gerade seine Runden.«

»Und siehe da, da kommt er, und er hat mich bereits entdeckt«, murmelte Herbert Ruskin grimmig. »Meinetwegen an jedem anderen Tag, nur nicht heute! Am einzigen Tag im ganzen Jahr, an dem dieser Ort erwacht und es von diesem Fenster aus endlich mal was zu sehen gibt, muss er seine Hausbesuche machen. Dieser Mann muss plemplem sein. Er hat doch weiß Gott sein eigenes Kreuz zu tragen, wieso muss er sich da unbedingt auch noch meins aufladen?«

Er begrüßte den Pfarrer mit kühler Höflichkeit und bedeutete ihm mit einem Nicken, auf dem Sofa Platz zu nehmen.

»Da ich sowieso gerade in der Nähe zu tun hatte, dachte ich, ich schaue mal nach Ihnen, Herbert.«

[Herbert! Wer hat ihm die Erlaubnis erteilt, mich Herbert zu nennen? Ich spreche ihn ja auch nicht mit Ephraim oder Uriah oder welchem Namen auch immer an, den ihm sein unglückseliger Vater aufgebürdet hat.]

»Sie scheinen wohlauf zu sein.«

»Ich bin immer wohlauf; das heißt, meine obere Hälfte.« [Recht so – zuck ruhig zusammen. Ich hab dich schließlich nicht um deinen Besuch gebeten.] »Ihr Glücklichen, die ihr noch eure Beine habt. Hätte ich gewusst, was ich heute weiß, wäre ich Militärkaplan geworden oder hätte mich auf einen Schreibtischposten versetzen lassen, oder hat man euch Jungs ebenfalls in irgendwelche Cockpits gesteckt? Ich hätte mir ebenso gut wie manch anderer den Hintern platt sitzen und den Crews der RAF-Bomber die Bergpredigt nahebringen können. [Auf die man in Zeiten nationaler Bedrohung gern zurückgreift.] ›Du sollst deinen Nächsten lieben wie dich selbst, es sei denn, ein übergeordneter Offizier erteilt dir eine andere Anweisung, dann sollst du eine Bombe auf ihn werfen und ihn in den Himmel befördern, ja und seine Frau und seine drei kleinen Kinder ebenfalls und seinen Ochsen und seinen

Esel auch und, um das Maß voll zu machen, den Fremden, der sich zufällig auf seinem Hof befindet.‹ Ja, ›Reverend Ruskin!‹ Klingt nicht schlecht. Bestimmt hätte man mich im Hauptquartier in Canterbury geschätzt. Ich hätte mich vor Beförderungen nicht mehr retten können. Drei Streifen für einen Kanoniker, dreieinhalb für einen Archidiakon. Aber nein, ich habe mich anders entschieden. Siegreicher Held! Vogelmann! Reiter der Lüfte! Und einen kostenlosen Rollstuhl vom Nationalen Gesundheitsdienst bis zum Lebensende und dazu die mir zustehende Pension! Schauen Sie mich an. Der interessante Teil ist der unterhalb des Rollstuhlsitzes. Im Gegensatz zu Ihnen habe ich kein Prachtweib, das mit mir das Bett teilt. Wie würde Ihre hinreißende Gattin Sie ohne Ihre beiden Beine finden?«

Der Pfarrer lachte nervös. »Wir müssen uns auf die guten Seiten des Lebens konzentrieren. Ich habe Ihnen ein paar *Reader's Digests* mitgebracht. In einem der Hefte ist ein sehr anregender Artikel, über den ich gern mit Ihnen …«

»Schauen Sie lieber mich an, einen Halbtoten.«

»Ach, nun kommen Sie.«

»Doch, halb tot! Die Hälfte von mir ist bereits im Grab! Und nicht einmal in gesegneter Erde. Knapp außerhalb der Ortsgrenze von Knockke-Le Zoute. Nicht einmal in England! Nicht einmal in einem Sarg!

Kein unnützer Sarg umschloss seine Gebeine,
Weder in ein Laken noch in ein Leichentuch wurden
   sie gehüllt …

Nein, wie einen verendeten Hund warfen sie sie in ein Loch. Wie würde es Ihnen gefallen, wenn man die Hälfte von Ihnen ohne eine würdige Beerdigung in ein Loch werfen würde?

Sie zogen keine Markierung um ihr Grab und errichteten
  keinen Stein,
sondern ließen sie allein in ihrer Herrlichkeit …

Wie soll ich jetzt am Jüngsten Tag auferstehen? Die Hälfte
auf Ihrem verwilderten Friedhof und die andere in Knokke?
Selbst Stanley Spencer, der diese Kriegsbilder gemalt hat, täte
sich schwer, diese Szene darzustellen.«

»Also wirklich, Herbert, jetzt gehen Sie aber zu weit.«

»Hören Sie, ich sag's gern noch mal; sie haben sie einfach in
einem Loch in der Erde vergraben. Das haben mir die Jungs
von der Luftwaffe erzählt. Sie sagten mir, dass nur ein Kamerad zu ihrer Beerdigung gekommen ist. Ja, das wäre eine wunderbare Gelegenheit für Sie gewesen, sich nützlich zu machen,
aber die haben Sie versäumt. Sie hätten die Hand heben und
psalmodieren können: ›Aber ihr werdet sterben wie Menschen
und wie einer der Fürsten zugrunde gehen.‹ Ja, über diesen
Kameraden, dem einzigen Trauergast, erzählten sie sich, dass
seine Maschine einmal im dichtesten Geschosshagel herunter-
kam und fast die Erde berührte und wieder in den Himmel
stieg … Dann feuerte er als Dreingabe noch eine Salve ab!
Wenn das keine Poesie ist! Das müssen Sie zugeben. Shakespeare hätte es nicht besser hingekriegt. Äußerst dramatisch!
Die Krauts hat es mächtig beeindruckt! Wenn das mal kein
Landsmann ist, auf den man stolz sein kann! Er hat nicht vergessen, was sich gehört. Der einzige Trauergast bei der Beerdigung von meinen Beinen und von Mullett! Und jetzt raten Sie
mal, wer diese Christenseele war? Bellenger, der arme alte Ted
Bellenger! Ich wette, er hat seinem Piloten ganz schön Druck
gemacht. Man hätte ihn zum militärischen *Poet Laureate* auf
Lebenszeit ernennen sollen.«

»Mr Bellenger geht es leider gar nicht gut«, sagte der Pfarrer, froh, endlich das peinliche Gespräch auf ein anderes Thema lenken zu können. »Er ist wirklich sehr krank, der arme Mann.«

»Der arme Mann! Bellenger ist nicht arm. Ich bin arm, Sie sind arm, aber Bellenger hat alles gehabt zu seiner Zeit. Er hat alles gehabt, hat das Leben in vollen Zügen ausgekostet. Und einmal hatte er sogar die Nordsee ganz für sich. Wissen Sie, warum wir ihn den ›alten Mann vom Meer‹ nannten? Weil sein Pilot und er einmal auf halber Strecke zwischen Ostende und Bradwell Bay notlanden mussten und er daraufhin fünf Tage und Nächte lang in einem kleinen Beiboot dahinschwappte. Können Sie sich das vorstellen? Und er hat die Leiche seines Piloten über Bord geworfen, als sie zu stinken anfing.«

Ruskin legte eine Pause ein.

»Nun«, sagte er dann erbarmungslos, »können Sie sich das vorstellen, Rev? Nein, weder Sie noch ich können das. Selbst von einem großen Schiff aus wirkt das Meer unendlich groß. Ringsherum nichts als weite Leere. Man denkt: Wenn dieses Schiff jetzt verschluckt wird, wer würde es bemerken? Aber wie muss es erst in einem Rettungsboot sein, nur eine dünne Gummiwand zwischen dir und dem Nichts. Nachts kann man nicht schlafen, weil es viel zu kalt ist, und tagsüber auch nicht, weil man verdammt noch mal fürchtet, mögliche Hilfe zu verpassen. Und die ganze Zeit kämpft man gegen seine Ängste an und zermartert sich den Kopf: Werde ich vor Durst oder Hunger oder Kälte sterben? Werde ich bei vollem Bewusstsein oder vollkommen verrückt sterben, brabbelnd oder schreiend? Wir können uns das nicht vorstellen. Aber Bellenger hat es erlebt und überlebt.«

Ruskin mag mich auch nicht, dachte sein Besucher bitter. Er braucht mich nicht. Meine Seelsorge interessiert ihn nicht. Wir berühren einander nicht. Ihm ist es völlig egal, was ich von seinen Worten halte, weil ihm meine Meinung egal ist. Seine

Abneigung gegen mich ist so groß, dass er mir die unverblümte Wahrheit sagt.

Während Ruskin sprach, schien sein Gesicht mit den ausgeprägten Hängebacken älter geworden zu sein. Sein Blick war gequält.

»Schauen Sie hin, Reverend«, sagte er sanft. »Ich weiß, es ist da. Aber Sie können mir nicht helfen, stimmt's? Dergleichen bringt man euch auf der theologischen Hochschule nicht bei, oder? Doch wenn Sie diese eine Sache beherrschten, wären die Jahre, die Sie an diesem Ort verbracht haben, nicht vergeudet, sondern hätten einen Sinn, allein deswegen.«

Unvermittelt schob er seinen massigen Hals vor und drückte seinen Zeigefinger hinein; seine Augen traten hervor.

»Sehen Sie es?«, flüsterte er. »Nein? Aber er ist da, der Fluch, wie in Coleridges Ballade vom Seefahrer: ›Statt des Kreuzes den Albatros trug ich um den Hals …‹«

Sein emotionaler Ausbruch endete genauso abrupt, wie er begonnen hatte, und Ruskin strich sein Haar glatt. Einen Moment lang starrten sie einander an. Schließlich brach der Pfarrer das bedrückende Schweigen und sprang auf. Er versuchte, das deprimierende Gefühl der Unzulänglichkeit und Verwirrung abzuschütteln.

»Ich muss dann mal weiter. Habe noch einiges zu erledigen an diesem Vormittag! Kann ich irgendetwas für Sie tun?«

Herbert Ruskin schüttelte den Kopf und ignorierte die ausgestreckte Hand. Er hörte, wie sein Besucher die Treppe hinabeilte. Als die Haustür ins Schloss fiel, drehte er das Gesicht zur Wand und schrie voller Verzweiflung: »Und während er da draußen auf dem Meer um sein Leben rang, habe ich sie ihm weggenommen.«

Wenn der Pfarrer den Schulhof überquerte, musste er immer gegen ein Gefühl der Beklommenheit ankämpfen. Er wusste, er war nicht willkommen, dass seine wöchentlichen Besuche nur aus dem Grund mit einem Mindestmaß an Höflichkeit bedacht wurden, weil sie nun einmal zu seinen offiziellen Aufgaben zählten. Schließlich handelte es sich um eine von der Anglikanischen Kirche betriebene Schule, und er war der Vorsitzende des Verwaltungsrats. Er trat aus dem sonnenbeschienenen Pausenhof in das Niemandsland des schummrigen Garderobenraums und begab sich argwöhnisch an die Frontlinie der erbitterten Unterrichtskampfzone, wo Miss Prosser die Scharmützel dirigierte.

»Guten Morgen«, sagte er nervös. »Ich bin gekommen, um Ihnen meinen wöchentlichen Besuch abzustatten, wie Sie sehen.«

Die Rektorin überprüfte gerade konzentriert die Milchflaschenliste und antwortete nicht.

»Aber bleiben Sie doch bitte sitzen«, beeilte er sich zu sagen, »ich wollte nur kurz vorbeischauen und einen kleinen Rundgang machen, und vielleicht kann ich auf dem Rückweg nochmals bei Ihnen vorbeikommen, falls Sie mir die defekte Abflussleitung zeigen wollen, von der Sie mir berichtet haben.«

»Ja, tun Sie das, Reverend«, erwiderte Miss Prosser zerstreut, »tun Sie das.«

Der Pfarrer ging weiter in die Aula und hielt inne, als müsste er erst überlegen, welches Klassenzimmer er zuerst betreten sollte. Dabei wusste er es schon seit dem frühen Morgen.

»Bitte lassen Sie sich nicht stören«, sagte er betont geschäftsmäßig zu Croser, »ich möchte nur ein wenig Ihrem Unterricht lauschen.«

Croser nahm gerade die Ballade *The Lady of Shalott* durch.

»›Schnitter nur, die bei den Weiden
Früh die bärt'ge Gerste schneiden …‹

… das nennt man Onomatopoesie«, sagte er, während er in der Rumpelkammer seiner Erinnerungen an seine Gymnasialzeit kramte.

»Onomatopoesie«, wiederholte er, nahm einen Kreidestummel und machte einen Schritt auf die Wandtafel zu, besann sich dann jedoch anders.

»Das bedeutet, dass Buchstaben wiederholt werden, wie zum Beispiel das offene ›e‹ in ›bärt'ge‹ und ›Gerste‹ oder ›ei‹ in ›Weiden‹ und ›schneiden‹. Habt ihr verstanden?«

Und das ist also der Mann, der mir meine Frau wegnimmt?, dachte der Pfarrer. Dieser lächerliche Papagei, der hier lauter Unsinn plappert?

Was Georgie bloß an ihm findet?

Er starrte feindselig Crosers Hose an, deren ausgebeulte Knie, die zu enge Weste, das schlecht rasierte Kinn, den billigen Anzug. Das ist also der Liebhaber meiner Frau, dachte er ungläubig. Das ist der Mann, mit dem sie, wie ich annehme, Ehebruch begangen hat.

»Dichter machen das – Onomatopoesie«, fuhr Croser fort, der zusehends sein Selbstvertrauen wiedererlangte.

»Für mich klingt das dämlich«, sagte Thickness, die Anwesenheit des Besuchers ausnutzend, der ihn gewiss vor Strafe schützen würde. »Jeder weiß doch, wie Gerste aussieht.«

»Nun, aber genau das tut ein Dichter«, antwortete Croser mit zuckersüßer Stimme, um zu zeigen, dass er Thickness' Ungezogenheit dessen kindlichem Gemüt zuschrieb. »Wenn sie nicht so schreiben würden, wären es nun mal keine Dichter.

›Schnitter nur, die bei den Weiden
Früh die bärt'ge Gerste schneiden …‹

Das klingt doch schön. Vielleicht noch nicht für dich, aber es
ist wirklich schön. Eines Tages wirst du es auch so sehen,
Thickness«, fügte er mit wachsender Verzweiflung hinzu.

»Der ist es! Der ist es! Der ist es!«, hämmerte es im Kopf des
Pfarrers. Er wandte sich mit blinder Wut der Tür zu.

»Danke«, sagte er. »Danke. Das war sehr interessant.« Einen
Moment lang blieb er unschlüssig auf dem Flur stehen. Dann
stürzte er mit zitternden Händen und aschfahlem Gesicht ins
Klassenzimmer zurück.

»Onomatopoesie«, sagte er mit leiser, grimmiger Stimme,
»bedeutet nicht das, was Sie gesagt haben.« Dann wandte er
sich erneut um und eilte hinaus.

Es gibt Tausende Orte wie diesen, dachte Peplow, Tausende Namen auf der Landkarte – Moreton-in-Marsh, Hin-
ton-in-the-Hedges, Newbottle, Oldborough, Long Buckby,
Shortcommon, Great Minden … sterbenslangweilig. Aber
sicher ganz wunderbare Orte, wenn man zufällig selbst dort
wohnt. Und die Leute, die weggehen, kehren schnellstmög-
lich wieder zurück oder verlassen sie erst gar nicht, hassen andere Menschen, die dort wohnen, vergeuden ihr Leben, indem
sie es unentwegt organisieren, ordnen oder ausbeuten, werden
hysterisch bei dem Gedanken, einst an einem anderen Ort begraben zu werden, rennen den unbedeutenden Ehren hinterher,
die solche Orte bieten, und betrachten die Welt außerhalb
ihrer Mauern mit Feindseligkeit.

Er rief sich Ortschaften in trostlosen Tälern in Erinnerung,
solche, die an Berghängen klebten oder sich an Meeresküs-

ten duckten, und stellte sich ähnliche Siedlungen in den unbekannten Weiten Chinas vor, in den Steppen Zentralasiens, Ameisenhaufen in Indien, Lichtungen in den großen afrikanischen Regenwäldern, Sandy Creek, Evansville, Jonesville, Rockerville, Ortschaften, in denen sich irgendwelche unbedeutende Nebenstraßen kreuzten und sich die Leute in baufälligen Gemischtwarenläden trafen, dem Mittelpunkt ihres Lebens. Er dachte daran, wie merkwürdig, wie beängstigend es war, dass er diesen Menschen nie begegnen würde, dass, noch ehe seine Schritte auf der Straße verhallten, unzählige Menschen starben, die er nie kennengelernt hatte, und dass jeder Tod auf seine Weise episch war.

Diese Leute hier in Minden! Bevor ich heute Morgen herkam, wusste ich nicht einmal, dass sie existieren. Und sie wussten nichts von mir. Aber wenn ich jetzt tot umfallen würde, wären sie in heller Aufregung! »Ein Mann ist auf der Straße tot zusammengebrochen«, würden sie sagen und es nie wieder vergessen. Immer wieder würden sie es anderen erzählen: »Als ich zu ihm trat, war er schon tot. Und niemand hat ihn gekannt ...«

Dabei war ich für sie ja schon tot, bevor ich hier eingetroffen bin: Sie kannten mich nicht. Und wenn ich wieder weggehe, sterbe ich erneut. Von all den Menschen, die auf der Erde leben, kennen wir allenfalls fünfhundert, der Rest ist für uns inexistent.

Er kam an der Schule vorbei, blieb an einem offenen Fenster stehen und erblickte in dem Klassenzimmer den jungen Mann, der sich zuvor so ausschweifend über das Problem der Schultoiletten ausgelassen hatte.

»Und die Menschen dort nennen ihn ›Mutter Ganges‹«, dröhnte Croser. »Sie betrachten ihn als heiligen Fluss. Buchstabiere ihn, Bellenger ... Nein, da sind zwei ›G‹ ... merk dir das, zwei ›G‹. Und jetzt du, Thickness. Das ist einer der großen Ströme Indiens. Er fließt in den Golf von Bengalen. Seine Länge von der Quelle bis zur Mündung beträgt 2661 Kilometer.«

Es ist eine Art Droge, dachte Peplow. Man bringt uns solche Sachen bei, um uns von unserer schrecklichen Isoliertheit abzulenken. Wir starren uns mit aufgerissenen Augen an wie Ertrinkende, die von den Fluten weggespült werden, ein kurzer Blick auf den anderen … und schon ist er weg.

Er setzte seinen Spaziergang fort, bog vom Platz ab und wandte sich in Richtung des Hügels mit der Kirche darauf. Aus dem Fenster eines heruntergekommenen Cottages lehnte eine schlampige und missmutige Frau – Mrs Thickness. Ihre Blicke begegneten sich gleichgültig, sie kannten sich nicht. Einen Moment später hatten beide den anderen schon wieder vergessen. Oben angekommen, sah er an der Friedhofsmauer eine Gestalt, die auf das Städtchen hinabzublicken schien; war es ein Mensch oder doch nur ein Busch oder ein Pfosten?

Es war eine Welt von Fremden, jeder von seinen eigenen unermesslichen Sorgen und Nöten in Anspruch genommen; nur hin und wieder streckte jemand einen Arm aus, als wollte er einen weiteren Ertrinkenden erfassen, der in dem Strom dahintrieb und lächerlicherweise gegen die Fluten ankämpfte wie eine unerbittlich auf den Abfluss zutreibende Spinne im abgelassenen Badewasser. Im Gehen blickte er über die Schulter zurück und blieb dann unvermittelt stehen. Das Gesicht der Frau, eben noch missmutig, strahlte jetzt. Sie beugte sich, ihre schweren Brüste halb entblößt, erwartungsvoll über den Fenstersims hinaus zu dem Mann, den zu treffen er nach Minden gekommen war, und einen Moment lang spürte er den unwiderstehlichen Drang, zurückzugehen, den Mann an der Schulter zu berühren und zu ihm zu sagen: »Hier bin ich. Erinnern Sie sich an mich? Ich bin sein Vater. Sie sind der Mann, der meinen Sohn getötet hat.«

Die Kirchenglocke läutete zur vollen Stunde. Es war Mittag. Ein heißer Mittag mit strahlend blauem Himmel, der schwarze Schatten unter die Dornenbüsche auf den Hügeln malte, wo sich die Schafe zusammendrängten, unter die große Kastanie neben dem einsamen Haus und unter den Holunderbaum, dessen große weiße Blütendolden die Düsterkeit in Mrs Loatleys Garten störten. Die Menschen bewegten sich träge durch die Straße, die Kinder trödelten, während sie zum Mittagessen nach Hause gingen, und die, die in der Schule bleiben mussten, klammerten sich mutlos an die Eisenstäbe des Schulhofzauns, die beiden Söhne des Jahrmarktbetreibers kauerten in Hockstellung im kühlen Hinterhof des *Fusilier*, spuckten hin und wieder in den vorbeifließenden Fluss und nippten bedächtig an ihrem Bier.

Die Hitze schlug einem vom Gehsteig entgegen, doch Miss Prosser strebte, ohne ihr irgendwelche Zugeständnisse zu machen, schnellen Schritts nach Hause. Der verlassene Bahnsteig döste vor sich hin, und leere *Fish-and-Chips*-Kartons, achtlos aus dem Mittagszug geworfen, schwitzten und stanken in der Sonne. Der Metzger räumte, noch immer niedergeschlagen, Fleisch aus der Vitrine in den Kühlschrank zurück und schloss die Fensterläden, ehe er sich in den hinteren Raum zurückzog, um sich in seinem Glauben zu bestärken, dass der liebe Gott den Pfarrer ebenso verachtete wie er selbst.

Die Straßen von Great Minden leerten sich und Stille breitete sich aus. Der letzte Glockenschlag erstarb. Ein Briefträger ging träge von Tür zu Tür und warf mit ausdrucksloser Miene

Brief um Brief in Flure und Windfänge, als fütterte er Lochkarten in Tabelliermaschinen und schubste und stupste so den Lauf der Dinge an.

Herbert Ruskin, der dies beobachtete, nickte wissend.

Selbst am Kirchweihtag konnten sie einen nicht in Ruhe lassen, dachte er, nicht einmal einen einzigen Tag lang! Immer mussten sie einen hetzen und drängeln! Gönnten einem keinen Frieden. Da hatte man einen Plan für den Tag gemacht, aber kaum war man in der Luft, musste man auch schon wieder die Richtung ändern. Immerzu Chaos, kein System dahinter!

Er betrachtete wütend die drei Briefe und öffnete den, der in einer ihm unbekannten Handschrift adressiert war. Er war vom Cricket Club Minden, der ihm für seine Spende über fünf Guineas dankte und ihm mitteilte, man zeige sich erkenntlich, indem man ihn erneut zum Vizepräsidenten gewählt habe. Er gab ein abfälliges Knurren von sich. Da er über eine ansehnliche Pension und über Einkünfte durch Privatvermögen verfügte, bestand sein Problem nicht darin, wie er sein Geld zusammenhalten, sondern darin, wie er es ausgeben konnte. Außerdem hatte er nicht das Gefühl, für schlechte Zeiten vorsorgen zu müssen, da sie ja kaum schlechter werden konnten.

Den zweiten Brief warf er ungeöffnet in den Papierkorb, um ihn sogleich wieder herauszufischen. Er war von seiner Mutter.

>*Daddy und ich kommen dich nächsten Samstag besuchen ... L. ist nächstes Wochenende zu einem Poloturnier in Cowdray eingeladen ... R. hat gegen Marlborough dreiundvierzig erzielt (Run-out) ... man hat mich gebeten, das Volksfest in Oakshott zu eröffnen ... mir bleibt wohl nichts anderes übrig ...*«

Ruskin stellte sich vor, wie sie den Brief an ihrem Sekretär verfasst und gelegentlich zu seinem Foto hochgeblickt hatte – auf dem er in seiner Uniform zu sehen war, schlank, selbstbewusst und gut gelaunt. Dann die letzten Sätze: Worte, nach denen sie über Tage hinweg gesucht haben musste, bis sie das Gefühl gehabt hatte, diese seien unverfänglich genug, ihn nicht zu verletzen:

> *Oh, gib doch endlich diese Idee auf, unbedingt allein*
> *leben zu müssen. Ich bin sicher, dass es Dir nicht*
> *gut bekommt – Daddy und ich würden Dich so gern*
> *wieder bei uns haben. Das Zimmer mit der großen*
> *Terrasse davor betrachten wir als ›Dein Zimmer‹,*
> *musst du wissen. Es wäre so praktisch – du könntest*
> *mit dem Rollstuhl einfach durch die bodentiefen*
> *Fenster hinausrollen …«*

»Du könntest einfach hinausrollen …« Dieser Satz zerrte an seinen Nerven, und er riss den Brief in Fetzen.

Blieb noch ein Brief. Der in einer ihm nur allzu vertrauten Handschrift adressiert war. Was will sie bloß?, dachte er irritiert. Ich habe weder den letzten noch den vorletzten Brief beantwortet. Begreift sie nicht, dass es vorbei ist, ein für alle Mal? Ich habe es ihr doch weiß Gott deutlich genug zu verstehen gegeben.

Er schob den Umschlag von sich, an den äußersten Rand des Tischs, wo er den ganzen Nachmittag über liegen blieb und seine Gedanken störte, immer wieder seine Aufmerksamkeit verlangte.

Auch im Pfarrhaus war die Post eingetroffen. Der Pfarrer las Ruskins anonymen Brief, erblasste, zerknüllte ihn und steckte ihn in seine Jackentasche. Der andere war für Georgie von ihrer Mutter.

»Pip ist gestern auf dem Weg von Fair Oak Gymkhana mit den Kindern bei uns vorbeigekommen. Ann ist schon wieder ein gutes Stück gewachsen. Sie sagt, das Pony (das Daddy ihr letzten Herbst geschenkt hat) sei schon wieder zu klein für sie. Und kaum waren sie weg, kam auch schon der nächste Besuch. Du wirst es nie erraten – Peter Jagger! Peter, nach all den Jahren! Erinnerst du dich noch, wie er uns während der Schulferien immer besucht hat? Er hat eine Französin geheiratet, sie haben sich in Algerien kennengelernt – er hat sie nicht mitgebracht –, und wie es scheint, ist er jetzt sehr wohlhabend. Offenbar hat ihm sein Großvater seinen ganzen Besitz vermacht ... Er hat sich nach dir erkundigt. Unter uns gesagt, glaube ich, dass er immer noch nicht ganz darüber hinweg ist, nach all ...«

Briefe aus der Ferne, die sich ins Bewusstsein drängelten und den Tagesablauf störten. Hier ein Wort, dort ein Blick, eine beiläufige Berührung! Und so erging es Peplows Frau. Sie zog eine Schublade auf, langte hinein und tastete – so wie sie es schon Hunderte Male im Lauf des Jahres getan hatte – nach etwas. Aber diesmal war er nicht da. *Er war nicht da.* Ihr Herz schlug schneller, begann zu rasen; sie hob Unterhemden, Unterhosen, Kragen, Handschuhe hoch. Nichts. Dann zerrte sie Schublade um Schublade auf, durchwühlte deren Inhalt, warf alles aufs Bett, auf den Fußboden. Aber der Revolver war weg.

Außer sich vor Angst rannte sie durchs leere Haus zum Telefon in der Diele und rief in der Bank an. Die Antwort traf sie wie ein Schlag, und sie legte langsam den Hörer wieder auf, wusste, dass der Moment, den sie so gefürchtet hatte, gekommen war, war jedoch ratlos, was sie tun sollte.

ALS DIE HAUSHALTSHILFE IHN zum Mittagessen rief, drehte der Pfarrer gerade an dem riesigen Rad, mit dem man Wasser vom Brunnen ins Haus pumpte. Er befreite sein Jackett vom Ast einer Weide, die in dem feuchten Dschungel des Gartens wuchs und gedieh.

Seine Frau aß bereits; sie stocherte auf dem Teller herum und las den *Daily Express*, den sie gegen den Wasserkrug gelehnt hatte. Als er hereinkam und sich das restliche Fleisch und die Bratkartoffeln auf seinen Teller schabte, sah sie nicht auf. Die Haushaltshilfe kam mit dem Reispudding herein und musterte das Paar neugierig; als der Pfarrer ihren Ausdruck bemerkte, errötete er.

»Und was sagen Sie zu diesem herrlichen Wetter, Mrs Braithwaite«, fragte er, »wieder pünktlich zur Kirchweih? In einem Monat, zum Gartenfest der Kirche, werden wir bestimmt wieder das Kontrastprogramm erleben. Der Vater im Himmel lässt regnen über Gerechte und Ungerechte. Kommen Sie heute zur Abendandacht?«

»Ich würde gern, aber unser George möchte nicht allein zur Kirchweih gehen. Er will so gern diese Schlangenfrau sehen, von der alle reden, aber ich muss unbedingt mitkommen.«

»Sie könnten ja zuerst mit George zur Abendandacht gehen und anschließend dann auf den Jahrmarkt. Die Andacht beginnt um halb sieben; und wir machen es kurz heute Abend, nur zwanzig Minuten.«

»Nun, mal sehen«, erwiderte die Haushaltshilfe wenig überzeugt. »Wenn die Kirche doch bloß nicht auf diesem Hügel wäre. Unser George mag den Anstieg nun mal nicht. Sie würden sich wundern, welchen Unterschied es machen würde, wenn der Hügel nicht wäre. Mein Mann sagt, dieser steile Anstieg hält die Leute vom Kirchbesuch ab. Der gibt auch ihm den Rest, meint er, und wie die Leute früher so dumm sein konnten, die Kirche auf einem Hügel zu bauen. Haben die nicht an die alten Leute gedacht?, fragt er.«

Nachdem sie ihre Verteidigungsrede beendet hatte, stellte sie das Tablett auf den Tisch.

»Hier ist auch schon der Kaffee, damit ich Sie nicht noch mal stören muss.«

Nachdem sie gegangen war, wandte Georgie den Blick von ihrer Zeitung ab und betrachtete angewidert die Fettaugen, die auf ihrem Kaffee schwammen.

»Musst du Mrs Braithwaite jeden Tag für deine Gottesdienste anwerben?«, fragte sie gereizt.

»Manchmal kommt sie ja.«

»Aber warum willst du sie ausgerechnet am Kirchweihtag dort hinauflotsen, am einzigen Tag im Jahr, an dem Minden nicht einem Friedhof gleicht? Wie auch immer, sie wird sowieso nicht kommen, warum sollte sie auch?«

»Aber das ist der springende Punkt, Liebes. Die Kirchweih ist ein kirchliches Fest, das Fest des heiligen Johannes. Der Jahrmarkt und all das entstand erst im Lauf der Zeit und ist nur Beiwerk. Heute Morgen ist übrigens etwas Außergewöhnliches passiert. Ein Fremder ist zur Kommunion gekommen. Ziemlich gut gekleidet; wer er wohl sein mag? Ist in der vergangenen Woche jemand hierhergezogen?«

»Nun, das ist es aber schon längst nicht mehr«, sagte sie und ignorierte seinen Versuch, das Gespräch auf ein anderes Thema zu lenken. »Die Kirchweih ist längst zu einem jährlichen Besäufnis geworden, bei dem sich die Einheimischen in der

Masse verlieren und genau die Sachen tun können, über die sie sich an den restlichen dreihundertvierundsechzig Tagen das Maul zerreißen. Und das ist gut so; so kannst du hinterher wieder Ordnung unter deinen Schäfchen schaffen. Wenn sie alle Heilige wären, hättest du keine Arbeit mehr. Sie sollten dich nach Stückzahl entlohnen, nach soundso vielen geretteten Seelen. Vielleicht war dein geheimnisvoller Besucher ein Gesandter vom Bischof, mit dem Auftrag, dich auszuspionieren.«

Auf diese herben Worte fiel ihm keine angemessene Antwort ein, und er spürte umso mehr die schreckliche Stille, die aus den umliegenden Räumen hereinkroch.

»Allerdings wäre das, was sie dir zu geben bereit wären, alles in allem wahrscheinlich nicht mehr als ein Taschengeld. Ich müsste wohl auch dann im Schlussverkauf nach billiger Ramschware Ausschau halten, wenn Daddy mich nicht mehr finanziell unterstützen kann. Hätte der großherzige Arthur nicht Mitleid mit dir gehabt, besäßen wir wohl nicht einmal diese alte Klapperkiste, mit der du deine seelsorgerischen Besuche abhalten kannst. So hat er es doch in seinem Brief ausgedrückt, hab ich recht?«

Ihr bitterer Tonfall versetzte ihm einen Stich. Dann schob sie, weil sie die Stille nicht länger ertrug, unvermittelt ihren Stuhl zurück.

»Ich gehe übrigens weg«, sagte sie mit lauter werdender Stimme, »ich ertrage das hier nicht länger.«

»Weg? Aber wohin denn?«, fragte er hilflos.

»Irgendwohin. Irgendwohin, Hauptsache, weg von hier … weg von dir. Zwischen uns ist es aus. Es hat keinen Sinn mehr, so weiterzumachen.«

»Aber wir waren doch einmal glücklich. Du musst doch etwas für mich empfunden haben, schließlich hast du mich geheiratet.«

»Ach ja, habe ich das? Wahrscheinlicher ist wohl, dass ich meinen Schulmädchentraum geheiratet habe. Die jungen Mädchen in diesen Internatsschlafsälen können schrecklich heilig sein, weißt du.« Sie stieß ein unfrohes Lachen aus.

»Wir sind noch immer jung. Wir könnten zusammen von hier weggehen. Und irgendwo anders neu anfangen. Bedenke, wie sehr es deinen Vater und deine Mutter bekümmern würde ...«

»Warum sollte ich das? Sie sind schließlich nicht mit dir verheiratet, leben nicht abgeschnitten von der Welt in diesem schrecklichen Kaff. Sie hätten mich besser einsperren sollen, bis ich wieder zur Vernunft gekommen wäre.«

»Ich gehe auch von hier weg. Ich weiß, dieses Haus ist unerträglich. Gib mir einfach Zeit, damit ich mich nach etwas anderem umsehen kann. Hab noch ein wenig Geduld. Ein neues Haus, neue Gesichter; vielleicht könnten wir ein Kind adoptieren ...«

»Von hier weggehen! Als hättest du eine Wahl! Deine Zeit in dieser Pfarrgemeinde ist so oder so zu Ende. Seit du hier bist, gab es einen Streit nach dem anderen. Das Weihwasser, der Kirchenvorsteher, das Fiasko mit der Kirchenabgabe ... Du bist gescheitert; sie können es kaum erwarten, dich endlich loszuwerden.«

Sie stand auf, schob die Töpfe beiseite und ging zur Tür.

»Georgie!«

Er hörte, wie sie über den Steinplattenboden zur Haustür ging. Dann das Knirschen ihrer Schritte draußen auf dem Kies. Ein paar Minuten später hörte er den Motor des Wagens anspringen.

»Hallo, Nick!«, rief Herbert Ruskin einem der Jungen zu, die von der Schule nach Hause gingen. »Hallo! Erzähl mal, was du alles weißt!«

Nick sah grinsend zu ihm hinauf.

»Die größten Wasserfälle der Erde sind die Niagara-Fälle, das höchste Gebäude der Welt ist das Empire State Building, und der älteste Mensch der Welt war Methusalem.«

»Wie alt war er?«

»›Sein ganzes Alter war neunhundertneunundsechzig Jahre‹.«

»Könnte hinkommen. Und was war mit Enoch?«

»Wieso, was soll mit ihm sein?«

»Er war noch älter als Methusalem: Er ist nämlich erst gar nicht gestorben. In der Bibel heißt es lediglich: ›er war mit Gott gegangen‹. Er hat sich nicht an die Regeln gehalten. Gehst du heute Abend auf die Kirchweih?«

»Na ja, Dad ist noch immer sehr krank, also bleibe ich wahrscheinlich zu Hause. Die Schwestern haben mich heute Morgen nicht zu ihm gelassen, es muss ihm sehr schlecht gehen.«

»Er wird sich schon wieder erholen, aber du solltest sie noch mal bitten, dich zu ihm gehen zu lassen: Er möchte dich bestimmt sehen. Und noch was: Sag ihm, ich hätte gesagt, er soll sie steil nach oben ziehen. Richte ihm das aus, er versteht es bestimmt. Und hier hast du eine Half-Crown, falls du doch die Gelegenheit hast, dir die Schlangenfrau anzusehen.«

»Vielen Dank, und ich werd's ihm ausrichten«, sagte der Junge. »Er soll sie ›steil nach oben ziehen‹. Er hat mir erzählt, Sie waren der beste Pilot der Staffel, Mr Ruskin. Er hat gesagt, Sie wussten immer, was zu tun war, und haben nicht Panik gekriegt wie einige andere.«

»Herrlich; hast du noch ein bisschen mehr davon auf Lager? Das geht runter wie Öl. Ich bin froh, dass noch jemand weiß, was für ein Held ich war. Nun, ich hatte ein paar großartige Momente, nehme ich an, aber die haben wir doch alle. Nun ja, um dieses faszinierende Thema zu wechseln: Wie hat sich Feldmarschall Prosser heute Morgen in der Schlacht von Minden geschlagen? Hat sie ihr Feuer an den richtigen Stellen eingesetzt? Ach herrje, und da kommt einer ihrer wackeren Unteroffiziere. Puh, der sieht aber ganz schön erschöpft aus. Bestimmt liegt es an dem Berg Hausaufgaben, den er heute Abend durchsehen muss. Korporal Croser, geschunden, aber noch immer auf den Beinen! Sieht eher nach Schock als nach Schrapnellverwundung aus, würde ich sagen! Peplow hätte den Safe mit den harten Sachen erst geöffnet und ihm eine Rumration gegeben, wenn ihm das Blut herabgeströmt wäre; in dieser Verfassung hätte er wohl mit einer Benzedrin-Tablette vorliebnehmen müssen.«

Croser sah feindselig zum Fenster seines Mitbewohners hinauf und betrat missmutig das Haus.

»Ah, und da kommt Thickness. Ich durchschaue ihn. Ein gefürchteter Bursche – das sehe ich seinem Gesicht an. Er hat Charakter. Hallo Thickness!«

Thickness, eine aufsässige Miene ziehend, blieb stehen.

»Sein Vorname ist Edwin«, erklärte Nick. »Er ist verdammt gut im Rechnen, vor allem wenn es um knifflige Aufgaben geht.«

Herbert Ruskin beugte sich weiter vor und ersann schnell eine Taktik, wie er den verschlossenen Jungen knacken konnte.

»Bin dafür, dass man alle gleich behandeln muss«, sagte er. »›Gleiche Behandlung für alle‹ ist mein Motto. Stimmt's, Nick?«

»Ja, Mr Ruskin.«

»Wie viel habe ich dir noch mal aus dem Mullett-Wohlfahrtsfonds gegeben?«

»Eine Half-Crown.«

»Dann bekommt Thickness ebenfalls eine Half-Crown.«

Edwin Thickness wurde rot. Ruskin sah einen ausgeprägten Unabhängigkeitssinn in den Augen des Jungen aufblitzen.

»Na ja«, sagte er, »wie soll ich das Geld denn sonst ausgeben? Eine Kirchweih ist kein Ort für einen Mann ohne Beine. Allerdings musst du eine Regel strikt befolgen, die bei diesem Fonds gilt. Egal, was du damit machst, du musst, wenn du es ausgibst, an Mullett denken. Hier, fang.«

Thickness fing die Münze auf. »Wer war Mr Mullett?«, fragte er mürrisch.

»Oh, Hiram Mullett war eine hochangesehene Persönlichkeit des Transportwesens. Ein großer Mann und glühender Patriot! Er ist für die Lords im Oberhaus und die Abgeordneten im Unterhaus gestorben, ebenso wie für die Bierbarone und Kartellfürsten. Sein Geld hat er den Kindern hinterlassen, damit sie sich ein bisschen amüsieren, ›ehe die bösen Tage kommen und die Jahre nahen, da du (widerwillig) wirst sagen: Sie gefallen mir nicht‹, wie er es ausgedrückt hat. Statt etwas einfach zu sagen, hat er lieber viele Worte benutzt, die jemand anders schon mal gesagt hat, müsst ihr wissen. Oh, da ist noch etwas, beinahe hätte ich es vergessen. Bist du Engländer?«

»Ich nehme schon an«, sagte Thickness, mit einem Mal besorgt.

»Das ist nämlich sehr wichtig. Darauf hat Mullett, selbst ein glühender Patriot, großen Wert gelegt. Die Schotten mochte er gar nicht und die Waliser auch nicht. Aber ›Thickness‹ klingt nach einem guten alten englischen Namen, so wie Mullett …«

In diesem Moment stieß Peplow hinzu.

»Oh, das ist ja Nicholas, wir haben uns bereits kennengelernt«, rief er erklärend zu Ruskin hinauf. »Wir waren heute Morgen zusammen in der Kirche. Erst hinterher wurde mir klar, dass ich deinen Vater kenne.«

»Und nun lausche den guten alten Erinnerungen«, sagte Ruskin trocken.

»Haben Sie mich früher schon mal gesehen? Als ich klein war?«, fragte Nick.

»Ein Mal, da warst du noch ein Baby und lagst in deinem Kinderbettchen.« Peplow vermied es, den Jungen direkt anzusehen.

»Hier?«

»Nein.«

»Wo dann?«

»In Kent … in der Nähe von Dover. Dein Vater wohnte damals in – in einer Art Villa. Ja, ich denke, man kann es als Villa bezeichnen. Wurde 1910 erbaut, würde ich sagen … rotes Backsteinhaus. In der Tat ein ziemlich merkwürdiges Gebäude in dieser Umgebung. Es war ein Vorort. Das Haus hatte sogar einen Namen – *Pioneer House*? So was in der Art, jedenfalls ein Name, der nicht in diese ländliche Gegend passt. Nein, jetzt hab ich's, *Enterprise House,* so hieß es. Es stand ein Stück weit von der Straße versetzt. Wobei man es kaum Straße nennen konnte; eher ein Feldweg, oder, Ruskin?«

»Woher soll ich das wissen?«

»Nun, du warst doch mal dort, oder nicht?«

»So, war ich das?«

Peplow antwortete nicht darauf; ihm war der scharfe Unterton in Ruskins Stimme nicht entgangen.

»Haben Sie dann auch meine Mutter gekannt?«, fragte Nick.

»Nun, nicht wirklich, nur vom Sehen. Schade!«

»Wir haben nicht mal ein Foto von ihr zu Hause.«

»Übrigens, Peplow, dieser Junge dort, Thickness, löst gern knifflige Aufgaben«, sagte Ruskin. »Stimmt doch, Thickness, oder?«

Thickness machte ein mürrisches Gesicht.

»Vielleicht könnte er auch dir helfen, dein Problem zu lösen, Peplow.«

»Nein, er kann nur knifflige Rechenprobleme lösen«, warf Nick ein.

»Ich muss jetzt heim, zum Mittagessen«, sagte Thickness. Er öffnete seine Faust und ließ die Münze auf seinem Handteller sehen. »Danke«, fügte er hinzu.

»Du auch, Nick«, sagte Ruskin. »Du solltest jetzt auch besser gehen. Und vergiss meine Botschaft an deinen Vater nicht.«

Kurz darauf drehte er sich zu Peplow um, der die Treppe hinaufgekommen war und erneut auf dem Sofa Platz genommen hatte. Die Vermieterin brachte das Mittagessen.

»Gut, jetzt bist du ja über Minden im Bilde, erzähl!«

»*Ich* soll dir von Minden erzählen?«

»Seit dem Tag meiner Ankunft habe ich dieses Haus nicht mehr verlassen. Hast du ein paar der ehrwürdigen Bürger dieses Orts kennengelernt?«

»Ich habe Kaffee mit der Pfarrersgattin getrunken, falls sie zu den ehrwürdigen Bürgern gehört. Jedenfalls entspricht sie nicht gerade dem Typ Frau, den Pfarrer normalerweise ehelichen, jedenfalls nicht denen, die ich kenne. Zählst du sie zu den ehrwürdigen Bürgern?«

»Nein, zu den unwürdigen, die Schlange im Paradies. Selbst dieser grässliche Metzgerkrämer auf der anderen Seite des Platzes wäre bereit, ein paar Lammkoteletts springen zu lassen, wenn sie ihn ranließe. Sie lebt auf Pump, musst du wissen. Ihr Vater ist pensionierter Armeeangehöriger, daher wird sie von ihm auch nicht allzu viel zu erwarten haben.«

»Häusliche Probleme?«

»Ihr Mann schafft es nicht, sie glücklich zu machen. Hat sie viel geredet?«

»Ein bisschen. Wobei es mich nicht sonderlich interessiert hat. Bin aus der Übung, was den Kontakt mit anderen Menschen angeht.«

»Die hättest du schnell wieder, wenn du hier leben würdest. Hast du sonst noch jemanden getroffen?«

»Eine arme alte Dame im fortgeschrittenen Stadium religiösen Wahns.«

»Mrs Loatley! Oh, oh, über sie gibt es eine nette Geschichte. Ihr Mann war einmal so was wie der Mittelpunkt der hiesigen Gesellschaft, um einiges jünger als sie. Es heißt, er hatte vor neun oder zehn Jahren einen Schlaganfall. Meine Vermieterin hat mir erzählt, dass man ihn bis vor zwei, drei Jahren bei schönem Wetter hin und wieder im Garten sitzen sah. Ich glaube, dass sie ihn noch immer irgendwo im Haus versteckt hält, aber die Einheimischen ziehen eine andere Version vor: dass sie ihn in der Badewanne ertränkt hat oder so. Du scheinst nicht sonderlich interessiert zu sein?«

Peplow hatte, während Ruskin sprach, in Ruhe weitergegessen; jetzt fiel ihm dessen gereizter Tonfall auf.

»Nun, solche Dinge interessieren mich nicht mehr«, sagte er.

»Ach, nun hab dich nicht so, Peplow. Sei einfach mal menschlich.«

Er spuckte diese Worte förmlich aus, sein Gesicht bebte, seine Hände zitterten.

»Hör auf mit diesem ›Darüber bin ich hinaus, interessiert mich nicht‹-Quatsch. Du wusstest doch davon, oder? Davon, was war, zwischen Bellenger, ihr und mir. Gut möglich, dass es sonst niemand wusste, aber du schon. Du wusstest mehr als jeder andere von uns dreien. Mit deinem Buchhaltergehirn hast du eins und eins zusammengezählt und die Schlussfolgerung in deinem Aktenschrank von einem Kopf ordentlich abgelegt. Sie haben dich nicht von ungefähr zum Adjutanten gemacht. Und auch als du außer Dienst warst, hast du nicht aufgehört, es zu sein. Die Leute haben sich dir anvertraut. Der Himmel weiß, warum. Auch sie hat sich an dich gewandt, stimmt's? Bevor sie Bellenger und das Baby verlassen hat? Was hat sie dir erzählt? Und Bellenger, hat er je die Wahrheit erfahren? Du bist doch hergekommen, um Bellenger zu besuchen, oder? Hat er dich darum gebeten? Warum bist du hier? Was hast du vor?«

Die Worte sprudelten nur so aus ihm heraus. Er hatte die Stimme erhoben und knallte jetzt Messer und Gabel auf seinen halb leer gegessenen Teller.

Auch Peplow hatte zu essen aufgehört. Er war kreidebleich geworden.

»Nein, nein«, sagte er ernst. »Wirklich, Ruskin, es ist wirklich nicht so, nichts davon ist so. Ich wusste nicht, dass ihr beide hier wohnt, du und Bellenger. Ehrlich! Der Grund meines Besuchs ist ein völlig anderer, er betrifft nur mich persönlich.«

Er stand abrupt auf und trat ans Fenster.

»Um die Wahrheit zu sagen, hatte ich all das fast vergessen. Was mich betrifft, ist das alles Schnee von gestern. Was du damals getan oder nicht getan hast, geht nur dich etwas an.«

»Wirst du, nachdem du heute Abend in den Zug gestiegen bist, noch einmal herkommen?«

»Nein.« Peplow drehte sich um. »Wie auch immer, es ist *aus*, nicht wahr? Ich meine, die Sache zwischen dir und ihr?«

»Ich fürchte, nein«, antwortete Ruskin.

Sie sahen sich forschend an, ohne etwas im Gesicht des anderen zu finden.

Nachmittag

DIE GESICHTER BLICKTEN dem Nachmittag entgegen. Das von Edward Bellenger war so unbeweglich, wie es bald im Tod sein würde, als wäre eine Jalousie vor seinem Geist heruntergelassen, der tiefer und tiefer in den Erinnerungen an einen vergangenen Sommer wühlte. Herbert Ruskins Gesicht, starr wie das Konterfei auf einer römischen Münze, nur die Lippen zitterten und ein Augenlid zuckte, und hin und wieder flackerte das Gesicht eines anderen Mannes darin auf.

Croser: ein Essensfleck von seinem Mittagsimbiss verlieh seinen Zügen eine gewisse Struktur, seinem unschlüssigen, ungenügend für seine wachsenden Probleme ausgestatteten Gesicht. Das des Pfarrers starrsinnig, voller Ängste; das seiner Frau grübelnd, unzufrieden. Edwin Thickness' Gesicht: sein scharfer Verstand hellwach und auf der Hut, während seine grauen Augen flink hin und her huschten. Und Nicks Gesicht großäugig, während er sich unablässig fragte, was …

Miss Adela Prossers Gesicht: die Augen stechend, der Hals gerötet, das von Miss Lydia Prosser übertrieben ruhig, ihren Drang verhehlend, immer wieder aufs Neue zu verletzen. Mrs Loatleys Gesicht: ihre Augen dunkel, undurchsichtig, die Augen eines geduldigen Nutztiers.

Das lachende, doch humorlose Gesicht des jungen Schaustellers, der seine Zähne aufblitzen ließ, wie er es bei Filmstars abgeschaut hatte, und Peplows reservierter Ausdruck, das korrekte Bankschalter-Angestelltengesicht.

Gesichter, die über den Nachmittag hinaus dem Abend entgegenblickten.

Und Effie, in deren Gesicht die Augen ein wenig hervorquollen, zog eine Schnute, während sie träge ihren Arbeitskittel überstreifte; dann hielt sie die Hand vor den Mund, hauchte dreimal darauf und schnupperte schnell daran. Ihr Atem roch säuerlich! Sie roch immer so, wenn er sie am vorigen Abend verärgert hatte. Sie würde ihm nicht nachgeben, nein; erst musste er sie heiraten.

Sie kramte im Durcheinander ihrer Handtasche nach den Tabletten gegen Sodbrennen, nahm eine heraus und begann sie zu lutschen. Dann ließ sie sich in einen Sessel sinken und sah im Kalender nach, welche Kundinnen sich für den Nachmittag angemeldet hatten.

»Mrs Studley, Mrs Cope, Mrs Marwood, Miss Kettlewell, Beryl Foulds. Du liebe Güte!«, sagte sie laut und wurde, während sie an die vielen Stunden dachte, die sie noch auf ihren Füßen würde zubringen müssen, von Müdigkeit überwältigt. Sie blieb noch ein wenig sitzen und sah dümmlich in den Spiegel, musterte dieses Gesicht, wegen dem niemals tausend Schiffe in See stechen würden, suchte Bestätigung in ihren roten Lippen, rosa Wangen, dem gelblichen, vor lauter Haarspray wie lackiert wirkenden Haar.

Oh Gott, dachte sie, ob er mich wirklich liebt? Was, wenn er mich sitzen lässt? Wie soll ich je wieder in einem Nest wie diesem jemanden finden? Er ist in letzter Zeit so grüblerisch. Ich bin sicher, es gibt noch eine andere, und wer das ist, müsste doch herauszufinden sein in diesem Kaff, wo man alles über jeden erfährt, nur nichts über sich selbst. Und er ist so unzuverlässig. Er wird mich fallen lassen, ich weiß, das wird er. Oh Sid!

Die erste Kundin betrat zögerlich den Salon.

»Ganz schön heiß heute, nicht wahr?«, fragte sie. »Genau wie letztes Jahr in Ostend, und es tut mir leid, dass ich mich verspätet habe, aber mein gewohnter Parkplatz war besetzt, nein, nur Waschen und Legen, wobei der Haaransatz auch schon wieder grau zu werden beginnt.«

»Mr Bellenger soll es sehr schlecht gehen«, sagte Effie. »Jemand hat mir erzählt, der Doktor meint, er wird den morgigen Tag nicht erleben. Er rechnet jede Minute damit zu sterben.«

»Ärzte sollten nicht solche Sachen sagen«, erwiderte die Kundin, die die Hitze offenbar nörgelig hatte werden lassen.

»Nun, ich wiederhole nur, was diese Person gesagt hat, stimme Ihnen aber zu. Ein Arzt sollte nicht solche vertraulichen Dinge sagen, habe ich bei mir gedacht! Wobei sich Mr Bellenger andererseits nicht beklagen kann: Immerhin hatte er ein langes, ausgefülltes Leben. Diese besagte Person hat mir gesagt, dass er schon siebzig ist!«

»Ja, dann kann er sich wirklich nicht beklagen«, erwiderte die Kundin einmütig.

»Aber für einen alten Mann würde man ihn trotzdem nicht halten«, fuhr Effie unbeirrt fort. »Er war im Krieg, heißt es, dem letzten. Als Offizier. Er ist in einem Jagdbomber geflogen, hört man. Und dann ist da auch noch diese andere Sache.«

Sie fand, es sei an der Zeit, dass ihre Kundin sich ebenfalls in die Karten schauen ließ, und spannte sie auf die Folter. Die Kundin kannte die Spielregeln ebenfalls und ließ sich nicht lange bitten.

»Was wohl mit dem armen Jungen passieren wird?«, fragte sie wie aufs Stichwort.

Effie befestigte die letzte Klammer. Wichtig war nicht nur, über diese Art von Informationen in der dritten Person zu sprechen, sondern auch, sie wie nebenbei zu verbreiten, um den Eindruck, Klatsch und Tratsch zu verbreiten, zu vermeiden.

»Diese Person hat auch erzählt, Mr Bellengers erwachsene Töchter hätten gesagt, sie würden ihn nicht bei sich behalten, wenn ihr Vater gestorben ist. Sie finden, dass man ihn dann in ein Waisenhaus stecken muss, denn niemand kann sie zwingen, ihn zu behalten: Schließlich wären sie nicht für ihn verantwortlich, wo seine Mutter ja noch lebt, wo auch immer, daher muss sie ihn holen kommen, anstatt dass man den Jungen ihnen beiden aufbürdet, sagen sie.«

»Der arme kleine Kerl! Aber gibt es nicht eine Einrichtung für Kinder von verstorbenen Kriegsveteranen? Ich habe etwas darüber in einer Zeitschrift gelesen, und er ist doch so ein netter kleiner Junge und so hübsch, nicht wahr?«

»Mein Bekannter meint, er ist auch sehr schlau und wird locker die Aufnahmeprüfung fürs Gymnasium schaffen. Er meint, seine Aufsätze sind sehr fantasievoll.«

Die Kundin hatte selbst eine elfjährige Tochter, und die Erwähnung der Aufnahmeprüfung fürs Gymnasium ließ das Gespräch versiegen.

WÄHRENDDESSEN FUHR EFFIES FREUND mit der Fingerkuppe an seiner Nasenwand entlang, dann über Kinn und Mund. Widerstandslos glitt sie über die Fettschicht, die die Hitze hervorgebracht hatte. Dann schnupperte er an seinem Finger, der ranzig und entfernt nach der Rinderwurst roch, die er zu Mittag gegessen hatte. Erneut rieb er über die Haut, ein bisschen fester diesmal, und der Geruch verstärkte sich noch. Er wischte den Finger an seiner Hose ab.

»Jeweils nur eine Schere für zwei Schüler«, rief er gereizt

den beiden Mädchen zu, die die Klassenzimmeraufsicht hatten und die Scheren austeilten.

»Aber mit dieser Schere kann ich nichts ausschneiden, Sir!«, sagte Thickness.

»Du mal wieder, es ist immer das Gleiche. Warum bekommst nur du immer die kaputten Bleistifte oder angeknacksten Lineale oder stumpfen Scheren? Immer nur du! Niemand sonst. Du machst einfach nur gern Ärger, weiter nichts!«

»Nein, Sir, die haben mir die Schere bestimmt absichtlich gegeben«, erwiderte Thickness. »Sie haben sie extra für mich zur Seite gelegt.«

»Oh, das stimmt nicht, Sir!«, riefen die beiden Mädchen mit schrillen Stimmen aus.

»Gebt ihm eine andere, bevor er zu weinen anfängt«, befahl Croser. »Er ist nie zufrieden, deswegen mögen wir ihn ja alle so. Wenn wir ihm nicht immer das Beste von allem geben, kommt seine Mama und beschwert sich. Er braucht nun mal eine Extrawurst.«

Thickness grinste triumphierend die Mädchen an und begutachtete die neue Schere.

»Gut, jetzt sind wir dann hoffentlich alle so weit«, sagte Croser gönnerhaft. »Wir machen jetzt einen Briefumschlag. Ich bin sicher, ihr stimmt mir alle zu, dass das eine sehr nützliche Bastelarbeit ist.«

»Können wir die von letzter Woche bitte mit nach Hause nehmen, um sie unseren Eltern zu zeigen?«, fragte ein Mädchen.

Croser rief sich voll Abscheu den Stapel stümperhafter, mittelalterlich anmutender Briefkuverts in Erinnerung, den er nach der Stunde mit dem Fuß in den Papierkorb gestampft hatte.

»Nein«, sagte er. »Das war nur ein erster Versuch. Ihr bringt bestimmt etwas Besseres zustande.«

»Mum hat gesagt, man kriegt sie schon für einen Sixpence im Zwölferpack«, sagte Thickness. »Sie meint, es lohnt sich nicht, Briefumschläge selbst zu machen. Sie meint, der einzige Mensch, der sie hat selbst machen müssen, war Robinson Crusoe. Das können Maschinen besser, meint sie.«

»Ha, deine Mum!«, erwiderte Croser vernichtend.

»Na ja, das hat sie gesagt.«

Die Stunde zog sich dahin. Längliche Zeichenpapierrechtecke wurden mit Klebstoff und Schweiß besudelt und in klaffende Brieftaschen umfunktioniert, und Croser, erschöpft und müde von unzähligen vergeblichen Rettungsversuchen, steigerte sich, während er einen Ellbogenknuff hier und eine Kopfnuss dort austeilte, in regelrechte Entrüstung hinein.

»Ein Kuvert!«, höhnte er. »Das hier ist ein Kuvert! Du heiliger Strohsack! Wie weit, glaubst du, würde ein Brief in diesem Ding da wohl kommen, sofern es einem gelänge, irgendeinen Brief zu finden, der willens wäre, sich da hineinbefördern zu lassen? Schon wenn er in Gornard einträfe, wäre er zerrissen und zerknautscht.«

Er ließ den Blick über die phlegmatischen Gesichter wandern, und seine Wut brach sich Bahn.

»Gut, ihr fangt alle noch mal von vorne an. Glaubt ja nicht, ihr kommt damit bei mir durch. Vergesst es. Ihr fangt noch mal von vorn an. Ihr werdet jetzt einen Briefumschlag machen, der diesen Namen verdient hat, selbst wenn ihr das ganze Schuljahr dafür braucht.«

Gewichtig zog Croser seinen Unterrichtsplan heraus, blätterte zu der Seite mit der Überschrift *Werken* und schrieb unter das Datum der nächsten Woche: »Ein Kuvert basteln (fortgesetzte Aufgabe)«, ehe er seinen Eintrag langsam und genüsslich laut vorlas.

Thickness sah unverwandt auf Mr Crosers über das Buch

gebeugten Kopf. Seine grauen Augen glitzerten listig. »Meine Mum hat gesagt, als sie in die Schule ging, haben sie Teestövchen und Eierwärmer aus Bast gemacht, lauter nützliche Sachen, die sie mit nach Hause nehmen durften. Sie hat gesagt, ihr Lehrer meinte: Was bringt es, Zeit und Steuern auf etwas zu verschwenden, was man nicht benutzen kann?«

Croser brauste den schmalen Gang zwischen den Pulten entlang, blieb neben Thickness stehen und verpasste ihm eine schallende Ohrfeige.

»So, nun hast du etwas, was *du* mit nach Hause nehmen kannst«, sagte er schnaufend.

»Meine Mum nimmt das bestimmt nicht hin. Sie hat gesagt, dass Lehrer Schüler nicht ins Gesicht schlagen dürfen.«

Croser wurde puterrot im Gesicht, sein ganzer Körper spannte sich an, aber er wurde vor einer neuerlichen Dummheit bewahrt, da in diesem Moment ein Schüler eintrat und erklärte, Thickness möge sofort zur Direktorin kommen.

Der Junge erhob sich. Auf der einen Gesichtshälfte breitete sich ein großer roter Fleck aus. Ihre Blicke trafen sich einen Moment lang. Das entfernte Läuten einer Glocke war zu hören.

»Steht auf«, befahl Croser der Klasse. »Dreht euch zum Gang. Und jetzt verlasst den Raum, die hinteren Reihen zuerst. Ihr beide« – er wandte sich an die beiden Mädchen, die in dieser Woche Klassenzimmeraufsicht hatten – »räumt alles in die Schränke zurück. Und du kannst jetzt zu Miss Prosser gehen, Thickness.«

Als das letzte Kind hinausgegangen war, hob er den Deckel seines Pults hoch und starrte, wobei er ihn auf dem Kopf abstützte, unglücklich in die schummrige Unordnung darin.

Thickness war eher erleichtert als überrascht, als Miss Prosser ihn fragte, wo er wohne. Zwei oder drei Tage lang hatte er eine ganz andere Frage erwartet und befürchtet.

»Mal sehen, Edwin Thickness«, sagte sie, »ob ich selbst darauf komme. Es steht zwar in meinem Register, aber ich müsste deine Adresse doch, auch ohne nachzuschauen, kennen, nicht wahr? Ah, natürlich, du wohnst nicht weit von Mrs Loatley, stimmt's? Machst du manchmal Besorgungen für sie?«

»Besorgungen, Miss?«

»Ja«, sagte sie scharf. »Besorgungen! Machst du Besorgungen für sie?«

»Ja, Miss«, murmelte er.

»Was für Besorgungen?«

»Ich gehe für sie zum Lebensmittelladen, am Samstag. Und manchmal bringe ich für sie Päckchen zur Post.«

»Wie oft?«

»Nicht oft, Miss.«

»Wie oft? Einmal pro Woche, alle zwei Wochen, jeden Monat?«

»Nicht so oft. Wie gesagt, manchmal.«

Miss Prosser hatte Mühe, ihre Gereiztheit zu verbergen.

»Und wohin gehen diese Päckchen, Thickness?«

Der Junge sah auf. Irgendwie wusste er, dass sie das seichte Gewässer unverfänglichen Geplauders verlassen und sich in die gefährlicheren Untiefen einer ernsten Unterhaltung begeben hatten. Daher antwortete er nicht. Miss Prosser sah ihn prüfend an. Sie wusste ebenfalls, dass sie besagte Grenze überschritten hatte.

»Was ist denn mit deinem Gesicht passiert, Thickness? Deine Wange ist ja ganz rot«, sagte sie unvermittelt. »Hat dich jemand geschlagen?«

»Nein, Miss, niemand hat mich geschlagen.«

»Bist du dir sicher?«

»Ja, Miss.«

»Warum ist dein Gesicht dann so rot?«

»Ich habe mich gerieben. Es juckt.«

Miss Prosser entließ ihn und ging dann, nachdem sie Thickness aus ihrem Büro hinausgefolgt war, hektisch zwischen den Garderobenhaken auf und ab, wütend über ihr Ungeschick und verärgert, weil sie den Jungen hatte merken lassen, dass sie ihn unverfroren ausgefragt hatte.

Es liegt bestimmt an der Kirchweih, dachte sie. Und an dem, was Lydia heute Morgen beim Frühstück gesagt hat – das hat all diese Erinnerungen wieder geweckt. Sie will mich verletzen. Wie dumm von mir, es zuzulassen, dass sie mit meinen Gefühlen spielt. Denn was war es denn schon? Es war so schnell wieder vorbei, wie es begonnen hatte. Wenn er mir doch wenigstens gesagt hätte, warum, wenn ich ihn wenigstens einmal wiedersehen könnte. Wenn ich wenigstens wüsste, ob ihm wirklich etwas an mir lag … Die Ehe, das ist ein Gefängnis. Einige sind darin eingesperrt, andere sind ausgeschlossen. Es hat etwas Schreckliches damit auf sich, irgendein Geheimnis. Warum musste es ausgerechnet an jenem Abend passieren? Wenn er tot umgefallen wäre, dann wäre es das Ende gewesen. Aber zu wissen, dass er noch immer da ist! Er muss doch auch daran denken. Muss sich doch auch daran erinnern.

BEINAHE BIS ZU DEN KNIEN in den Gräben zwischen den Pflanzenreihen, bewegte sich Mrs Loatley seitlich voran und lockerte mit der Hacke die Erde um die Kartoffelstauden herum. Ihr rotes Kopftuch verlieh ihr ein eigentümlich afrikanisches Aussehen, was durch ihr primitives Werkzeug, die Hitze und den Rhythmus, mit dem sie zu Werke ging – in die

Erde stechen, dann darüberschaben, in die Erde stechen –, noch untermalt wurde. Sie mochte Gartenarbeit nicht, aber sie machte ihr auch nichts aus. Sie verfügte über ausreichend Land und Zeit; es war billiger, selbst Gemüse zu ziehen, als es zu kaufen, und sie redete sich ein, die Arbeit unter freiem Himmel sei trotz ihres Alters gut für sie, auch wenn sie mitunter die Zeit vergaß und sich so verausgabte, dass sie schließlich blass im Gesicht wurde und ihre Hände zu zittern begannen.

Der Mann, der sie an diesem Morgen besucht hatte, ging ihr durch den Sinn. Irgendetwas an ihm war ungewöhnlich. Warum verbrachte er einen ganzen Tag in Minden? Wen wollte er hier treffen? Was plante er? Was immer es war, es bedeutete ihm jedenfalls viel. Er war völlig darauf konzentriert, alles andere schien keine Bedeutung für ihn zu haben.

Und doch war er ein Mensch, mit dem man gut reden konnte. Man hatte das Gefühl, dass er einen verstand.

Sie kam am Ende einer Reihe an und bog in die nächste ein. Stechen, schaben, stechen, schaben. Ich würde ihm gern von mir und Fred und all dem erzählen … seit ich aufgestanden bin, bin ich nicht mehr ich selbst … dieser Tag ist irgendwie eigenartig … so viel scheint auf mich einzustürmen.

Ein Gefühl der Hoffnungslosigkeit überwältigte sie, gegen das sie machtlos war. Mit einem Mal erschien ihr die Arbeit sinnlos, und sie ließ die Hacke fallen und inmitten der Kartoffelreihen liegen, dann ging sie langsam den überwucherten Gartenweg entlang und ins Haus.

Die Sonne war in Richtung Süden weitergewandert und schien nicht mehr in Edward Bellengers Zimmer hinein, doch er spürte weder den Wunsch, etwas zu sehen, noch den, etwas zu hören. Er wollte nur eins: am Fluss zurückgelassen werden, im Wasser, das von den herabhängenden Ästen und dem Gras, das wie Frauenhaar oder Sternenblütenblätter darin trieb, grün war und kalt, dunkel und unentrinnbar. Und überall waren Geräusche – in den Bäumen, im Wasser.

Er fragte sich, wo sie wohl war. Dachte sie manchmal noch an ihn, an den Jungen? Bestimmt musste sie doch irgendeine Erinnerung aus jenem Sommer bewahrt haben? Sie *musste* sich doch erinnern.

Ich war nun mal da, dachte er. Das war der einzige Grund. Es hätte ebenso gut ein anderer sein können, aber zufällig war ich da. Sie hat sich mir gedankenlos, ohne Gefühle für mich zu hegen, hingegeben; sie hat mich benutzt wie ein Zimmer auf der Durchreise. Wo man nur kurz verweilt und es dann wieder vergisst.

Er rief sich die frühen Morgenstunden kurz nach Sonnenaufgang ins Gedächtnis, wenn er aus dem Bett geschlüpft und barfuß über den Linoleumboden gegangen war, um durch ein weit geöffnetes Fenster über den Gemüsegarten, die Felder und Wälder zu blicken, zu dem dunklen Band der Dünen. Und wie sie noch wie ein Kind geschlafen hatte, einen Arm nachlässig über der ausgeblichenen Steppdecke, und dass ihn der Anblick ihrer langen, dunklen Wimpern so sehr berührt hatte, dass er es kaum ertrug.

Wir haben wie zwei Fremde zusammengelebt, wie zwei Gefährten, die sich zufällig für die Dauer einer Reise zusammengefunden haben, dachte er müde.

Wenn er halb ohnmächtig vor Erschöpfung von einer Nachtpatrouille über dem Ärmelkanal zurückkehrte, fragte sie ihn nicht, wie es ihm ergangen sei, und er machte von sich aus auch nie Anstalten, ihr davon zu erzählen, erschienen sie ihm doch nichts weiter als unwichtige Zwischenspiele, während derer er darauf hinfieberte, wieder mit ihr zusammen zu sein. Nur einmal zeigte sie eine Art Interesse. In der Nacht, nachdem das Leitwerk einer Albacore abgerissen und die Maschine ins Meer gestürzt war und er sich einbildete, gesehen zu haben, wie sich der junge Brightwell in der Dunkelheit an die Meeresoberfläche zurückkämpfte und mit dem Ertrinken rang. Als er nachts dann in seiner Panik laut schrie und sich abrupt im Bett aufsetzte, spürte er ihre Berührung an seinem Handgelenk, und sie versuchte, ihn zu beruhigen; mehr nicht. Doch dieses eine Mal erhielt er die Bestätigung, dass sie Bescheid wusste, und er hörte zu zittern auf und schlief wieder ein.

Sie hat uns beiden nie eine Chance gegeben, dachte er, und nachdem das Kind auf der Welt war, konnte es ihr nicht schnell genug gehen, uns zu verlassen.

Seine Kameraden von der Staffel hatten natürlich herausgefunden, was zwischen ihnen lief, und darauf bestanden, dass er sie mit zu den Feiern ins Casino brachte. Wie immer in legerer Freizeitkleidung, hatte sie ihn begleitet, in einem Pullover, der ihre fortschreitende Schwangerschaft nur notdürftig verbarg. Er rief sich die herausgeputzten Ehefrauen ins Gedächtnis, die sich in ihren taillierten Kleidern mit vom Gin schrillen Stimmen um die Bar drängten, und dann sie, fast noch ein Mädchen, die fast nie etwas sagte oder lächelte. Er sah wieder ihre aufrichtigen grauen Augen, den langen Schwung ihrer Oberlippe vor sich und spürte wieder die Qual, die er empfunden hatte, als sie ihn verließ.

»Dieser alte Hundskerl, wie macht er das nur?« Bestimmt hatten sie sich das gefragt. Und das war zweifellos die am wenigsten vulgäre Frage, die sie sich stellten.

Unter normalen Umständen hätten die jüngeren Männer sie gewiss ein bisschen genauer beschnuppert, aber nun, da sie fast jede Woche eine aus zwei Mann bestehende Crew verloren, beschäftigte sie vor allem der Gedanke an ihre eigene Sterblichkeit, und sie vergeudeten ihre Zeit damit, herumzumurren, dass sie zu wenig Urlaub hätten, im Büro oder in der Bar herumzuhängen oder im Aufenthaltsraum zu dösen, wo sie nutzlos die langen Zeiträume zwischen den Einsätzen verbrachten. Der junge Ruskin, blond, gut gelaunt, übers ganze Gesicht strahlend: Einmal hatte sie mehr als eine Stunde bei ihm gesessen und sich mit ihm unterhalten. Sie hatten gelacht – die beiden mussten ungefähr gleich alt gewesen sein. Während er sie beobachtete, hatte ihn ein ängstliches Gefühl beschlichen. Würde dieser junge Mann sie ihm wegschnappen? Doch nur wenige Wochen später hatte es auch Ruskin im Tiefflug über Knokke erwischt. Er selbst hatte die Leuchtspur gesehen, die von der Flugfeldabwehr auf ihn zuschoss, und wie seine Maschine langsam durch die Luft torkelte und dann auf dem Boden aufschlug und in einer Wolke aus Flammen und Rauch explodierte.

Und sie hatte sich nie erkundigt, was aus Ruskin geworden war.

Ich werde es nie erfahren, dachte er, nie. Wo kam sie her? Wo ging sie hin?

Als er eines Morgens ins Cottage zurückkehrte, schien alles zunächst wie gewohnt zu sein; ein Spaten steckte in der Erde einer Rabatte, die grüne Haustür war sperrangelweit offen, die Türschwelle in Sonnenlicht getaucht, der Tisch gedeckt, in einem Topf köchelte sogar Suppe. Aber sie war weg: Er wusste auf Anhieb, dass sie gegangen war. Trotzdem rannte er ins Schlafzimmer hinauf. Das Bett und die Wiege waren frisch gemacht, eine Vase mit frischen Blumen stand auf dem Tisch, und die teure Armbanduhr, die er ihr geschenkt hatte, lag auf dem Frisiertisch; die Babysachen waren noch in der Kommode, aber ihre eigenen waren verschwunden. Er erinnerte sich, wie er sich verzweifelt zum Fenster gedreht und blind in den sonnenbeschienenen Garten gestarrt hatte. Dort stand er noch, als eine Nachbarin, die weiter vorn an der Straße wohnte, kam und ihm einen Brief und das Kind brachte.

Es dauerte nicht lange, bis sich die Nachricht in der Staffel verbreitet hatte, aber niemand, nicht einmal der Adjutant, sprach ihn darauf an. Doch stets konnte er es von ihren Gesichtern ablesen – ihre Neugierde, ihr Mitleid!

Wie oft hatte er den Drang verspürt, mit Ruskin zu reden, seit dieser nach Minden gezogen war, wie oft hatte er es sich vorgenommen! Insgeheim hatte er damit gerechnet, dass Ruskins Version der Geschichte in Minden die Runde machen würde, und sich gefragt, wann und wie sie auch ihn erreichen würde. Aber das war nie geschehen; außer Nick wusste niemand, dass sie einander von früher kannten.

Jeder von uns ist allein, dachte er, niemand kennt uns wirklich, und wenn wir sterben, geht auch ein Teil einiger anderer mit uns.

Erneut verschwammen seine Gedanken und Erinnerungen mit dem Grün und den Geräuschen, und es wurde wieder dunkel um ihn herum.

Peplow stand unbeweglich am Fuß des Bettes.

Eine andere Welt, dachte er. Tagsüber sind Schlafzimmer eine andere Welt. Erst recht das Schlafzimmer eines Sterbenden! Man sollte uns zwingen, uns in ein Sterbehaus zu begeben, wie bei den Chinesen.

Der alte Mann vom Meer lag reglos da, sein kantiger Kopf in der Kissenmitte.

»Er ist wieder eingeschlafen«, sagte seine Tochter im Flüsterton. »So geht es nun schon seit drei Tagen. Mal schläft er, mal ist er wach. Wollen Sie vielleicht ein bisschen hierbleiben und abwarten, bis er wieder zu sich kommt?« Sie hielt einen Moment inne.

»Dad«, sagte sie, »ein Mr Peplow ist da. Er hat gesagt, ihr kennt euch.«

Bellenger rührte sich nicht.

»Er schläft tief und fest«, fuhr sie fort. »Ja, seit drei Tagen geht das nun schon so; sein Zustand ist sehr schlecht. Bleiben Sie ruhig ein paar Minuten hier, wenn Sie wollen.«

Sie schloss sachte die Tür hinter sich.

»Hallo, Peplow!«

Seine Augen waren noch immer geschlossen. Zuerst dachte Peplow, er hätte es sich nur eingebildet, doch dann bewegten sich Bellengers Lippen erneut.

»Peplow!«

»Hallo, alter Mann … Ruskin hat mir von dir erzählt. Wie geht es dir?«

»Bin am Ende, Gott sei Dank.«

Sein breiter Mund zuckte. Er hatte die Worte mehr gehaucht als gesprochen.

»Peplow …«

»Ja?«

»Erinnerst du dich?«

Die Zeit diskreter Zurückhaltung war vorbei. Er wusste auf Anhieb, was Bellenger meinte.

»Ja, ich erinnere mich.«

Er wartete auf weitere Fragen und wusste, dass er diesmal ehrlich und wahrheitsgemäß antworten würde.

Aber die Augen blieben geschlossen. Eine geraume Weile waren nur die matten Atemzüge zu hören, die merklich flacher und deren Intervalle immer länger wurden. Lange harrte er noch am Krankenbett aus, doch Bellenger sagte nichts mehr, und so ging er schließlich wieder hinaus.

***

»DAS WAR IN SEINER BRIEFTASCHE«, sagte die ältere Tochter zu ihrer Schwester. »Das ist sie. Schau, er hat den Arm um sie gelegt. Wie alt war er damals? Zweiundfünfzig … dreiundfünfzig? Und jetzt sieh dir die an – vierundzwanzig, älter kann sie nicht gewesen sein. Also wirklich. Jünger als seine beiden Töchter! Ist das nicht abstoßend? Und schau nur, wie er sie ansieht, oder besser gesagt: anschmachtet!«

Sie drehte das Foto um.

»Das ist ja ein Ding!«, rief sie aus. »Hör dir das an: ›Aufgenommen von Ruskin, Sonntag, 22. Mai‹. Dann hat dieser furchtbare Ruskin sie also auch gekannt. Unglaublich! Bestimmt hat er es überall herumerzählt: Wahrscheinlich weiß es der ganze Ort.«

Die beiden Frauen betrachteten erneut das Foto, und die Neugierde auf ihren Gesichtern strafte ihre Worte Lügen.

»Nun, du kannst nicht bestreiten, dass der alte Knabe in seiner Uniform fesch ausgesehen hat. Und ein Drückeberger war er auch nicht. Dass er in seinem Alter damals noch geflogen ist!«

Wieder besahen die beiden Schwestern das Foto. Sie stand neben ihm im gesprenkelten Schatten eines Obstgartens, den seine Töchter nie kennenlernen würden, in einer Zeit, die unwiederbringlich vorbei war. Eine dunkle, kühle Schönheit in ihrem weißen Baumwollkleid und ihren weißen Handschuhen.

»Schau, sie trägt sogar Handschuhe!«, rief die Ältere aus. »So eine verwöhnte Mieze! Hat darauf geachtet, dass sie sich nicht schmutzig macht, hat sich geschont, fürs Schlafzimmer! Handschuhe, also wirklich!«

Die unbekannte Frau lächelte in die Kamera, erwartungsvoll, freimütig. Ein eingefangener Moment unter Millionen anderer, von denen sie nur diesen einen kannten.

»Weswegen sie wohl lächelt, was meinst du? Hat sie an etwas gedacht? Oder lächelt sie diesen Ruskin an? Oder ist es einfach ihr raffiniertes kleines Ego?«

Ihre Füße waren im hohen Gras verborgen; ein Ausschnitt des Himmels war zu sehen, ein Kuckuck flog vorbei und stieß seinen Ruf aus; in den Hecken wuchs Fingerhut, und jenseits des Bildausschnitts reihten sich Täler aneinander, und mit Obstbäumen bestandene Hügel wellten sich dahin bis in eine blaue Ferne, die die Schwestern nie erblicken würden.

»Es war die ganze Zeit in seiner Brieftasche«, sagte die ältere Schwester abermals, »all die Jahre!«

Erneut betrachteten sie das Foto, als könnten sie die Antworten aus ihm herauswringen, nach denen sie seit Langem suchten.

»Wɪʀ ᴅᴀᴄʜᴛᴇɴ, ᴇs ᴡäʀᴇ ʙᴇssᴇʀ, nach Ihnen zu schicken«, hörte Bellenger die jüngere Tochter sagen. »Der Arzt meint, es geht mit ihm zu Ende, und auch wenn er nichts mehr versteht, hatten wir das Gefühl, es wäre gut, wenn Sie kommen, und sei es nur, um uns Beistand zu leisten. Vielleicht könnten Sie ein Gebet oder dergleichen für ihn sprechen? Lassen Sie sich nicht beirren, wenn er Sie nicht zu hören scheint. Hier ist es, diese Tür. Und nicht dass Sie denken, Sie müssen sich hier lange aufhalten; schließlich haben Sie ja weiß Gott genug eigene Sorgen, nicht wahr? Das Leben bleibt nicht stehen.«

Einen Moment später trat der Pfarrer ein, und Bellenger spürte, dass er ihn ansah. Es gelang ihm für einen Moment, sich ganz auf das Ticken der Uhr zu konzentrieren, er erschrak dann aber und ärgerte sich ein wenig, als er die Stimme des Pfarrers direkt an seinem Bett vernahm, der ein Gebet für den Sterbenden sprach.

»*Vergib ihm alle Schuld seines Lebens ... Mögen seine Sünden durch Deine Gnade getilgt und seine Erlösung im Himmel besiegelt werden, bevor er heimgeht in Dein Reich ...*«

Bellenger ertappte sich dabei, wie er aufmerksam den Worten lauschte. Das überraschte ihn.

»*Ja, es scheint, seine Einswerdung mit Dir steht unmittelbar bevor, also bereite ihn darauf vor, oh Herr, und rüste ihn, wir bitten Dich, für die Stunde des Todes ...*«

Die Stimme erstarb, dann hörte er, wie sich sein Besucher verstohlen in Richtung Tür bewegte.

Edward Bellenger nahm seine ganze Kraft zusammen und unternahm einen allerletzten mühevollen Versuch zu sprechen.

»Der Junge!«, wisperte er.

Die Bewegung stoppte.

»Der Junge!«

Doch schon wieder drifteten seine Gedanken ab. Hatte sie das Kind je geliebt? War es ihr schwergefallen, sich von ihm zu trennen? Die Nachbarin hatte ihm erzählt, sie habe geweint, als sie es zurückließ. Dachte sie je an den Jungen, auch wenn sie jetzt vielleicht eine neue Familie hatte? War sein Verlust eine verborgene Narbe, die ihr Leben für immer gezeichnet hatte? Sehnte sie sich je danach, Nick wiederzusehen?

»Alles, was ich getan habe, würde ich wieder tun«, flüsterte er.

Die Tür wurde leise geschlossen.

»Ich würde es wieder tun«, murmelte er in die Stille hinein.

Interessieren würde es mich schon, dachte Herbert Ruskin, wie so oft in den letzten zehn Jahren. Aber er sieht mir überhaupt nicht ähnlich. Dem alten Mann allerdings auch nicht. Er könnte ebenso gut der Sohn von jemand anderem sein. Ich sollte eigentlich stolz sein, dass ich ihn gezeugt haben könnte. Früher wäre ich es vielleicht gewesen, aber jetzt nicht mehr. Warum musste ich mich von allen Frauen ausgerechnet mit ihr einlassen? Es gab weiß Gott genug schöne Frauen dort. Der Stützpunkt wimmelte von Luftwaffenhelferinnen; Margate war in der Nähe, Ramsgate, Broadstairs. Warum ausgerechnet sie? Bellengers Frau!

Pollard und Whiteparish kamen ihm in den Sinn und der Tag, an dem sie hopsgingen. Nur eine Stunde nachdem sich die Nachricht verbreitet hatte, nein, keine ganze Stunde danach, räumten die anderen Jungs seelenruhig alles Brauchbare aus ihren Schließfächern, Dosen, Flaschen, Zigaretten, solche Sachen. »Nun, was ist schon dabei?«, fragten sie. »Sie brauchen es doch jetzt nicht mehr, oder? Wenn wir draufgehen, kannst du unser Zeug haben, viel Glück!«

Und genau das Gleiche habe ich gemacht, als ich den alten Mann abgeschrieben habe; ich habe seine Frau genommen und gesagt: »Morgen bin ich an der Reihe.« Woher sollte ich wissen, dass er zurückkommt? Allein der Himmel wusste es. Ich habe mich weiß Gott wie ein verdammter Bastard gefühlt, als er plötzlich wieder aufgekreuzt ist.

Er zündete sich eine weitere Zigarette an und sah missmutig über den Platz hinweg zum Hügel mit der Kirche darauf und rief sich die heikle Fahrradfahrt zu dem roten Backsteinhaus ins Gedächtnis, das einsam am Ende einer kleinen Nebenstraße stand.

Und es war Peplow, der mir gesagt hat, ich solle hinfahren, dachte er. Verdammt, er war es, der mich dazu brachte. »Ich versinke in diesem Schreibkram«, hat er gesagt, »ich habe einfach keine Zeit, zu ihr zu gehen. Sie waren ja nicht verheiratet; also ist er vor dem Gesetz nicht für sie verantwortlich; ihre Beziehung ist nicht offiziell. Er hat keine Zulage für sie bekommen. (Er hat nicht mal eine beantragt, anders als Musgrave.) Schlimm genug, dass ich mit seinen Töchtern sprechen, ihnen die immer gleiche rührselige Geschichte auftischen muss. Ich hab's mit dem Geschwaderkommandanten besprochen, und er meint, *jemand* muss es ihr sagen. Und du fliegst heute Nacht nicht; also ist das deine Aufgabe. Du kannst mein Fahrrad nehmen, aber pass gut darauf auf.«

Dieser abgebrühte Teufel!

Also war er im abendlichen Sonnenschein durch den getüpfelten Schatten des baumbestandenen Sträßchens zu diesem Haus gefahren, das still in der Hitze dalag. Das Gartentor quietschte in den Angeln, und sie drehte sich um; sie saß fast unsichtbar in dem hohen Gras, das einmal ein Rasen gewesen war. Ohne Eile zog sie den Baumwollmorgenmantel enger um Hüften und Brüste. So empfing sie Bellenger also, wenn er von seiner Nachtschicht zurückkam, dachte er anerkennend. Großartig. Kein Wunder, dass wir ihn in letzter Zeit im Kasino kaum mehr zu Gesicht bekommen haben. Nachdem er dann seine wenig überzeugende Rede – von wegen sie suchten noch nach ihm und es bestehe immer noch eine Chance, dass sein Gummiboot von der Küstenschifffahrt gesichtet werde – vorgebracht hatte, lud sie ihn auf einen Drink ein. Begann es da, als sie über die Schwelle traten? Als sich ihre Arme berührten und sie plötzlich zu ihm hochsah, wobei ihr Morgenmantel ein Stück weit aufklaffte? Einen Moment später lehnte er mit dem Rücken gegen die Mäntel an der Garderobe – er erinnerte sich, wie sich Bellengers Kappe von ihrem Haken löste und in einem lächerlichen Zickzackkurs zuerst über seine Schulter, dann über ihre purzelte, ehe sie zu Boden fiel –, und sie presste sich an ihn, ohne ein Wort zu sagen, und er spürte ihre warmen Gliedmaßen, und eine solche Leidenschaft erfasste beide, dass es völlig folgerichtig schien, sich in das kühle hintere Schlafzimmer zu begeben, das auf die von Obstbäumen bedeckten Hügel hinausging.

Als er am nächsten Morgen im Camp eintraf, sagte er zu Peplow, er habe die Nachricht überbracht und sei dann weiter nach Folkestone geradelt, wo er übernachtet habe. »Ach, es ist ein Jammer!«, sagte Peplow. »Wie dem auch sei, mehr können wir nicht für sie tun. Wären sie verheiratet gewesen, würde ihr eine Witwenpension zustehen. Nun, hoffen wir, dass er sie nicht geschwängert hat. Sie kann ja wieder zu ihrer Familie zurück; sie brauchen es nicht zu erfahren, es sei denn, sie will es ihnen erzählen. Es war nur ein Intermezzo, Teil ihres Erwachsenwerdens, wenn man so will. Danke, Ruskin!«

Am folgenden Nachmittag kehrte er zu dem in völlige Stille getauchten, einsam gelegenen Haus zurück, zu dem Wachtraum aus völliger Verausgabung, Erschöpfung und Schlaf. Vier Tage und vier Nächte hatte er gewährt; seine Erinnerungen daran wirbelten wild durcheinander. Frühstück in der Küche mit dem Steinpflasterboden, die erste Zigarette des Tages (die sie sich geteilt hatten) auf der Bank unter einer Kastanie, warme, ruhige Nächte, leidenschaftliche Wiedersehen und Abschiede, die explosive Heftigkeit, mit der sie sich geliebt hatten. Keiner sprach mehr von Bellenger.

Und so kam es, dass er, als er kurz nach Sonnenaufgang von einer Patrouille auf den Zufahrtsstraßen nach Cherbourg zurückkehrte und ins Kasino eilte, um rasch ein kleines Frühstück zu sich zu nehmen und dann schnell wieder zu ihr zu gehen, und die Nachricht verkündet wurde, in eine Art Schockstarre fiel: »Kaum zu glauben! Wunderbar! Der alte Knabe ist zurück! Sie haben ihn vor einer Stunde nach Hause gebracht.«

Ein von einer nächtlichen Streife zurückkehrendes Motortorpedoboot hatte ihn – lebend – aus dem Wasser gefischt.

Ruskin drückte die Zigarette auf dem Fenstersims aus und schnippte die Kippe auf den Platz.

»Lebend!«, flüsterte er.

Danach hatte er sie nur noch ein Mal gesehen, ein paar Monate später im strömenden Regen, kurz bevor es dunkel wurde; sie war bereits im fortgeschrittenen Stadium der Schwangerschaft und bewegte sich langsam, vorsichtig, während das Wasser von ihrem Regenmantel tropfte. Damals sagte sie zu ihm, sie sei sich sicher, dass es sein Kind sei.

»Es ist deins, deins, deins«, wiederholte sie immer wieder. »Wann kann ich zu dir kommen?«

»Es fehlen nur noch wenige Einsätze, dann habe ich mein Pensum abgeleistet«, erwiderte er. »Bald schicken sie mich in ein Trainingslager, wo ich als Fluglehrer eingesetzt werde, nach Devon oder Schottland, nehme ich an. Dann kannst du mitkommen.«

»Aber was ist mit deinem Urlaub? Warum nicht schon da?«

»Niemand bekommt zurzeit Urlaub. Während Montgomery in Richtung Norden vorrückt, schicken die Deutschen Nacht für Nacht ihre Handelsschiffe die Küste hinauf – nach Ostende und zu den holländischen Häfen. Group hat uns befohlen, mit unseren alten Klapperkisten selbst bei Vollmond in die Luft zu steigen; wir sind offenbar entbehrlich geworden. Aber Mullett und ich haben jetzt nur noch drei Einsätze, das war's dann; und bevor sie mich versetzen, müssen sie mir wohl oder übel vierzehn Tage Urlaub geben.«

Hatte er wirklich vorgehabt, sie Bellenger wegzunehmen, oder war es für ihn nur eine Affäre gewesen? War es für ihn in Wirklichkeit nicht schon in dem Moment vorbei gewesen, als jemand gerufen hatte: »Habt ihr schon gehört? Bellenger ist wieder da. Unglaublich, oder?«

Es war unmöglich, die Geschehnisse von damals heute noch mit den gleichen Augen zu betrachten. Keine Woche verging, ohne dass sie eine Zweiercrew verloren. Und sie wurden nicht ersetzt. War die Tatsache, dass er sich mit ihr eingelassen hatte, nicht eine Art symbolischer Geste? Aber gegenüber wem? Dem Tod? Um ihm die Stirn zu bieten, ihm zu zeigen, dass er jene verachtete, die ihm unterlegen waren? Seine Kameraden und er konnten mitunter recht theatralisch sein – zumal die jüngeren schneller zu sterben schienen als die Alten. Und Bellenger war zurückgekommen.

Sie musste seine Gedanken gelesen haben, während sie reglos unter den tropfenden Ästen in der schmalen Straße inmitten der Obstgärten stand, mit blassem Gesicht, eine feuchte Haarsträhne in der Stirn. Sie ergriff mit ihren langen Fingern den hochgeschlagenen Kragen seines Mantels (das Kind in dem Leib, den er jetzt spüre, sei seins, sagte sie erneut) und forschte mit ihren großen Augen und fiebrigem Blick in seinem Gesicht. Die Ahnung eines bevorstehenden Verhängnisses hatte sich zwischen ihnen breitgemacht.

Dann drehte sie sich um, und er beobachtete hilflos, wie sie in ihren Gummistiefeln über den mit Wasserrillen zerfurchten Weg in der Abenddämmerung davonging.

Vom Platz wehte Kindergeschrei durchs Fenster herein; die Nachmittagspause hatte angefangen. Die Kinder drängten sich an den Zaun des Schulhofs und plauderten mit dem Briefträger, der seine Runde machte.

Herbert Ruskin schwang seinen Rollstuhl herum und starrte finster das Gesicht an, das ihm aus dem Spiegel entgegenblickte, fleischig, schwabbelig, abstoßend.

Ich bin jetzt ein anderer, dachte er. Der, der ich früher war, ging auf der Rollbahn von Knokke in Flammen auf, und der hier hat überlebt. Während seiner langen Rekonvaleszenz in deutschen Krankenhäusern waren ihm zwei nahezu unverständliche Briefe nachgeschickt worden, und nach seiner Rückkehr erreichten ihn einige weitere, aber er antwortete nur zwei Mal und brachte unmissverständlich zum Ausdruck, dass er weder sie zu sehen noch wieder von ihr zu hören wünsche. Sie gehörte zu diesem anderen Leben, in dem er ein ganzer Mann gewesen war. Sie gehörte zu seinem letzten Sommer.

Der in der fast erschreckend vertrauten Handschrift adressierte Brief lag noch immer am Rand des Tischs, wo er ihn hingeschoben hatte. Er nahm ihn zögernd; dann riss er das Kuvert unvermittelt auf.

»... an meinen Gefühlen hat sich nichts geändert. Sie werden immer dieselben bleiben. Du kannst dich nicht weiter weigern, mich zu sehen. Ich lasse es nicht länger zu, dass du dich vor mir versteckst. Ich denke immerzu an dich. Ich brauche dich: Ich kann nur glücklich sein, wenn wir wieder zusammen sind. Wenn wir doch wenigstens darüber reden könnten, würde sich schon alles richten. Du musst uns beiden eine Chance geben. Ich werde morgen (Samstag) mit dem ersten Zug kommen. Wir kriegen das hin; wir müssen. Wir suchen uns ein Cottage wie das andere – am Ende einer ruhigen Straße ...«

Als die gefürchtete Notiz herumging, alle Jungen und männlichen Lehrer mögen sich bei der Rektorin einfinden, wussten alle sofort, dass nicht nur der Schuldige für die Toilettenkritzeleien bestraft werden sollte, sondern auch die universelle Sünde, dem männlichen Geschlecht anzugehören. Lautlos reihten sich die Betroffenen vor dem Podium auf.

»Setzt euch im Schneidersitz auf den Boden«, ordnete der Konrektor an. Sofort senkten sich die Schülerreihen nieder wie eine Schar Bantus vor dem weißen Baas. Die Wanduhr tickte laut in der Stille.

Miss Prosser erhob sich von ihrem Stuhl und bedeutete ihrem Stellvertreter, das Strafenbuch aufzuschlagen. Er tat es und schraubte nervös die Kappe von seinem Füllhalter.

»Ich habe es euch schon mehrmals gesagt, aber offenbar müsst ihr es immer wieder gesagt bekommen, dass ich über alles, was an meiner Schule vorgeht, Bescheid weiß. Alles, absolut alles! Es passiert nichts, von dem ich nicht erfahre. Vor meinen Augen bleibt nichts verborgen.«

Diese biblische Ankündigung flog kreuz und quer durch den Raum. Es schien, als weigerte sich die Luft, sie aufzunehmen.

Wieder unterstrich das Ticken der Uhr die Stille.

»Ich kann eure Gedanken lesen …«

Auch diese Worte schepperten an den Wänden entlang.

»Ich kenne die Identität desjenigen, der dieses schmutzige, widerwärtige Wort an die Toilettenwand geschrieben hat. O ja, ich kenne ihn. Er kann sich nicht vor mir verstecken.«

Croser ließ den Blick beklommen über die Reihen der Schüler hinwegwandern und versuchte ebenfalls, ihre Gedanken zu lesen. In seinen Augen sahen alle gleich verdächtig aus, und ganz besonders schuldig wirkte Miss Prossers Stellvertreter, der unentwegt die Kappe seines Füllers auf- und abschraubte.

Zugleich stellte er sich sein eigenes Gesicht vor und wie es wohl auf Miss Prosser wirken musste – alarmiert, die Augen weit aufgerissen, schuldbewusst.

Du lieber Himmel, ich kann es doch nicht gewesen sein, oder?, dachte er bange. Ich werde doch nicht unter dem Einfluss eines dieser Traumata gestanden haben, die wir in Psychologie durchgenommen haben?

Wieder entstand eine entsetzliche Pause.

»Ich kenne den Namen der Person, die es getan hat. O ja, ich kenne *seinen* Namen. Aber ich gebe ihm eine allerletzte Chance, sich selbst reinzuwaschen. Ich gebe ihm die Chance, sich zu erheben und sich schuldig zu bekennen, bevor ich seinen Namen nenne. Dieser Junge erhebe sich jetzt!«

Croser sah, wie sich zwei kleine Jungen mit hängenden Köpfen und vor Angst verkrampften Körpern langsam vom Boden hochrappelten. Zwei, dachte er. Sie hat doch nur von einem gesprochen. Warum ist dieser andere Narr auch aufgestanden? Und da ist noch ein dritter, der sich halb erhoben hat, dort am Rand, weil er zu spät mitbekommen hat, dass zwei ihm bereits zuvorgekommen sind. Thickness!

Thickness, der nun halb aufgestanden war und sich dumpf vor Panik bemühte, seine Beine dazu zu bewegen, wieder die Schneidersitzposition einzunehmen, und den ängstlichen und demütigen Ausdruck auf seinem Gesicht wie Neugierde aussehen zu lassen! Aber vergeblich, es gelang ihm einfach nicht. Er verharrte in dieser Position, auf halbem Weg zwischen Schneidersitz und Stehen, und das Entsetzen über seine eigene Dummheit stand ihm ins Gesicht geschrieben.

Croser flüsterte ihm zu: »Setz dich, du Dummkopf«, aber Thickness hörte es nicht, sondern lauschte gebannt der Rektorin, die triumphierend rief: »Ah, dann wart ihr also zu dritt! Drei von euch waren es!«

Wieder diese unheilvolle Pause.

»Kommt her.«

Miss Prosser brachte den Rohrstock aus seinem Versteck hinter ihrem Bücherregal zum Vorschein. Er war sehr lang; das eine Ende hatte sich offenbar aufgespalten, denn es war mit Klebeband umwickelt.

»Schreiben Sie das heutige Datum und ihre Namen in das Buch«, sagte sie zu ihrem Stellvertreter, »und anschließend tragen Sie die Anzahl der Hiebe ein, die ich jedem geben werde. Wenn ich fertig bin, unterschreibe ich.«

Wieder hatte eine Krebsröte ihren Hals überzogen und war nun im Begriff, ihr linkes Ohr und ihre Schläfe zu erfassen, während ihre Augen fiebrig glänzten.

Sie schob einen Ärmel ihrer Bluse zurück, hob den Stock und ließ ihn herabsausen, wieder und wieder, zunächst wohlbedacht, dann in atemloser Hast.

Bei jedem abscheulichen Hieb zuckte das Publikum zusammen; alle waren bereits aufgrund des Gejammers des zweiten Jungen völlig verstört und verängstigt. Er hatte angefangen, laut um Gnade zu rufen, ehe er in ein tierähnliches Wimmern verfiel. Als Thickness, die roten und von Warzen bedeckten Hände unter die Achseln geklemmt und kreideweiß vor Schmerz, zu seinem Platz zurücktaumelte, starrte er Croser an, und ein Anflug von Verachtung lag in seiner verzerrten Miene, doch statt der erwarteten jubelnden Genugtuung entdeckte er im Gesicht seines Widersachers nur abgrundtiefes Entsetzen.

Nachdem sie ihren Stock auf den Schreibtisch fallen lassen hatte, nahm Miss Prosser den Füllfederhalter zur Hand und wollte die Spitze in das Tintenfass tauchen. Doch sie zitterte so heftig, dass die Federspitze gegen den Rand des Fasses stieß wie ein Vogelschnabel an einen Stein; wieder versuchte sie es, doch abermals stieß die Spitze gegen das Glas.

»Es ist ein Füllfederhalter, Miss Prosser«, stammelte ihr Stellvertreter und schob das Buch zu ihr hin. »Die Tinte ist schon darin. Sie müssen ihn nicht auffüllen.«

Jetzt zitterte ihre Hand noch heftiger und ihr »A« geriet zu einer unleserlichen verzogenen Linie. Beim »P« stach die Spitze wie ein Pfeil ins Papier, und sofort bildete sich darum herum ein Fleck. Das »r« brachte sie gar nicht zustande. Wie alle starrte sie ebenfalls fasziniert auf ihre eigene Hand und das kaum entzifferbare »A. Pr…«. Dann schlug sie, ohne ihren Namen zu vervollständigen, das Buch zu, und in der vollkommenen Stille hörte man, wie sich ihre Schritte auf dem Steinfußboden des Garderobenvorraums entfernten.

»Steht auf!«, ordnete ihr Stellvertreter leise und in entschuldigendem Ton an. »Dreht euch zur Tür und kehrt in Reih und Glied in eure Klassenzimmer zurück!«

* * *

Als sich das Zittern und die Übelkeit gelegt hatten, erschien ihr ihr kleines Büro mit einem Mal ebenso unerträglich wie der Gedanke an die Ungeheuerlichkeit, die sie gerade begangen hatte, und Miss Prosser setzte ihren geblümten Hut auf, schloss die Tür ab und eilte über den Schulhof hinaus auf die Straße. Obwohl sie kurz beim Obst- und Gemüsehändler vorbeischaute, um ein paar Frührosen zu kaufen, kam sie bereits sieben Minuten später an der großen steinernen Villa an.

Sie stieg geradewegs die düstere Treppe hinauf, zog das Tweedkostüm und die graue Bluse aus, wusch sich und schlüpfte in das dunkelrote Nachmittagskleid, das sie sich an Ostern gekauft hatte. Nach kurzem Zögern rieb sie ein wenig Rouge auf ihre schlaffen Wangen, steckte sich eine handgefertigte keltische Brosche an, die sie während eines Urlaubs im schottischen Oban erstanden hatte, und ging wieder nach unten.

Sofort legte ihre Schwester das Buch, in dem sie gelesen hatte, mit der aufgeschlagenen Seite nach unten in den Schoß. »Du bist heute aber früh zurück, Adela«, sagte sie. »Hattest du einen anstrengenden Nachmittag? Besuch von einem Inspektor oder einem anderen unangenehmen Zeitgenossen?«

»Eine Migräne war im Anzug, und in der Schule war so weit alles geregelt.«

»Nun, auch du wirst nicht jünger. Du kannst nicht erwarten, dass du noch genauso zupacken kannst wie mit dreißig. Diese komischen Leute von der Grafschaftsverwaltung wissen, wie alt du bist – sie können unmöglich die gleichen Anforderungen an dich stellen wie früher. In unserem Alter müssen wir an unseren Blutdruck denken.«

»Ach, es ist nur die Hitze. Im Grunde hatte ich einen recht angenehmen Nachmittag. Und beim Hinausgehen hat mir ein Kind diese Rosen geschenkt. So ein niedliches kleines Ding! Ich hatte fast ein schlechtes Gewissen, sie anzunehmen, aber man kann einem Kind dergleichen nicht verwehren.«

Ein Anflug grimmiger Belustigung huschte über das Gesicht der älteren Schwester. »Nun, ich nehme an, das tust du dennoch recht oft«, sagte sie. »Und was ist mit deinen Lehrern, musst du ihnen auch manchmal etwas verwehren?«

»Wir sind ein zufriedener kleiner Lehrkörper«, entgegnete Miss Prosser. »Wir ziehen alle an einem Strang, und es steht außer Frage, dass ich hin und wieder jemandem im Rahmen der herrschenden Regeln ein Privileg gewähre.«

»Es erstaunt mich immer wieder aufs Neue, dass Männer unter einer Frau arbeiten können. Das kommt mir merkwürdig vor. Männer sind doch lieber Vorgesetzte als Untergebene.«

»Nun, meine Männer sind nicht so. Wir sind allesamt Lehrer. Manche sind männlich, andere weiblich, das ist alles.«

»Morgen ist Verwaltungsratssitzung, nicht wahr? Und was wirst du über diesen Croser berichten? Wird er gefeuert werden?«

»Mr Croser? Da gibt es nichts, was die Zeit nicht richten könnte. Er ist noch sehr jung und wird mit der Zeit besser werden. Er ist sehr lernwillig. Im Großen und Ganzen kommen wir recht gut miteinander aus.«

»Nun, letzten Herbst hast du aber noch ganz anders geklungen. Da sagtest du, du wirst ihn loswerden müssen. Ich erinnere mich ganz genau, dass du sagtest, er habe einen störenden Einfluss. Und dass er nicht die richtige Arbeitseinstellung habe. Ich habe deine Worte noch ganz genau im Ohr. Also wirklich, du wirst immer unzuverlässiger in dem, was du sagst!«

»Nun, wenn ich das gesagt habe, dann haben sich seine Leistungen eben verbessert.«

»Die Leute reden über ihn. Laut unserer Putzhilfe unterhält er in unserem Bezirk einen kleinen Harem. Es wird sogar erzählt, dass er sowohl mit der Pfarrersfrau als auch mit diesem dicken Mädchen aus dem Friseursalon was hat. Da wundert es mich, wenn er noch die Energie aufbringt, den Kindern das Rechnen beizubringen.«

»Ich kümmere mich nicht um das Privatleben meiner Mitarbeiter. Was sie in ihrer Freizeit tun, ist allein ihre Sache. Ein Lehrer hat wie jeder andere auch ein Privatleben.«

»Schikanierst du ihn eigentlich die ganze Zeit, meine Liebe, oder nur, wenn du dich nicht wohlfühlst?«, fragte ihre Schwester in dem ihr eigenen übertrieben mitleidigen Ton und überging damit Miss Prossers anderslautende Beteuerungen. »Das macht bestimmt Spaß. Ich habe in einem Buch von einem deutschen Arzt alles Wissenswerte darüber gelesen. Es ist eine Ersatzhandlung für unterdrückte Sexualität, meint er. Wenn ich mal wieder besonders streng mit der Putzfrau war, muss ich hinterher immer darüber lachen. Ach, wir beiden armen alten Jungfern!«

Statt zu antworten, biss sich Miss Prosser auf die Lippe. Aber ihr Schweigen verschaffte ihr auch keine Erleichterung.

»Gehst du heute Abend auf das Kirchweihfest, Adela?«

»Du weißt ganz genau, dass ich nie hingehe, warum fragst du dann?«

»Oh, warum sind wir denn plötzlich so hochnäsig? Du *bist* heute wegen irgendetwas verärgert! Wie auch immer, ich werde schon herausfinden, was dich heute Nachmittag in der Schule so aufgebracht hat: Ich kann jederzeit eins der Kinder ausfragen. Jedenfalls hat es einmal eine Zeit gegeben, da warst du ganz versessen auf die Kirchweih, also tu nicht so, als hättest du noch nie davon gehört. Wobei ich mich immer noch frage, was an diesem Kirchweihabend vor zehn Jahren passiert ist … Das würde ich wirklich gern wissen. Oder sagen wir lieber: was passiert wäre, wenn Vater dich nicht davon abgehalten hätte. Wie gut, dass ich deine kleine melodramatische Nachricht gefunden habe, bevor du durch die Haustür und aus unserem Leben hinausspazieren konntest … wie du es so poetisch formuliertest. Bestimmt wärst du nicht so herablassend, wenn du jetzt in einer schummrigen Wohnung in irgendeiner kleinen Gasse wohnen würdest und selbst ein Dutzend Kinder hättest und jeden Morgen um sechs aufstehen müsstest, damit dein Mann rechtzeitig zum Erklingen der Werkssirene in der Fabrik ist, das heißt, falls er nicht längst mit deinen Ersparnissen und einer kleinen Tippse auf und davon wäre.«

Miss Prosser war sehr blass geworden.

»Dad war ein feiner Mann!«, rief sie aus. »Ich habe ihn geliebt und respektiert, aber ihm an jenem Abend zu gehorchen war die größte Dummheit meines Lebens. Nein, mehr als das, es war ein unerträglicher Frevel. Wäre ich weggegangen, so wie ich es vorhatte, und hätte getan, was ich geplant hatte, wäre ich jetzt eine glücklichere Frau und eine nützlichere obendrein: Ich könnte eine Mutter sein. Als ich in meinem Zimmer saß und hörte, wie der Nachtzug wegfuhr, wusste ich, was für eine Idiotin ich war. Ich wusste es schon damals und habe es seither die ganze Zeit so empfunden. Abend für Abend! Ich glaube, als ich das Rattern des Zugs hörte, ist etwas in mir gestorben. Bist du nun zufrieden?«

»Wer war es?«

»Nein. Das werde ich dir nie verraten. Das ist das einzige Geheimnis, das du mir noch nicht aus der Nase ziehen konntest, und so Gott will, wird dir das auch nie gelingen. Er hat noch zu mir gesagt, ich würde im letzten Moment ja doch einen Rückzieher machen. Und hat recht behalten. Ich habe mein Glück der Konvention geopfert. Und jetzt bin ich wie du.«

Miss Prosser lachte hysterisch.

»Und jetzt bin ich wie du!«, schrie sie nochmals.

Der andere der beiden Kirchenvorsteher, ein Farmer, war gerade in seinen Jaguar gestiegen, als der Pfarrer die Auffahrt heraufgeradelt kam.

»Verdammt!«, murmelte er, um dann widerstrebend wieder auszusteigen und gerade so freundlich, wie es der Anstand gebot, zu sagen: »Sie haben mich gerade noch erwischt, Reverend: Wollte nach meiner Herde schauen; ich nehme an, Sie widmen sich gerade einer ähnlichen Aufgabe.«

Wie die meisten zurückhaltenden Menschen war der Pfarrer unfähig, sich an derartigem Vorgeplänkel zu beteiligen; er errötete einfach nur und wandte verlegen den Blick ab.

»Der Kirchengemeinderat muss unbedingt etwas wegen des

Friedhofs unternehmen«, sagte er dann unvermittelt. »Die Gräber sind in einem schockierenden Zustand, selbst einige der Steinsärge sind völlig überwuchert. Das ist eine Beleidigung gegenüber der Kirche. Wir dürfen nicht länger zaudern. Ich baue darauf, dass Sie bei der Sitzung heute Abend Ihren Einfluss geltend machen, um das Geld für die nötigen Arbeiten bereitzustellen.«

»Na ja, Sie wissen ja, was bei der letzten Sitzung gesagt wurde, Reverend.«

»Ja, und ich weiß, dass ich mich damit nicht zufriedengeben kann. Ich weigere mich, diese Entscheidung zu akzeptieren. Die benötigte Summe muss irgendwie zusammenkommen.«

»Nun, ich bin nur einer von vielen, wie Sie wissen, und wie Sie ein Zugezogener. Wenn die Alteingesessenen, Leute wie Lamb, der Metzger, gegen etwas sind, ist es verdammt hart, sie umstimmen zu wollen. Sie sagen einfach: ›Zu Zeiten meines Vaters …‹, etc., etc., und sobald jemand das sagt, fallen die anderen um wie Dominosteine. Man kann die Menschen nicht ändern. Kleinstädter sind so. Das weiß ich. Wäre der Friedhof eine einfache Wiese, hätte ich mich längst mit meinem Rasenmäher darum gekümmert. Aber diese vielen verflixten Grabhügel, die sind das Problem. Das muss alles von Hand gemacht werden. Selbst eine Sense ist dort nutzlos: Man kann nicht richtig ausholen, und wenn, dann bleibt die Spitze in einem Erdhügel stecken. Für diese Arbeit braucht es eine Sichel, und damit kommt man nur langsam voran. Das kostet mindestens fünfzehn Pfund, sogar wenn ein Rentner es erledigt, und selbst dann ist nur das Nötigste gemacht.«

»Nun, dann muss der Kirchengemeinderat eben diese fünfzehn Pfund irgendwie aufbringen. Es gibt kaum eine Familie hier, von der kein Angehöriger dort begraben ist. Wollen sie wirklich, dass ihre Liebsten in dieser Wildnis ruhen?«

»Tja, Geld!«, sagte der Kirchenvorsteher und legte mit seiner angeborenen Bauernschläue eine tragische Feierlichkeit in seinen Ausspruch. Ihm gefiel der Klang seiner Worte so gut, dass er hinzufügte: »Es ist knapp.«

»Aber allein die Kränze für eine einzige Beerdigung kosten fünfzehn Pfund!«, rief der Pfarrer entrüstet aus. »Für ihre Vergnügungen haben die Leute doch auch genügend Geld, für Billard und Fernsehen und solche Dinge; ist es da zu viel verlangt, dass sie für die Pflege des heiligen Orts bezahlen, wo ihre Vorfahren begraben sind?«

»Was ist mit diesen zwanzig Pfund, die Sarah Lessing Ihnen hinterlassen hat? Waren die nicht für Kirchenzwecke gedacht?«

»Sie wissen sehr wohl, dass ich beabsichtige, dieses Vermächtnis der Missionarischen Gesellschaft zukommen zu lassen, und zwar soll die Summe ausdrücklich für die Arbeit in Sierra Leone verwendet werden. Ich bin mir ziemlich sicher, dass Miss Lessing bestimmt nicht gewollt hätte, dass mit ihrem Erbe die Arbeit erledigt wird, die eigentlich den ... den knauserigen Mitgliedern dieser Kirchengemeinde obliegt.«

»Nun, Sie müssen zugeben, dass sie in gewissem Sinn auch etwas davon hätte«, erwiderte der Kirchenvorsteher. »Schließlich liegt sie dort und nicht in Afrika.«

»Dieses Geld wird auf gar keinen Fall für diesen Zweck verwendet werden. Es ist für die Missionsarbeit für unseren Herrn bestimmt und nicht dafür, den Leuten aus Minden Arbeit zu ersparen. Und damit ist für mich die Diskussion erledigt.«

»Nun, Reverend, dann fürchte ich, dass wir zu keinem Ergebnis kommen. Aber ich sage Ihnen, was ich zu tun gedenke: Ich werde bei dem einen oder anderen Gemeinderatsmitglied die Fühler ausstrecken. Das werde ich tun. Und herausfinden, wie sie darüber denken.«

»Sie werden davon halten, was immer Sie und Lamb ihnen sagen, was sie davon zu halten haben«, sagte der Pfarrer verbittert, aber seine Worte gingen im anschwellenden Lärm des Automotors unter. Der Kirchenvorsteher hob grüßend die Hand, lächelte aufmunternd und brauste so schnell davon, dass von den Reifen Kieselsteine aufspritzten.

»DER PFARRER HAT SCHON WIEDER wegen dem Friedhof angefangen«, sagte er kurz darauf zu dem Metzger. »Heute Abend in der Sitzung will er es erneut zur Sprache bringen. Er scheint geradezu davon besessen zu sein. Er hat mich regelrecht in die Mangel genommen, hat die Gemeindemitglieder ›knauserig‹ genannt, hält uns alle für Pfennigfuchser und was weiß ich noch alles. Du hättest ihn mal hören sollen.«

»Nun, soll er ruhig weiter darauf herumreiten, meinetwegen so lange, bis er selbst dort oben liegt, jedenfalls werde ich keinen einzigen Penny dafür springen lassen. Der alte Pfarrer hat selbst für die Pflege des Friedhofs bezahlt und der vor ihm auch, so hat man es in Minden schon immer gehalten, und dieser Kerl soll das auch tun – Schluss, aus.«

»Nun, du musst aber fairerweise zugeben, dass er nicht so gut bei Kasse ist wie sein Vorgänger«, wandte der andere ein. »Der arme Teufel muss wirklich in Geldnot sein, vor allem in Anbetracht dieser Frau, die er geheiratet hat.«

»Aber den Wagen kann er sich leisten, oder? Dieses Liebesnest auf vier Rädern, was anderes ist es doch nicht! Nein, soll er das Gras doch selbst mähen; er hat bis auf Sonntag jeden Tag Zeit dazu, oder nicht? Doch, doch. Er braucht bestimmt keine sechs Tage, um eine Predigt zu schreiben; so ein Leben hätt' ich auch gern. Soll er ruhig sehen, wie es ist, wenn man mit seinen Händen arbeiten muss so wie unsereiner; auf diese Weise lernt er, dass das Geld nicht vom Himmel fällt. Je früher er sich trollt, desto besser. So einen hätten sie uns gar nicht erst zu schicken brauchen. Diese Städter verstehen uns Leute vom Land einfach nicht. Woher auch? Sie haben ja nie mit bodenständigen Menschen zu tun gehabt.«

»Wie auch immer, ich hab ihm gesagt, ich würde mit dir darüber reden«, sagte der Farmer vergnügt, »und das habe ich somit getan.«

»Schau dir doch seine Frau an, er lässt sie machen, was sie will. Es geht auch um unsren guten Ruf. Die verdammten Baptisten lachen sich doch kaputt über uns, darauf kannst du wetten. Solange er sie nicht an die Kandare nimmt, braucht er uns gar nicht vom hohen Ross herunter zu predigen, was wir zu tun haben. Sie lassen in allen Geschäften anschreiben. Mir schulden sie mehr als fünf Pfund, und glaubst du, die krieg ich je zurück? Das kann ich mir abschminken! Ich würde sie ja vors Grafschaftsgericht bringen, aber dann würden sich die Baptisten nicht mehr einkriegen, und den Gefallen tue ich ihnen nicht. Das Geld sehe ich nie wieder. Fünf Pfund! Meine Frau hat sie neulich noch mal anschreiben lassen, als ich wegen einem Hexenschuss im Bett lag, und das nehme ich ihr wirklich übel. Also bleib mir bloß weg mit dem Friedhof.«

»Also bist du dagegen, dass wir Geld dafür beschaffen?«

»Und ob ich dagegen bin! Du kannst ihm das ruhig sagen. Keinen Penny kriegt er von mir!«

»Gut, dann sagen wir ihm, wir haben im Moment nicht die Mittel dafür. Das wird ihm nicht gefallen, aber so ist es nun mal. Er wird es wohl oder übel schlucken müssen.«

»Nee, die Wahrheit sagen wir ihm!«, schrie der Metzger. »Ich sage nichts zu dir oder sonst wem, was ich demjenigen nicht ins Gesicht sagen würde. Was ich hinter jemandes Rücken sag, sag ich ihm auch ins Gesicht. Das ist meine Art. Aber seit ich ihn gefragt hab, wann er mir die fünf Pfund zurückzahlen will, schaut er mir nicht mehr ins Gesicht. Hab mit meiner Frau übern Friedhof gesprochen. Klar, zuerst hat sie sich 'n bisschen gewunden, aber jetzt sieht sie es genau wie ich – von uns beiden setzt keiner mehr einen Fuß in die Kirche, solange er nicht seinen Hut genommen hat. Dann gehen wir eben nach Gornard, falls wir überhaupt irgendwohin gehen. Ein Mann, der bei der eigenen Frau die Zügel schleifen lässt, vor dem habe ich keinen Respekt. Und das sage ich ihm auch ins Gesicht. Da kannst du dich drauf verlassen!«

»Genau so sehe ich es auch«, sagte der Farmer. »Du hast es auf den Punkt gebracht. Gut, dann wäre das geklärt, da bin ich aber froh. Übrigens, du hast doch neulich nach einem Rind gefragt? Nun, du könntest von mir nächste Woche unter der Hand einen jungen Ochsen kriegen. Du kannst dir die Herde vorher auf der Weide unten beim Bahnhof anschauen. Such dir einen aus. Ich sehe keinen Grund dafür, warum die Städter das gute einheimische Fleisch kriegen, und wir vom Land mit dem argentinischen vorliebnehmen sollen. Aber du müsstest bar bezahlen, Scheck geht nicht.«

»Wie viel?«, fragte der Metzger, dessen Stimme mit einem Mal gepresst klang.

»Schau dir die Ochsen an, dann reden wir über den Preis.«

»Aber mehr als den Marktpreis kann ich dir nicht geben. Solange die Rationierung andauert, ist es riskant, das weißt du ja. Letzten Monat haben sie einem Kerl aus Lincolnshire eine Strafe von zweihundert Pfund aufgebrummt.«

»Sieh sie dir an, dann reden wir weiter; es sind gute, gesunde Tiere«, sagte der Kirchenvorsteher. »Und heute Abend bei der Sitzung werde ich ins selbe Horn blasen wie du: Wir fackeln nicht mehr herum.«

Als der Farmer nach Hause zurückkehrte, sah seine Frau ihn besorgt an.

»Du hast doch hoffentlich nichts von dem Wagen zum Pfarrer gesagt«, sagte sie ängstlich. »Du hast es versprochen, dass du nichts sagst. Ich meine, davon, dass seine Frau ihn benutzt.«

»Nein.« Er grinste. »Es ist übrigens kein Wagen – sondern ein ›mobiles Liebesnest‹. So nennt der Metzger ihn.«

»Oh, du hast doch hoffentlich ihm gegenüber auch nichts von dem Wagen gesagt, oder? Er ist ein so einfältiger Grobian. Ich meine, du hast hoffentlich nicht gesagt, dass du dem Pfarrer den Wagen geliehen hast?«

Ihr Mann lachte und schüttelte den Kopf.

»Aber warum ›Liebesnest‹?«, fragte sie und musterte geflissentlich ihre Strickarbeit.

Der Kirchenvorsteher lachte noch lauter. »Haha, von wegen, damit er seine Schäfchen besuchen kann, der Wagen ist wohl eher für die Schäferstündchen seiner Frau, würde ich meinen. Wie auch immer, die passende Farbe hat er jedenfalls.«

»Der Kirchengemeinderat kann Ihnen nicht besonders viel bezahlen, Thickness«, sagte der Pfarrer, »aber in Anbetracht Ihrer großen Familie ist bestimmt jeder Penny willkommen, bis Sie wieder eine geregelte Arbeit gefunden haben. Außerdem ist es eine gesunde Arbeit hier oben an der frischen Luft.«

Mr Thickness musterte wenig überzeugt das hohe Gras des Friedhofs.

»Ist aber ganz schön zugewachsen, nicht? Ich meine, schauen Sie sich das mal an. Es geht rauf und runter. Wie soll ich denn da mit 'ner Sense klarkommen? Ich meine, wie soll ich da das Sensenblatt dazwischenkriegen? Und falls es klappt, bricht mir die Spitze an 'nem Grabstein ab.«

Er sah sich kopfschüttelnd um.

»Und diese Geländer da. Schauen Sie sich diese Geländer um die Steinsärge herum an. Die machen mir die Spitze kaputt. Das ist keine Aufgabe, die man so mir nichts, dir nichts erledigt, das sehen Sie ja selbst.«

»Nun, Sie können nicht erwarten, dass das Gras vom Anschauen abfällt«, sagte der Pfarrer gereizt. »Jeder von uns muss etwas tun für sein Geld. Wir sollten nicht ständig nachrechnen, wie viel Arbeit uns eine Aufgabe kostet.«

»Es gab einmal eine Zeit, da hätte ich das im Nu erledigt«, sagte Thickness in einem Anflug von wenig überzeugendem Selbstvertrauen. »Ja, im Nu hätte ich das hinter mich gebracht. Ich hätte nicht länger als einen Morgen dafür gebraucht. Aber jetzt hab ich 'nen kaputten Rücken, der ist schuld, wenn der nicht wär, würd' ich das an einem einzigen Morgen machen, ach was, nicht mal einen Morgen würd' ich dafür brauchen, ja wirklich. Die Leute können es Ihnen bestätigen.«

»Sie müssen sich ja nicht beeilen«, erwiderte der Pfarrer ungeduldig. »Wenn Sie es in einer Woche schaffen, wäre ich schon zufrieden.«

»Hier, genau an dieser Stelle habe ich was. Sie haben es nicht rausgekriegt. Beim Bücken tut's verdammt weh. Es sticht mir in den Rücken. Die Ärzte haben so was noch nie gesehen. Sie sagen, es ist fünfzehn Zentimeter groß, wenn nicht noch mehr. Das tut vielleicht weh! Wenn dieser Sergeant nicht gewesen wär, hätt' ich das jetzt nicht. ›Los raus da, du englischer Bastard, raus da!‹, hat er geschrien. Und nach mir getreten. Im nächsten Moment bekam er 'ne Kugel in den Kopf und ich das hier in den Rücken. Dann haben sie mir meine Pension weggenommen. Keine zehn Pferde würden mich mehr an die Front bringen. Immerzu hat er nach mir getreten. Und was hat er nun davon?«

Eine Weile stand er in brütendes Schweigen gehüllt da und sann über skrupellose Generäle und grausame Sergeants nach, die ihn, Mr Thickness, an die vorderste Front des Gefechts hinausgestoßen hatten, um ihn dann mit einem fünfzehn Zentimeter langen Gegenstand im Rücken im Stich zu lassen und schutzlos den Launen der Sozialbehörden auszuliefern.

»Wie viel wollten Sie für diesen Auftrag noch mal bezahlen?«

»Ich glaube, mehr als fünf Pfund können wir uns nicht leisten. Aber ich werde fünf weitere aus meiner eigenen Tasche darauflegen.«

»Zehn Pfund! Ich meine, schauen Sie sich das mal an. Überall diese Hügel, nirgendwo ist es gerade, dafür braucht man eine Sichel. Und die ganze Zeit im Bücken arbeiten. Und dann diese eisernen Grabgeländer. Außerdem hab ich keine Sichel.«

»Nun, Thickness, ich stimme Ihnen ja zu, zehn Pfund sind nicht viel, aber besser als nichts, und Sie wären beschäftigt, bis Sie vielleicht eine reguläre Arbeit gefunden haben. Sie müssen an Ihre Frau und Ihre Kinder denken und daran, was Sie ihnen damit Gutes tun könnten.«

»An meine Frau denken! Sie soll mal an mich denken! An meine Frau! Was, wenn ich Ihnen erzähle, dass sie mit so 'nem Typen vom Jahrmarkt durchbrennen will? Was meinen Sie dazu? Das hat sie gesagt. Sie macht sich aus dem Staub und lässt mich mit den Kindern sitzen.«

»Ach, wissen Sie, wir alle sagen im Eifer des Gefechts Dinge, die wir nicht so meinen.«

»Sie macht die Fliege, wenn ich's Ihnen doch sag. Ich weiß es. Fragen Sie mich nicht, wieso, ich weiß es eben. Ich weiß, dass sie meint, was sie sagt. Sie hat schon alles geplant. Aber wer kümmert sich jetzt um die Kinder? Ich kann mir keine

Haushälterin leisten wie Sie, wenn Ihre Frau das Weite sucht. Da sehen Sie mal, mit was für Sorgen ich mich herumplag, und da liegen Sie mir mit diesem verdammten Gras in den Ohren, das unbedingt gemäht werden muss. Meine Frau ist drauf und dran durchzubrennen, und ich sitz mit 'nem Stall voll Kinder da!«

»Sie müssen einfach unbedingt versuchen, sie umzustimmen. Schließlich hat sie das heilige Ehegelübde abgelegt, das darf man nicht brechen. Bitten Sie Ihre Frau, einen Neuanfang mit Ihnen zu wagen. Sie beide werden wohl Zugeständnisse machen müssen. Reden Sie ganz offen über Ihre Schwierigkeiten. Suchen Sie sich eine Arbeit. Und geben Sie ihr einen gerechten Teil Ihres Lohns ab.« Wie die meisten wohlmeinenden Menschen war der Pfarrer sehr kühn, wenn es darum ging, anderen Ratschläge zu erteilen.

»Sind Ihre Probleme physischer oder psychologischer Natur?«, fragte er.

»Wir haben keine Probleme«, sagte Thickness mürrisch. »Ich bin die meiste Zeit mit ihr zufrieden. Kann mich nich' über sie beschweren. Im Gegensatz zu den meisten Männern.«

»Aber Sie sagten doch gerade, sie sei im Begriff, sich von Ihnen zu trennen.«

»Ja, das hab ich, aber wir haben trotzdem keine Probleme. Alles war in Ordnung, bis dieser Typ letztes Jahr aufgekreuzt und um sie herumscharwenzelt ist. Sie ist meine Frau, was hat er da in ihrer Nähe zu suchen? Ich wusste, was passieren würde, sobald sie ihn wiedersieht. Er ist jünger als ich. Ich wette, der hat sich um seine Pflicht gedrückt. Oh, so Typen wie er waren Hahn im Korb bei den Frauen, als sie uns auf 'n Kontinent geschickt haben. Und als wir dort ankamen, haben unsere Vorgesetzten uns schön was in unseren Tee getan, damit wir gar nicht erst an Weiber denken.«

»Sie müssen jetzt an Ihre Kinder denken«, sagte der Pfarrer eindringlich, »und an Ihr Ehegelübde. Ich würde Ihnen raten …«

Mit einem Mal brach Thickness in Tränen aus.

»Was musste dieser Kerl wieder auftauchen und um sie herumscharwenzeln?«, sagte er schluchzend. »Er hat selbst eine Frau; ich habe sie gesehen. Wozu will er dann meine Frau? Das is' nicht richtig. Ich werd' mich an die Kriegsveteranenvereinigung wenden deswegen.«

Er trottete davon.

»Das Gras, Thickness, was ist mit dem Gras?«, rief der Pfarrer ihm hinterher.

»Mähen Sie das verdammte Gras doch selbst: Ich hab auch so schon genug am Hals. Sie ist meine Frau, und ich werde dafür sorgen, dass sie's bleibt. Ich reiß ihr sämtliche Kleider herunter und schließ sie im Haus ein, bevor er sie mir stehlen kann. Ich werd ihr zeigen, was sie sich erlauben kann und was nicht. Wer der Herr im Haus ist. Und Sie können sich Ihr verdammtes Gras an den Hut stecken.«

Und er eilte ungelenk den Hügel hinab.

Mrs Thickness stand mit dem Rücken zum Stuhl da, das schwarze Haar auf Lockenwickler gerollt, und sah ihn mit bitterem Ausdruck an.

»Wenn er mich nun mal haben will.«

»Und was soll mit den Kindern geschehen?«, fragte er nuschelnd.

»Es sind genauso deine wie meine Kinder. Du musst jetzt selber sehen, wie du zurechtkommst – ach, die armen Kinder!«

»Ich kann mich nicht um sie kümmern«, erwiderte er hilflos. »Dann muss halt die Kommune sehen, wo sie sie unterbringt. Ich werde mir 'n Zimmer mieten müssen.«

»Falls dich jemand nimmt. Wer, meinst du, möchte dich den lieben langen Tag in seiner Küche herumhängen haben, wo du den Leuten im Weg bist?«

»Mein Rücken ist schuld!«

»Pah, dein Rücken! Der hat dich auch nicht daran gehindert, mir ein Kind nach dem anderen aufzuhalsen, oder? Im Bett spürt man nichts davon, von deinem kranken Rücken. Da ist er gesund. Aber nur da. Wenn ich daran denk, kommt mir's Kotzen.«

Er sprang auf und wankte auf sie zu.

Sie griff instinktiv nach einer leeren Milchflasche.

»Trau dich! Wag es nicht! Sonst tu ich was, was mir hinterher vielleicht leidtut.«

Ihr Mann, klein und schmuddelig und mit abgekauten Fingernägeln, blieb stehen.

»Deine Zeit ist vorbei, du Knilch«, sagte sie grimmig, »und das weißt du ganz genau. Du schlägst mich nicht mehr, bei Gott. Keine Ahnung, warum ich es mir so lange hab gefallen lassen. Als mein Vater mich verhauen hat, war ich noch ein Mädchen, und ich hab's zugelassen. Aber er war ein großer Mann und nicht so 'n mickriger Kerl wie du. Ha, du und dein Rücken!«

Unvermittelt schoss ihre Hand vor, und bevor er schützend die Arme heben konnte, hatte sie ihn auf den Steinfußboden gestoßen; schnell setzte sie sich auf ihn, drückte mit den Knien seine Schultern herunter und packte mit beiden Händen sein dünnes, graues Haar. Währenddessen schlug er hilflos mit den Fäusten gegen ihre ausladenden Hüften und strampelte mit den kurzen Beinen in der Luft.

»Und, kleiner Mann, was nun?« Sie lachte und unterstrich

jedes Wort, indem sie seinen Kopf auf die Steinplatten schlug. »Wer ist jetzt der Herr in diesem Haus? Wer?«

Statt zu antworten, starrte er ihr nur über ihre Brüste hinweg in ihr wild entschlossenes Gesicht.

»Wer?«

Sie neigte sich vor und ihr Gewicht drückte so sehr auf seine Schultern, dass er aufschrie.

»Wer? Sag es!«

»Du! Du!«, brachte er keuchend hervor.

Indem sie sich mit einer Hand auf seinem Gesicht abstützte, stand sie auf. Sie ließ zu, dass er sich ebenfalls hochrappelte und zum Sofa schlurfte, auf das er kraftlos sank. Höhnisch drehte sie ihm den Rücken zu, klemmte den Spiegel hinter den Wasserhahn und begann die Lockenwickler auszudrehen.

»So, das wär's dann endgültig«, sagte sie. »Du wirst nicht mal mehr fertig mit mir. Keine Ahnung, war ich je an dir gefunden hab.«

Ihr Mann tat, als wollte er auffahren, um ihr eine entsprechende Antwort auf diese neuerliche Provokation zu geben, besann sich jedoch anders.

»Der wird dich schön herumschikanieren. Und du wirst nicht seine einzige Frau sein. Er hat schon 'n Mädchen in seinem Wohnwagen, das halb so alt ist wie du ... und zwar jetzt, in dieser Minute.«

»Schon möglich, aber sie wird nicht dort bleiben«, erwiderte sie selbstsicher. »Wie auch immer, heut Nacht hast du das Bett ganz für dich allein. Wenn du einsam bist, kannst du ja daran denken, wo ich bin. Und was ich dann tue. Ab jetzt hab ich 'n anderen Lehrmeister.«

Sie drehte sich um und grinste ihn triumphierend an.

Fasziniert sah er zu, wie sie mit den Händen langsam an ihren Schenkel hinauf- und über die Brüste fuhr.

»Ja, ab jetzt hab ich'n anderen Lehrmeister«, sagte sie selbstgefällig.

DER JUNGE SCHAUSTELLER und sein älterer Bruder Artie saßen auf den Stufen des Wohnwagens in der Sonne und zogen an ihren Zigaretten.

»Hab dich mit der gleichen Frau gesehen wie die, mit der du schon letztes Jahr zusammen warst. Die riechen dich förmlich. Ist sie verheiratet?«

»Mhm.«

»Magst wohl Weiber mit Erfahrung, was?«

»Man muss ihnen weniger beibringen.«

»Hat'ne Bombenfigur«, sagte der ältere Bruder. »Hast'n Händchen dafür, das muss man dir lassen. Und was sagt ihr Mann?«

»Der taugt nix. Lebt von der Stütze. Sie bringt ihn nicht dazu, dass er sich'ne Arbeit sucht. Liegt den ganzen Tag nur faul im Bett rum.«

»Kann man ihm nicht verübeln, wenn man so'n Weib um sich hat. Und was ist mit ihren Kindern?«

»Was soll schon mit ihnen sein? Das ist jetzt sein Problem. Es gibt Orte, wo man sie hinbringen kann. Sie verlässt ihn und kommt mit mir, ganz.«

»Donnerwetter! Du weißt wirklich, wie man die Weiber rumkriegt.« Er senkte die Stimme. »Und was ist mit dem anderen Mädchen? Willst du beide behalten? Zwei Hennen in einem Nest?«

»Gib mir ein paar Pfund, und sie gehört dir. Ich sorg dafür, dass sie in deinen Wohnwagen umzieht. Sie vertraut mir: Sie wird es tun. Aber ein paar Pfund musst du schon springen lassen.«

»Ein paar‹? Wie viel verstehst du unter ›ein paar‹?«

»Na ja, achtzehn, mehr ist sie nicht wert. Aber du wirst zufrieden mit ihr sein, sie ist 'ne heiße Braut.«

»Und du meinst, dass sie wirklich zu mir kommt?«

»Na wenn ich's dir doch sag! Wenn sie sich 'n bisschen anstellt, dann lass sie deinen Gürtel spüren.«

»Und wenn du sie wiederhaben willst?«

»Könnte schon sein, aber wenn, dann höchstens für ein, zwei Wochen. Ich brauch manchmal Abwechslung.«

»Könnte es dann sein, dass ich die andere krieg?«

»Könnte sein, dass du zu viel quatschst. Achtzehn Pfund, hab ich gesagt.«

Der ältere Bruder langte widerwillig in seine Hosentasche.

»Und sieh zu, dass sie auch wirklich zu mir kommt. Und wenn sie nicht auftaucht, krieg ich die Kohle dann zurück?«, murmelte er besorgt.

»Es hat keinen Zweck, weiter rumzujammern«, sagte der junge Schausteller zu dem großen Mädchen, das zusammengesunken auf der Wohnwagenkoje saß. »Es ist sinnlos. Sieh zu, dass du hier rauskommst. Ich werd's dir jetzt nich' noch mal sagen, und flennen hilft dir auch nichts; umso schlechter stehen dann deine Chancen, dass ich dich irgendwann wieder zurücknehme. Du bist freiwillig mitgekommen. Und jetzt will ich, dass du wieder gehst.«

Es wimmerte. »Und wo soll ich hin?«, fragte es schniefend. »Nach Hause kann ich jetzt nicht mehr.«

»Ich hab's dir doch gesagt. Artie nimmt dich. Du kannst heut Abend bei ihm einziehen, und wenn du deine Sache gut machst, behält er dich ja vielleicht. Aber diese Flennerei mag er bestimmt nicht. Du musst schon tun, was er sagt. Wenn du tust, was er dir sagt, behandelt er dich auch fair. Aber was er will, musst du nun mal ihm überlassen. Und kein Techtelmechtel nebenbei. Du musst dich schon von anderen Jungs fernhalten.«

»Ich will aber nicht von hier weg.«

»Nun, ich gehe ja schließlich nicht zum Nordpol. Wir werden uns trotzdem sehen. Nur nicht hier. Verstehst du? Nicht hier. Ich hab auch keine anderen Frauen mit hierhergebracht, solange du da warst, und so ist es jetzt auch. Aber ich werde dich trotzdem treffen. Du musst es Artie ja nicht auf die Nase binden. Ich will Abwechslung, und die hol ich mir jetzt. Wenn man dich so reden hört, könnte man meinen, die Welt geht unter … Ich habe dich schließlich nicht geheiratet und dich auch nicht gebeten, mit mir zu kommen. Trotzdem hab ich dich mehr als sechs Monate hierbehalten und dir sogar Geld gegeben, damit du dir was kaufen kannst. Und jetzt will ich, dass du wieder gehst. Eine andere Frau zieht jetzt bei mir ein.«

Das Mädchen wimmerte erneut.

»Nun, ich hab's dir gesagt. Wenn du, wenn's dunkel wird, immer noch hier bist, blüht dir das, was du schon in Doncaster gekriegt hast. Dann kracht es ordentlich, und das, was kaputtgeht, werden keine Teetassen sein. Und wenn ich mit dir fertig bin, will weder Artie noch sonst jemand dich mehr haben.«

Das Mädchen rappelte sich schwerfällig hoch, und seine schweren Brüste drückten gegen den Stoff seiner billigen Bluse.

»Schick mich nicht weg, Fred«, sagte es weinend. »Das ertrag ich nicht. Nicht jetzt. Ich fühle mich so komisch. Ich will dich, Fred. Ich will keinen anderen. Du musst mich ja auch nicht heiraten, nicht, wenn du mich hierbleiben lässt, bis ich mich wieder besser fühle.«

Die junge Frau sah ihn mit weit aufgerissenen Augen an.

»Ich liebe dich, Fred.«

Der junge Mann machte schnell einen Schritt auf sie zu und schlug ihr mit der flachen Hand seitlich ins Gesicht. Blut sickerte aus ihrem Mundwinkel, und ein Weinkrampf verzerrte ihre Züge.

Mr Thickness stand nervös vor den Wohnwagenstufen und blickte auf die Knie des Jahrmarktbetreibers.

»Es ist wegen der Kinder«, sagte er nuschelnd. »Wenn die Kinder nicht wären, würde ich Sie bestimmt nicht damit belästigen. Aber wie soll ich mich um sie kümmern, wenn sie weg ist? Ich war immer fair zu ihr; bis auf meine Zigaretten hat sie die ganze Stütze gekriegt.«

»Vielleicht droht sie ja nur damit«, erwiderte der Jahrmarktbetreiber.

»Nee, nee, mein Herr, das meint sie so. Sie ist verrückt nach ihm. Ich kenne sie und weiß, dass sie verrückt nach ihm ist. Sie will wirklich mit ihm weg.«

Er legte eine bedeutungsvolle Pause ein.

»Es sei denn, Sie unternehmen was, mein Herr«, fügte er kläglich hinzu.

»Wie alt sind Ihre Kinder?«

»Edwin ist elf, Joe acht, Gloria sieben, Cary fünf und Marilyn drei.«

»Warum haben Sie all diese armen Kinder in die Welt gesetzt, wenn Sie sie nicht versorgen können?«

»Sie sind einfach gekommen, mein Herr. Wir wollten sie ja gar nicht.«

»Warum haben Sie keine Arbeit?«

»Wegen meinem Rücken. Zuerst haben sie mir ’ne Pension

dafür gegeben und dann haben sie sie mir wieder weggenommen. Ich müsste eine Arbeit finden, bei der ich sitzen kann. Es ist wegen meinem verdammten Rücken.«

Der Jahrmarktbetreiber blickte auf das einfältige Gesicht hinab. Arme Frau, dachte er, sich an so jemanden zu binden. Einen Kerl, der ständig im Haus herumhängt und Tag und Nacht seine Wollust mit ihr befriedigen will, der selbst zu lasch ist, um ein bisschen Gemüse im Garten anzubauen, ja sogar, um sich zu waschen. Die armen Kinder!

»Ich wäre bestimmt nicht zu Ihnen gekommen«, fuhr Mr Thickness fort, »aber ich weiß, dass Sie ein religiöser Mensch sind und bestimmt nicht wollen, dass …«

Der Jahrmarktbetreiber schnitt ihm das Wort ab. »Ich kümmere mich darum.«

»Danke, mein Herr, ich wusste, dass Sie sich darum kümmern würden. Die Leute haben gesagt, ich soll zu Ihnen gehen.« Er drehte sich um.

»Hey!«, sagte der Jahrmarktbetreiber. »Warten Sie, und schauen Sie mich wenigstens einmal direkt an.«

Die blassblauen Augen in dem faltigen Gesicht hatten einen harten Ausdruck.

»Was Sie brauchen, ist Rückgrat, Mann. Sie sollten endlich Ihren Hintern hochkriegen und sich eine Arbeit suchen – und dann zusehen, dass Sie sie auch behalten.«

»Aber mein Rücken …«

»Ihrem Rücken fehlt nur eins, und das ist ein Rückgrat. Eine Frau möchte mehr von ihrem Mann als alle paar Jahre noch ein Kind. Stinkfaule Männer wie Sie sollte man kastrieren.«

Der Jahrmarktbetreiber stand auf, strich sein Jackett aus feinem schwarzem Tuch glatt und stopfte die Enden seines Seidenschals noch tiefer unter seine Achseln.

»Wie auch immer, ich hab ihm versprochen, dass ich mich darum kümmere«, sagte er zu sich selbst, »und das werde ich, um der Kinder willen.«

DER BRIEF LAG IN DEM STAPEL Wurfsendungen und Rechnungen. Georgie warf einen Blick auf den Absenderstempel – Stratford-upon-Avon. Sie hätte sich nicht die Mühe machen müssen, ihn zu öffnen; der darin enthaltene Brief führte lediglich aus, was sie bereits wusste.

> »... so ist es. Ich kann es nicht ablehnen, und das würdest du bestimmt auch nicht wollen, da bin ich mir sicher. Du weißt doch, wie es mit diesen begehrten Stellen ist – wenn man ein Angebot ablehnt, kriegt man womöglich nicht noch mal eines. Also werde ich den ganzen nächsten Frühling und Sommer hier sein, bis in den Herbst hinein. Julian und Fenella sollen nicht die Schule wechseln müssen, weswegen Pam vorerst mit den Kindern in der Stadt wohnen bleiben wird ... auch wegen Tiddler. Aber, Liebste, auch wenn wir noch keinen klaren Schnitt machen können, wie du es dir wünschst, können wir uns trotzdem oft sehen. Ich habe ein wunderschönes kleines Cottage im Auge, keine fünf Meilen von hier, herrlich abgelegen – dorthin könntest du kommen, wann immer es dir möglich ist. Hast du keine kranke Schwester, die du einen Monat lang pflegen musst?! Glaub mir, diese Situation bedrückt mich sehr ...«

Und so weiter und so fort; er hüllte eine Lüge und Entschuldigung nach der anderen um den wahren Kern herum – dass er seine Frau und Kinder und seine kleine Welt nicht verlassen würde. Kurzum: Er wollte den Kuchen behalten und ihn gleichzeitig essen – seine Frau in der Stadt und auf dem Land eine Geliebte, die er in einem Cottage in irgendeiner gottverlassenen, von Regenrillen zerfurchten Nebenstraße versteckt hielte und die, wenn er nach Hause käme, ihn mit dem Abendessen und dem bereiteten Liebesnest erwartete und einem aromatischen Bad für das angeschlagene Ego eines Nebenrollenschauspielers, der sich nicht von dem Kragen, der ihn einengte, trennen konnte.

Das wäre es dann also gewesen.

Auch gut, dann musste es eben Croser sein. Sie zerknüllte den Brief und warf ihn entschlossen in den Papierkorb. Die Sache war erledigt.

Sie fand ihren Mann unter dem Apfelbaum vor, wo er auf einem alten Küchenstuhl saß. Das Buch, in dem er gelesen hatte, war hinuntergefallen und lag halb verborgen in dem hoch aufgeschossenen Gras. Als sie ihn ansprach, erschrak er und lächelte dann nervös.

»Es ist angenehm hier draußen. Ich bin rausgegangen, weil mir das Haus so bedrückend vorkam. Sind schon viele Menschen in den Straßen unterwegs? Wenn du dich ein bisschen zu mir setzen möchtest, mache ich uns eine Kanne Tee.«

»Weißt du, es hat keinen Sinn, um den heißen Brei herumzureden: Ich werde heute Abend von hier weggehen.«

»Weg?«, fragte er mit brüchiger Stimme.

»Ja, weg, und ich werde nicht mehr wiederkommen. Ich verlasse dich. Ich kann das Leben in diesem grässlichen Nest nicht länger ertragen. Ich weigere mich, mich weiter dafür bestrafen zu lassen, dass ich den Fehler beging, dich zu heiraten. Ich gehe weg, solange ich noch genügend Lebenskraft in mir hab, um das Leben zu genießen.«

»Aber wo willst du denn hin?«

»Nach London.«

»Allein?«

»Nein.«

»Aber liebt er dich denn, Georgie, liebt er dich denn wirklich?«

»Liebe! Was hat denn Liebe damit zu tun? Er ist jung und willig. Er kann mir geben, was ich will – er kann mir geben, was du mir nie geben konntest.«

Der Pfarrer war sehr blass geworden. Schwerfällig wie ein alter Mann stand er auf.

»Georgie«, murmelte er.

Sie trat einen Schritt auf ihn zu.

»Auf den Feldern, in Hecken, in Heuhaufen! Der ganze Ort weiß es.«

Er drehte sich blindlings um, als wollte er in das Gewirr der Bäume fliehen. Sie sah, wie seine Schultern bebten, und dieser Anblick spornte sie nur noch zusätzlich an.

»Du hättest mich niemals heiraten dürfen. Du hast mich reingelegt. Du brauchst keine Frau. Du könntest dich ebenso gut mit einem Betkissen aus deiner Kirche begnügen.«

Sie wandte sich zum Gehen.

»Und such ja nicht nach mir. Wenn ich ihn satthabe, nehme ich mir eben einen anderen und nach ihm wieder einen anderen. Aber lieber gehe ich in ein Bordell, als dass ich zu dir zurückkehre.«

Zitternd presste er sich gegen einen Baumstamm und hörte, wie sie gemächlich davonschlenderte und nach einer Weile eine Tür zuschlug. Irgendwo in der Nähe nahm eine Ringeltaube im warmen Sommernachmittag ihr Gurren wieder auf.

Der Kanoniker sann darüber nach, was das kleinere Übel wäre: zu Fuß die Auffahrt zum Pfarrhaus hinaufzugehen oder Kratzer von den überhängenden Büschen im Lack seines Wagens zu riskieren. Er rang nur kurz mit sich: Das Mittagessen im Schloss war gut und reichlich gewesen.

»Ah«, sagte er, als er oben ankam, zum Pfarrer, »Seine Exzellenz hat mich gebeten, mal nach Ihnen zu sehen.«

Normalerweise redete er die jüngeren Kirchenmänner mit ihrem Vornamen an, aber bei diesem hier war er vom ersten Augenblick an unsicher gewesen, und jetzt war er froh, dass sein Bauchgefühl ihn zur Vorsicht gemahnt hatte. Einen Moment lang war der Pfarrer versucht zu antworten: »Der Bischof mag darum gebeten haben, ich aber nicht«, verkniff sich die Bemerkung jedoch, nicht ohne mit einer gewissen Genugtuung zu registrieren, wie unbehaglich sich sein Besucher, eingezwängt in den schmalen Armsessel, fühlte.

»Hm, ganz schön kühl hier, selbst an einem so warmen Tag wie diesem«, sagte der Kanoniker, der immer noch nicht bemerkt hatte, wie blass und krank sein Gastgeber aussah.

»Sie sollten uns mal im Dezember besuchen.«

»Ja, stimmt, diese riesigen Pfarrhäuser …«

»Sie haben doch selbst als Vorsitzender des Diözesanausschusses meinen Antrag auf den Bau einer adäquateren Unterkunft im Ort abgelehnt.«

»Tja, wegen des Geldes, mein Lieber! Oder besser gesagt: dessen Mangel. Sie können sich ja nicht vorstellen, wie besorgniserregend die Lage ist.«

»Aber dem Neubau eines Pfarrhauses in Gornard haben Sie zugestimmt. Und der dortige Amtsinhaber war jünger als ich.«

»Ich bin lediglich ein Mitglied des Ausschusses, mein Lieber. Seien Sie versichert, dass beide Fälle mit der gebotenen

Sorgfalt geprüft wurden. Sie kennen nicht die ganzen Hintergründe.«

»Ja, das stimmt, ich würde sie jedoch sehr gern erfahren.«

»Ach, nun seien Sie doch nicht so! Um darüber zu sprechen, bin ich wirklich nicht gekommen, und ich muss heute Nachmittag noch einen weiteren Besuch erledigen.«

Und um seine Mission besser erfüllen zu können und weil er sich seines schriller gewordenen Tonfalls bewusst war, unterbrach er sich, holte tief Luft (so wie seine Frau es ihm geraten hatte) und schlug stattdessen einen väterlich-wohlmeinenden Ton an.

»Seine Exzellenz wollte, dass ich auslote …« (Ist das das Wort, nach dem ich suchte?, fragte er sich besorgt.) »… ob Sie Interesse an der Pfründe in Nettleton hätten. Haben Sie? Nein, nein, warten Sie, ich bin noch nicht fertig; sie wird mit vierzig Pfund höher dotiert als Ihre jetzige Stelle und …«

»Und nach dem Tod des armen Egger, der noch beschleunigt wurde durch die beschämenden Lebensumstände im dortigen Pfarrhaus, hat man die Pfründe mit den unbesetzten Pfarreien in Arley-in-the-Hedges und Arley Stoke zusammengelegt; und von dem neuen Amtsinhaber wird erwartet, dass er herumfährt (auf eigene Kosten wohlgemerkt), um den verlorenen Schäfchen künstliche Beatmung zu spenden …« Seine durch den grauenhaften Verlauf dieses Tages bereits angespannten Nerven hatten die Stimme des Pfarrers vor Entrüstung schrill werden lassen.

»Also wirklich! Sie lesen da Dinge hinein, die so gar nicht zutreffen. Seine Exzellenz wollte Ihnen, da er weiß, wie es um Sie bestellt ist, lediglich helfen …«

»Wie ist es denn um mich bestellt?«

»Es steht mir nicht zu, mir ein Urteil darüber zu erlauben«, antwortete der Kanoniker vorsichtig.

»Sie meinen, der Bischof denkt, es würde meiner Gemeinde guttun, wenn ich ihr den Rücken kehren würde?«

»Das habe ich nicht gesagt.«

»Ich wünschte, der Bischof würde ebenso offen mit den Laien-Amtsträgern reden, wie er es mit den weniger hochrangigen Kirchenmännern tut. Aber da er von Laien eingestellt wurde, weiß er zweifellos, auf wen er Rücksicht nehmen muss. Es ist schon ungeheuerlich, dass jemand, der noch nie als Gemeindepfarrer tätig war, einen solchen kritisiert.«

»Das tut er nicht«, erwiderte der Kanoniker ungeduldig.

»Was weiß jemand in seiner Position schon über meine Schwierigkeiten? Wie könnte er das denn?«

»Herrgott, ich will Ihnen doch nur helfen!«

»Dann soll er den Laien mal ins Gewissen reden, dass sie ihre christlichen Pflichten als Sachwalter des Herrn auf Erden wahrnehmen sollen. Er soll ihnen von den schwindenden Priesterzahlen erzählen, den Pfarrersfamilien, die in riesigen Scheunen wie dieser hausen und zusehen müssen, wie sie über die Runden kommen. Er soll ihnen von den verlorenen Seelen in fernen Weltgegenden berichten, wo die Laien doch so vom Geiz zerfressen sind, dass sie für unsere heilige Mission keinen Penny übrig haben.«

»Also, nun machen Sie bitte einmal einen Punkt …«

»Fünfzehn Pfund – so viel würde es kosten, das Gras auf dem Friedhof mähen und ihn herrichten zu lassen, doch die Kirchenvorsteher weigern sich, diese Summe zu beschaffen. Fünfzehn Pfund! Die Begräbnisstätte ihrer eigenen Angehörigen!«

»Vielleicht haben Sie ja nicht mit dem nötigen Takt mit ihnen gesprochen. Wie meine tüchtige Frau zu sagen pflegt: ›Du musst die Leute bauchpinseln, dann tun sie es schon.‹ Manchmal muss man sie ein bisschen anstupsen, vielleicht ihnen auch gut zureden, wobei meiner Erfahrung nach ein kleiner Scherz an der richtigen Stelle am besten funktioniert. Man darf nicht aus allem eine große Sache machen.«

»Aber es ist eine große Sache – die Pflicht der Menschen gegenüber Gott.«

Der Kanoniker wusste, dass er damit auf unsicheres und vielleicht auch heiliges Terrain gezogen zu werden drohte, und trat schnell einen Schritt zurück.

»Ah«, murmelte er, »wenn Sie nur ebenso viel Glück mit Ihren Gemeindevorstehern gehabt hätten wie Ihr Vorgänger und vor ihm Tallboy – Prosser, ein wunderbarer Mann und großer Diplomat, der Vater der jetzigen Schulrektorin. Wenn es je einen Mann Gottes gab, dann war er einer. Aber er ist nun einmal zu früh verschieden, und wir müssen mit dem leben, was wir jetzt haben. Nun gut, soll ich Seiner Exzellenz sagen, dass Sie noch ein wenig Zeit brauchen, um über Nettleton nachzudenken?«

»Nein, ich bin nicht interessiert.«

Mit einem Mal war es mit der Geduld des Kanonikers vorbei. Zornesröte stieg ihm ins Gesicht, und die Ermahnungen seiner Frau waren vergessen.

»*Gut*«, sagte er mit kalter, mit Mühe beherrschter Stimme. »Dann werde ich jetzt ganz offen mit Ihnen sprechen, mein Lieber. Ich nehme kein Blatt mehr vor den Mund. Niemandem in unserer Diözese gefällt, was wir seit einiger Zeit in Great Minden beobachten. Unterbrechen Sie mich *bitte nicht*. Uns gefällt weder die leere Kirche noch der störrische Pfarrer, der aufsässige Kirchengemeinderat, die unerfüllte Abgabenquote für die Diözese, das Eheleben des Pfarrers, über das man sich in der ganzen Grafschaft das Maul zerreißt. *Und all das muss sich ändern.* Wir haben alles Mögliche versucht, um einen vollständigen Bruch zu vermeiden. Wir haben Ihnen eine neue

Pfarrei angeboten, wo Sie von vorn anfangen können. Und Sie haben abgelehnt. Gut, wie Sie wollen!«

Er wand sich umständlich aus dem Sessel heraus und stand auf.

»Seine Exzellenz hat mich gebeten, Ihnen Folgendes mitzuteilen, was ich hiermit tue: ›Der Amtsinhaber der Pfründe von Great Minden soll seine häuslichen Angelegenheiten in Ordnung bringen, sodass sie wieder eines Pfarrers würdig sind.‹«

»Sie beleidigen meine Frau!«, rief der Pfarrer, blass vor Wut, aus. »Verlassen Sie bitte mein Haus und … und sagen Sie dem Bischof, dass es seinem hohen Amt keine Ehre macht, wenn er dem Tratsch und Klatsch der Leute glaubt.«

Diese letzten Worte verschmolzen mit den widerhallenden Schritten seines Gastes im Korridor und dem lauten Geräusch, mit dem die Haustür ins Schloss fiel. Erst da wurde dem Pfarrer klar, wie sehr seine Beine und seine Stimme zitterten, und er lehnte den Kopf auf den Kaminsims und brach erneut in Tränen aus.

Die letzte halbe Stunde dieses Schultags zog sich dahin.

Die Schüler saßen tief in die Bänke gesunken, in denen sie gefangen waren, und sahen teilnahmslos in Richtung Croser, der schwer gegen das Lehrerpult lehnte.

»Zum Schluss«, sagte er matt, »waren nur noch neun magere Pferde übrig. Wie viele, Bellenger?«

»Neun, Sir.«

»Ein anderes Wort für ›mager‹?«

»›Dünn‹, Sir.«

»Es waren nur noch neun magere Pferde übrig. Was war mit dem Rest passiert, Thickness?«

»Sie sind gestorben, Sir.«

»Falsch.«

Thickness, der glaubte, seine Pflicht erfüllt zu haben, lehnte sich wieder in seiner Bank zurück.

»Schau nicht so selbstgefällig, Thickness. Setzt euch alle aufrecht hin.«

Die ganze Klasse ruckte nach oben.

»Du, Bellenger!«

»Die Soldaten der Garnison haben sie verspeist, Sir.«

»Einen Punkt für das blaue Team.« Er schob einen der blauen Knöpfe, die auf einer Schnur aufgefädelt waren, nach oben.

»Die Lage war sehr schlecht. Wie gesagt, nur noch neun magere Pferde, und die Soldaten brauchten täglich eine warme Mahlzeit. Sie aßen Hunde, Katzen, Ratten, Mäuse und getrocknete Tierhäute … Schau hierher, Elsie Perrin, oder interessiert dich das nicht?«

»Doch, Sir.«

»Nun, dann mach ein intelligentes Gesicht – und hör auf, an deinem Taschentuch herumzukauen, du bist schließlich nicht eine der Belagerten von Londonderry …«

Keines der Kinder kicherte, keines grinste auch nur. Im Zimmer war es heiß wie in einem Backofen. Ringsherum konnte er die Geräusche hören, die diese Tretmühle fabrizierte – in einem entfernten Klassenzimmer sangen die Schüler müde »Ein Liebster und sein Mädel schön«, aus einem anderen Zimmer ganz in der Nähe ertönte ein Sprechchor: »Dreißig Pence sind zwei Shilling und ein Sixpence, sechsunddreißig Pence sind drei Shilling, vierzig Pence sind drei Shilling und ein Fourpence, achtundvierzig Pence sind vier Shilling, fünfzig Pence …«

In der Aula trieb ein schwitzender Studienreferendar eine erschöpfte Gruppe Schüler zu Leibesübungen an: »Fersen nach oben, Knie ganz beugen, Rücken gerade; Kopf – nicht bewegen. Achtung, fertig, los! Halten! Halten! Halten!«

Croser hielt sein Taschentuch geziert vor die Nase und lutschte den sauren Drops, den er zwischen unteren Gaumen und Wange geschoben hatte.

»Nahrungsmangel – Hunger«, sagte er dann in gewichtigem Ton. Rasch warf er einen Blick in das halb verborgene Lesebuch, ehe er fortfuhr: »Ein Mann, der noch immer dick und rund war, während der Rest nur noch aus Haut und Knochen bestand, fürchtete, sich in großer Gefahr zu befinden. Also versteckte er sich bis zum Ende der Belagerung im Keller. Warum hat er geglaubt, er sei in Gefahr, Thickness?«

»Er hatte Angst, von einer feindlichen Kanonenkugel getroffen zu werden, Sir, weil er so groß und breit war und ein besseres Ziel abgab als die dünnen Männer.«

»Oh, was bist du nur für ein Dummkopf. Andere Vorschläge!«

Er eilte den Gang entlang nach hinten, blieb bei einem Jungen stehen, schlug ihm auf den Rücken und schüttelte ihn.

»Wirst du wohl aufwachen? Warum glaubte er, er sei in Gefahr?«

»Weil er römisch-katholisch war, Sir.«

Croser gab ihm eine Kopfnuss und eilte wieder zu seinem Pult zurück.

»Oh mein Gott!«, sagte er. »Oh mein Gott! Unterrichten! Wie konnte ich nur …?«

In diesem Moment begann die Schulglocke zu läuten.

Augenblicklich hörte man von allen Seiten des Gebäudes, wie Klappsitze fröhlich hochschnellten, dann das aufgeregte Getrappel von Kinderfüßen. Schnell wurden ein paar Abendgebete gesungen, und dann strömten aus jedem der Klassenzimmer in ordentlichen Reihen die Schüler heraus. Nur die

Klasse, in der gesungen wurde, blieb noch in ihrem Zimmer; die Glocke hatte sie inmitten der Verse erwischt:

>*Und zwischen Halmen auf dem Rain,*
Legt sich das hübsche Paar hinein …«,

sangen sie in die vorwurfsvolle Stille hinein.

Croser stellte sich vor, wie Miss Prosser drohend auf das Klassenzimmer zumarschierte.

»Wenn sie das gehört hat, geht's dem armen Everett an den Kragen«, murmelte der Konrektor. »Aber wahrscheinlich glaubt er, in dem Vers geht es darum, dass jemand hereingelegt werden soll.«

»Nun, tut es das nicht, in gewissem Sinn?«, fragte Croser mit einem anzüglichen Grinsen.

»Du musst es ja wissen. Seit zehn vor vier parkt der Wagen deiner Freundin vor meinem Fenster. Und auf welchen Rain wirst du dich heute Abend legen?«

CROSER SCHOB SICH DURCH das Gedränge der Kinder und trat auf die Straße. Ihm war heiß, er war erschöpft und gereizt. Halb hatte er geglaubt, der Konrektor habe ihn gefoppt, doch tatsächlich, das rote Coupé stand am gegenüberliegenden Randstein. Wütend überquerte er die Straße und streckte den Kopf durch das heruntergelassene Beifahrerfenster.

»Wir hatten doch ausgemacht, dass du nicht herkommst«, sagte er wütend. »Inzwischen werden sich alle den Mund zerreißen. Dir mag das ja egal sein, aber mir nicht. Alle Kinder, die jetzt nach Hause laufen, können uns sehen und werden es überall herumerzählen. Etwas Dümmeres hättest du wirklich nicht …«

Georgie lehnte sich hinüber, betätigte den Griff und schob die Beifahrertür auf, sodass er zur Seite treten musste. »Los, steig ein. Hier können wir nicht reden. Bleib um Himmels willen gelassen und steig ein. Hier, nimm eine Zigarette: Du brauchst eine.«

»Na gut, eine Minute«, brummte er. »Ich muss zusehen, dass ich rechtzeitig zum Tee bei meiner Vermieterin bin, und dann muss ich gleich wieder weg. Hab eine Verabredung.«

Sie ignorierte, was er gesagt hatte, und fuhr los. »Ich sehe schon, die Prosser hat dir wieder die Hölle heiß gemacht«, sagte sie. »Keine Sorge, Kleiner, ich mache es wieder gut.«

Er spürte, wie ihre behandschuhten Finger über seinen Schenkel strichen, schauderte und lehnte sich zurück; während er den Rauch durch das offene Fenster blies, vergaß er nach und nach die Demütigungen und Ängste, die er an diesem Tag durchlitten hatte.

»Entspann dich«, fuhr sie fort. »Du wirst sehen – in zehn Minuten ist alles vergessen und vorbei. Was spielt es im Übrigen für eine Rolle? Wir wissen, was wir wollen, das ist das Wichtigste. Warum lässt du dich von dieser vertrockneten alten Jungfer herunterziehen? Du weißt doch, was ihr Problem ist, nicht wahr? Ihr habt doch solche Dinge auf dem Studienseminar durchgenommen oder wie immer diese Institution heißt, wo man Lehrer am laufenden Band produziert. Halt dich fest …«

Der Weg zur alten Mühle war von tiefen Rillen zerfurcht und überwuchert und dicht von Bäumen und Brombeergestrüpp gesäumt. Nachdem sie ausgestiegen waren, gingen sie die wacklige dreistöckige Treppe hinauf bis ins oberste Stockwerk, wo sie sich unter verrostetem Gerät hindurchducken mussten. Einen Moment lang blieb Croser stehen und blickte auf den fast vollständig von Schilf zugewachsenen Teich hinab.

Sommer ... es ist Sommer ...

Aber nie habe ich Zeit, dachte er. Immer will jemand was von mir. Nie lässt man mich in Ruhe – die Vermieterin, Prosser, Effie, die hier. Aber es ist schön hier. Es sieht aus wie auf dem Bild, das ich mal gesehen hab: diese Blumen dort im Wasser, die weißen, die in der Mitte gelb sind, der Schatten dort, die Hitze. Vielleicht sollte ich mir einen Farbkasten kaufen. Ich könnte samstags und sonntags mit einer Thermoskanne losziehen. Ich könnte mir ein Fahrrad kaufen, und Effie könnte mit ihrem Rad mitkommen und sich neben mich setzen und stricken.

Ich könnte mir eine Schulleiterstelle in einem kleinen Dorf suchen, Gehaltsstufe null oder eins. Wir könnten in einer umgebauten Mühle mit Strohdach wohnen. Wir könnten auf meinem Gepäckträger einen Kindersitz befestigen und das Kleine mitnehmen. Wir könnten ... Die Hitze und tiefe nachmittägliche Stille versetzten ihn in eine wohlige Stimmung. Sommer ... ach, Sommer ...

»Ich bin hier, Liebling. Ich bin bereit.«

Sie hatte ihren seidenen Sommermantel über einen Stapel Säcke gebreitet und lag, eine Hand unter dem Kopf, entspannt und erwartungsvoll da. Er setzte sich unbeholfen neben sie und tastete nach seinen Zigaretten, aber sie drehte sich zu ihm und zog ihn zu sich herab.

»Komm«, murmelte sie. »Worauf wartest du noch?«

Auch Edwin Thickness hatte, wie Lady Macbeth den Männern geraten hatte, nicht gewartet, bis er seinem Rang entsprechend an der Reihe gewesen wäre, sondern war unter den Ersten gewesen, die das Schulgebäude verlassen hatten. Er verzichtete auf das Vergnügen, mit den anderen Jungs herumzualbern, und lief stattdessen schnurstracks nach Hause. Erst als er den Hinterhof erreichte, ging er betont gemächlich. Aber diese Vorstellung hätte er sich sparen können. Kaum war er durch die offene Hintertür getreten, sah er sich in seiner Befürchtung bestätigt: Das Haus war verwaist. Der Tisch war übersät von schmutzigen Töpfen, die Betten waren nicht gemacht, und es roch nach dem billigen Parfüm, mit dem seine Mutter sich immer einsprühte, bevor sie das Haus verließ. Seine zwei kleinen Brüder waren ihm hineingefolgt.

»Mach uns was zu essen, Edwin«, sagte der eine. »Mum kommt bestimmt lange nicht wieder.«

Oh, dann weiß er es also auch, dachte Thickness, überrascht, dass ein so kleines Kind schon ein untrügliches Gespür für die Wirklichkeit hatte. Er schaltete den elektrischen Wasserkocher ein.

»Ein Mann war da und hat den Strom abgeschaltet, Edwin – nachdem du in die Schule gegangen warst: der gleiche, der ihn auch letztes Mal ausgemacht hat. Er hat genau gewusst, wo er suchen muss.«

»Mum hat angefangen zu weinen«, sagte der andere Bruder.

»Na ja, dann gibt's halt keinen Tee; kaltes Wasser tut's auch«, erwiderte Thickness, während er drei Kaffeebecher ausspülte und sie mit Wasser aus dem Eimer füllte. »Und wo ist *er* hin?«

»Er war im Nebenzimmer vom *Fusilier*. Ich hab ihn durch die Milchglasscheibe erkannt.«

»Aha, für Bier und Schnaps hat er also Geld, aber als ich ihn um 'n paar Shilling für den Schulausflug gebeten hab, da hatte er keins«, sagte Thickness verbittert. »Aber Saufen, das ist natürlich was anderes. Saufen und Zigaretten!«

»Wirst du auch saufen, wenn du groß bist, Edwin?«, fragte der jüngste Bruder und sah ihn ängstlich an.

»Nee, bestimmt nicht. Ich werde in Urlaub fahren und mir 'n

kleines Boot kaufen und angeln gehen und auf keinen Fall heiraten und Kinder kriegen. Darauf kannst du Gift nehmen. Ich werd's halten wie Mr Croser und ledig bleiben. Ich werd zur Untermiete wohnen und unabhängig sein.«

Thickness setzte sich an den Tisch und sann über Mr Croser nach; darüber, dass er das Haar mit Brillantine zurückgekämmt trug, rauchte und bei den Gebeten nicht richtig mitmachte. Er murmelt nur, dachte Thickness, und bei den Kirchenliedern bewegt er nur die Lippen, ohne einen Laut von sich zu geben. Er kennt sich echt gut mit Schlachten und der Bibel aus. Schade, dass ich im September in eine andere Klasse komme und ihn dann nicht mehr habe. Wenn er mich nur ein bisschen mehr mögen würde. Ich glaube, er ist nicht gern Lehrer.

»Wenn nur Mum wieder heimkommen würde«, sagte einer seiner Brüder. »Glaubst du, sie ist abgehauen, Edwin?«

Thickness schnellte herum und gab ihm eine Ohrfeige.

»Na ja, Fred Jarvis' Mum ist auch abgehauen«, schluchzte der Junge. »Und als sie weg war, hat sein Vater Fred und seine Geschwister in ein Heim gesteckt. Ich kenn einen Jungen, der hat sie dort gesehen. Es ist am Meer. Und er hat gesagt, es gefällt ihm dort besser als zu Hause.«

Thickness fragte sich, was dieser Tag wohl noch bringen würde, und als er an das Kinderheim dachte, verspürte er einen Stich in seiner stolzen Seele.

DU LIEBE GÜTE, WIE LANG so ein Tag ist, wenn man nicht im Büro sitzt und arbeitet!, dachte Peplow. Die Stunden ziehen sich dahin und wollen einfach kein Ende nehmen. Aber vielleicht liegt es ja auch an diesem Provinznest. Hier scheint die Zeit eine ganz andere Ausdehnung zu haben als in der Stadt. Man sollte ein neues Zeitmaß einführen: Neun Stunden auf dem Land entsprechen einem ganzen Tag in der Stadt; ein Tag auf dem Land hat vierzig Stunden. Ich hätte, als ich aus dem Kriegsdienst entlassen wurde, mich besser an einem Ort wie diesem niederlassen sollen, anstatt mir in der Stadt das Hirn zu zermartern. Wenn ich daran denke, wie viele Stunden ich in Parks herumgesessen hab, wo ich versuchte, den unzähligen anderen Menschen zu entkommen, die sich hinter den Lorbeerhecken tummelten. Dabei hätte ich hier an diesem Teich sein können, und keine andere Menschenseele wäre in der Nähe gewesen – außer Tom. Ihm hätte das auch gefallen. Wir hätten zum Angeln herkommen und dabei herrlich plaudern können.

[»Wer war der weltbeste Schlagmann, Dad?«

»Der bislang weltbeste Schlagmann war zweifelsohne der berühmte Dr. Grace. Er hatte den höchsten Average, das höchste Aggregate, den längsten Bart und die längsten Füße. Die Bowler haben sich davor gefürchtet zu werfen, wenn er in ihrer Nähe stand.«

»Hast du ihn mal spielen sehen, Dad?«

»Nein, aber dein Urgroßvater hat ihn vielleicht gesehen, Tom.«

»Sind wir wohlhabend, Dad?«

»Nein, nicht wirklich. Aber wir kommen gut über die Runden, würde ich sagen. Es geht uns gut. Jedenfalls haben wir genug Geld zum Leben. Nicht zu viel, nicht zu wenig.«

»Aber für einen Wagen reicht es nicht?«

»Ja, das könnte man wohl so sagen. Aber ich nehme an, dass wir uns eines Tages einen anschaffen werden.«

»Wärst du gern reich, Dad?«

»Wer wäre das nicht gern? Aber Geld ist nicht alles. Vergiss das niemals. Wenn ich mich zwischen einer Million und

Mami und dir entscheiden müsste, würde ich Mami und dich nehmen. Es gibt wirklich Wichtigeres als Geld, musst du wissen. Zum Beispiel Ehrgefühl und Tatkraft und dass man seinen Namen rein hält.«

»Das schreibe ich mir auf. Aber ich hätte auch gern einen Haufen Geld.«]

Peplow zuckte zusammen. Hatte Tom ihm diese Fragen tatsächlich gestellt? Immerzu geisterte ihm derlei durch den Kopf – hatten diese Gespräche tatsächlich stattgefunden? Diese wissbegierige Stimme – warum konnte sie nicht endlich ruhen wie der kleine, emsige Körper auch? Warum konnte sie sich nicht endlich in die Dunkelheit zurückziehen? Warum konnte sie nicht auch sterben?

Im dunklen Wasser zwischen den Seerosen schwammen träge Fische. Libellen kurvten über der Wasseroberfläche, rasteten kurz auf grünen Blätterinseln, ehe sie wieder die Luftströme über den binsengesäumten Ufern erkundeten. Von der Hitze und Stille mit einem Mal müde geworden, setzte sich Peplow auf den allmählich zerbröckelnden Steg vor der Mühle und ließ die Füße ins Wasser baumeln.

Es kommt mir vor, als würde ich Great Minden schon gut kennen. Ruskin, Bellenger, diese arme alte Erweckungspredigerin, den kleinen Nick. Noch vor einem halben Tag war Minden nichts weiter als ein Name auf einem Eisenbahnfahrplan, ein Ort, an dem ein Zug hält, wo man aussteigt, um zu tun, was zu tun ich gekommen bin.

Ein Teichhuhn stakste krummbeinig den Pfad hinab und pickte hie und da an den Wegesrändern, ehe es in dem grünen Dschungel eines Grabens verschwand. Ein Kuckuck stieß seinen eindringlich monotonen Ruf aus. Peplow versuchte ihn in den Bäumen zu entdecken, aber der Vogel schien ihn narren zu wollen.

Wenn es vorbei war und er sein Vorhaben ausgeführt hatte, was würden die Leute hier wohl sagen? »Ich glaube, ich erinnere mich an ihn, bin mir aber nicht sicher.« – »Ja, es war ein Fremder hier – ich glaube, er war groß.« – »Ja, ich habe mich sogar mit ihm unterhalten.« – »Nein, überhaupt nicht die Sorte Mensch, von der man sich so etwas vorstellen könnte. Nein, ganz bestimmt niemand, dem ich etwas Derartiges zugetraut hätte.«

Und was würde Ruskin sagen? Und Bellenger? Aber Bellenger würde es ja nicht mehr erfahren. Wieder verdüsterten sich seine Gedanken. Wenn ich im Krieg dem Tod so nah war wie jetzt, habe ich immer Angst gehabt. In dieser Nacht 1944 zum Beispiel, als Dexter in meinen Armen starb – und um uns herum Flakfeuer wie ein in voller Blüte stehender Obstgarten …

Eine schwarze Rinderherde schlich über den schmalen Feldweg, Schwalben schossen über das Ufer hinweg, spreizten urplötzlich die Flügel, hielten inne und schossen wieder in entgegengesetzter Richtung zurück. Eine Biene summte an seinem Haar und er schlug, ohne es zu wollen, reflexartig nach ihr. Sie plumpste tot auf die Wasseroberfläche, tauchte, ein Flügel gebrochen und abgeknickt, kurz unter, ehe sie wie eine seltsame Blume dahintrieb und eine träge Strömung sie erfasste und zu den Seerosen trug. Eine Libelle schwebte einen Moment lang flatternd über ihr und flog dann eilig davon. Sofort tat es ihm leid – eine sinnlose, unnötige Tat.

Hinter ihm stand, bis zu den Radachsen in Brennnesseln und hohem Gras versunken, ein alter Pferdewagen und rottete, Wind und Wetter ausgesetzt, auf seinem Altenteil vor sich hin. Warum war er nicht zersägt worden und auf dem Brennholzstoß gelandet? Wegen seiner sanft geschwungenen Linien, den damit verbundenen Erinnerungen, aus Trägheit?

Einen Augenblick lang war Peplow beschämt angesichts der Beständigkeit dieses Ortes und der Vergänglichkeit jener, die ihre Spuren hinterlassen und gestorben waren – des Maurers, derer, die die Bäume gepflanzt hatten, des Stellmachers, der Fuhrmänner. Tod und Abschied lagen in dem lockenden Duft der Weißdornhecke; er passte zu seiner schwermütigen Stimmung.

Die Motorengeräusche eines Wagens rissen ihn aus seinen Gedanken. Er erkannte die Insassen auf Anhieb – die Frau, keck und gleichgültig, vornweg, der Mann, jünger als sie, der ihr halb widerstrebend, halb begierig in das Halbdunkel des verfallenden Gebäudes folgte.

DER MORRIS HIELT GERADE so lange, dass Croser sich aus seinem Sitz schälen konnte, ehe er rasch und unauffällig weiterfuhr und das Ende des Platzes überquerte.

Verdammt!, dachte er, während er die Straße kreuzte und in dieselbe Richtung weiterging, in die der Wagen verschwunden war. Sie bringt mich noch um, wenn wir in dieser Schlagzahl weitermachen. Das packe ich nicht – jedenfalls nicht mit der Schmalhanskost, die meine Vermieterin mir kredenzt. Um mithalten zu können, müsste ich mich von Kaviar und Schwarzbier ernähren. Für sie ist es kein Problem: Sie kann sich den lieben langen Tag im Bett fläzen, sie muss sich ihren Lebensunterhalt nicht verdienen, indem sie sich an irgendwelchen Schultafeln die Finger wundschreibt. Sie kann nicht genug kriegen, das ist ihr Problem; sie müsste mal zum Arzt deswegen.

Die Jahrmarktsrequisiten hinderten ihn an seinem üblichen Spaziergang schräg über den Platz, sodass er notgedrungen an den Schaufenstern der umliegenden Geschäfte vorbeimusste.

Was ich jetzt brauche, ist ein ausgiebiges Nickerchen. Stimmt, das mache ich jetzt auch. Dann hole ich Effie ab, und wir gehen ins Kino nach Gornard; das kommt mich billiger, als hier ausgeraubt zu werden, außerdem kann ich mich im Kino ausruhen.

Er durchforstete seine Taschen nach Barem. Abgesehen von den vier Pfund, die er für die Ferien gespart hatte, waren nur noch ein Shilling und eine Half-Crown übrig. Nein, die Pfundnoten werde ich nicht anbrechen, dachte er grimmig, nicht einmal für die Kaiserin von China rühre ich die an, also doch nicht ins Kino. Bleibt nur ein Spaziergang in der verdammten Natur! Und dabei wird es auch bleiben, bei einem Spaziergang, alles andere lassen wir schön bleiben. Es ist Freitag, der 23., und meine Manneskraft ist bereits verbraucht. Ich könnte nicht einmal der Königin von Saba zu Willen sein, wenn sie zufällig vorbeikäme.

Ihm fiel ein, dass er gleich am Frisiersalon vorbeikommen würde und es unklug wäre, sich dort blicken zu lassen, war dies doch nicht sein üblicher Nachhauseweg. Besser, er ginge zurück und auf der anderen Seite um den Platz herum; oder könnte er sich vielleicht zwischen den Marktständen und dem ganzen Krimskrams hindurchschlängeln? Er entschied sich für Letzteres und verließ auf Höhe des *Fusilier* den Gehsteig, um abzudrehen. Aber er hatte bereits zu lange gezaudert. Noch bevor sie etwas sagte, hörte er die Tür zuschlagen und spürte ihre Gestalt neben sich.

»Du lieber Himmel, Sid, was machst du um diese Zeit denn hier? Es ist Viertel nach fünf. Hast du schon deinen Nachmittagstee gehabt?«

Es ist wie im Gefängnis, dachte Croser. Den lieben langen Tag geht es so – »Sie sind zu spät, Mr Croser!«, »Warum haben Sie das gemacht, Mr Croser?«, »Stehen Sie endlich auf,

Mr Croser!«, »Kommen Sie herunter, Mr Croser!«, »Liebe mich, Mr Croser!«, »Was machst du denn hier, Mr Croser?«, »Warum bist du nicht woanders, Mr Croser?«

»Ich musste was aus der Apotheke holen, für meine Vermieterin«, sagte er. »Du machst aber früh Schluss heute, hm?«

»Nun, heute ist doch Kirchweih! Dafür fange ich morgen früher an als sonst, dann kann ich alles sauber machen, bevor die ersten Kundinnen kommen.«

»Da zweifle ich keine Sekunde dran. Wo du doch so gern früh aufstehst.«

»Was bist du denn so spöttisch?«

Ihm waren bereits ihre herabgezogenen Mundwinkel und ihr vorwurfsvoller Blick aufgefallen.

Kurz standen sie schweigend da und sahen einander nur an.

»Außerdem habe ich Kopfschmerzen«, fügte sie hinzu und brach, als er nichts sagte, in Tränen aus.

Croser war völlig verdutzt.

»Was hast du denn?«, murmelte er und blickte sich verstohlen um. »Hör auf zu weinen, Eff, was habe ich denn Schlimmes gesagt?«

»Es ist wegen dem, was diese Mrs Morgan gesagt hat«, erwiderte sie schluchzend. »Sie hat angedeutet, du hättest was mit 'ner verheirateten Frau.«

Croser erstarrte. »Sie hat was gesagt?«, rief er entrüstet aus. »Ich! Mit einer verheirateten Frau! Also wirklich!«

Effie schluchzte noch immer.

»Ich gehe sofort zu ihr und stell sie zur Rede. Das mache ich. Jetzt sofort. Das ist Verleumdung!«

Effie hörte auf zu weinen. »Na ja, sie hat es nicht genau so gesagt«, sagte sie schniefend.

»Oh, das hat sie nicht? Dann wüsste ich aber gern, was sie gesagt hat, diese abscheuliche Person!«

»Also das weiß ich auch nicht mehr so genau, aber es spukt mir die ganze Zeit im Kopf rum. Den ganzen Nachmittag schon. Oh, Sid, es ist doch nicht wahr, oder?«

»Habe ich diese Frage nicht gerade beantwortet? Natürlich ist es nicht wahr. Ich! Mit einer verheirateten Frau!«

Er wusste, die Gefahr war gebannt, und ging zum Angriff über.

»Ich wundere mich nur, dass ein so kultivierter Mensch wie du auf diesen Kleinstadttratsch hört«, sagte er.

Wieder begann Effie zu schluchzen. »Oh, Sid, ich liebe dich«, brachte sie erstickt hervor. »Das weißt du doch, nicht wahr?«

Erneut blickte sich Croser schuldbewusst um; der Metzger stand im Türrahmen seines Ladens und beobachtete sie mit sarkastischer Miene.

»Ist ja gut, ist ja gut«, murmelte er ungehalten, »aber jetzt hör auf; dieser verdammte Metzger lacht schon über uns.«

»Der glotzt immer rüber«, sagte Effie. Sie klang noch immer verstimmt, hatte sich aber inzwischen wieder beruhigt. »Vor allem zu uns Mädchen. Ich habe Sachen über ihn gehört, die ich gar nicht wiederholen kann.«

»Aber er hat dich doch hoffentlich nicht belästigt?«, fragte Croser in einer plötzlichen Anwandlung von Anständigkeit.

»Einmal hat er mich im Kino in Gornard gefragt, ob ich mich zu ihm setzen will.«

»Im Ernst?«

»Und einmal hat er zu mir gesagt, dass er Mädchen mit großen Brüsten mag.«

Abermals blickte sich Croser erzürnt zu dem Metzger um.

»Der könnte ja dein Großvater sein!«, brummte er böse. »Ich könnte ihm glatt sein Grinsen aus dem feisten Gesicht wischen. Und das tue ich auch, wenn du willst. Du brauchst nur ein Wort zu sagen, und ich mach's.«

»Nein, du siehst erschöpft aus«, murmelte Effie mütterlich. »Bist ja ganz blass. Hast du gestern wieder bis in die späte Nacht hinein gearbeitet? Ich glaube, du übertreibst es.«

Ich übertreibe es!, dachte Croser. Was für ein Witz.

»Es liegt an der Hitze«, sagte er. »Aber jetzt muss ich mich wirklich sputen.«

»Bitte komm so gegen halb sieben zu mir. Ich möchte dich gern meinem Onkel vorstellen. Er geht um acht wieder. Du weißt schon, der Geschäftsmann, von dem ich dir erzählt habe. Du hast doch gesagt, du würdest ihn gern kennenlernen. Wer weiß, vielleicht kann er etwas für uns tun.«

Während Croser im Geiste nach einer passenden Entschuldigung suchte, begann Effie, seine Hosenbeine abzuklopfen.

»Du bist ja ganz schmutzig!«, rief sie aus. »Man könnte meinen, du hättest auf einem Mehlsack gelegen ...«

»Nein, das ist von der Kreide«, erwiderte Croser schnell. »Gut, dann bin ich um fünf vor halb sieben bei dir, wenn dir so viel daran liegt.«

Effies große blaue Augen füllten sich schon wieder mit Tränen.

»Oh Sid!«, schluchzte sie. »Ich kann nichts dafür. Es ist nur, weil ich dich so liebe.«

»Nicht hier«, sagte Croser schnell und schob sie entschlossen von sich weg. »Die Leute gucken ja schon. Also, vor halb sieben bei dir zu Hause.«

Er ging schwungvoll davon; die diversen Transaktionen der letzten Stunde hatten seine Selbstachtung wiederhergestellt. Ich will verdammt sein, wenn ich mit Georgie durchbrenne, dachte er und schlug das Versprechen, das er ihr kurz zuvor bei der Mühle gegeben hatte, wieder in den Wind. Ich pfeif drauf, schließlich geht sie stramm auf die vierzig zu. Sie ist passé. Sie hat ihre besten Jahre hinter sich. Eff hingegen hat sie noch vor sich. Außerdem ist sie heiratsfähig. Und ich wette, sie wird ihre Sache gut machen.

ABEND

CROSERS VERMIETERIN HATTE noch immer so schlechte Laune wie am Morgen, und statt den Pfarrer ins Wohnzimmer zu bitten, schickte sie ihn unbegleitet die Treppe hinauf, sodass er, als sein sachtes Klopfen unbeantwortet blieb und er behutsam die Tür öffnete, den Liebhaber seiner Frau schlafend auf dem Bett antraf, mit geöffnetem Hemdkragen und die Beine lasziv gespreizt, offenbar dabei, sich von seinen körperlichen Anstrengungen zu erholen.

»Mr Croser«, sagte er und wiederholte es mehrmals zunehmend lauter, bis sich der Schlafende endlich rührte und schließlich abrupt aufsetzte.

»Mr Croser, ich bin hier, um mit Ihnen über meine Frau zu sprechen.«

»Ihre Frau!«

»Ja, sie hat gesagt, sie würde mit Ihnen weggehen.«

»Mit mir! Weggehen!«

Croser hatte sichtlich Mühe, richtig wach zu werden.

»Ja, mir wurde gesagt, dass Sie beide eine Liaison hätten.«

»Eine Liaison!«

»Und ich bin hergekommen, Sie zu bitten, es nicht zu tun.«

»Was nicht zu tun?«, fragte Croser einfältig.

»Sie nicht auszunutzen. Sie lässt sich so leicht von einer starken Persönlichkeit beeindrucken. Vielleicht habe ich ihr nicht genügend Aufmerksamkeit geschenkt. Vielleicht habe ich ihr nicht die Liebe und Zuwendung gegeben, die sie braucht. Vielleicht hätte ich sie nicht bitten sollen, mit mir das Leben eines Landpfarrers zu teilen. Als solcher kann ich ihr nicht die Dinge bieten, an die sie gewöhnt war. Aber ich habe das heilige Gelübde abgelegt, mich um sie zu kümmern. Und deswegen bin ich hier.«

»Nun, es ist wirklich sehr nett von Ihnen, vorbeizukommen. Aber ich glaube, Sie sind da irgendwelchen Gerüchten aufgesessen. Ich habe keine Ahnung, wer Ihnen solche Sachen erzählt. Ich glaube, Sie haben da was falsch verstanden. Nun, es stimmt zwar, ich kenne Ihre Frau. Das leugne ich auch gar nicht. Warum sollte ich mich deswegen schämen?« (Croser war immer noch nicht ganz wach und suchte nach den richtigen Worten.) »Wir sind einfach nur Freunde, müssen Sie wissen. Wir haben uns kennengelernt, als … ja, genau, wir haben uns auf einem Spaziergang in freier Natur kennengelernt und sind ins Gespräch gekommen und haben dabei entdeckt, dass wir ähnliche Interessen haben. Sie in Ihrer Position wissen bestimmt, es ist gar nicht so einfach, in einem Nest wie diesem intellektuelle Gespräche zu führen, nicht wahr? Ich selbst komme aus dem Norden, wissen Sie, aus Castleford. Und dort ist es ganz anders.«

»Wollen Sie mir sagen, dass Sie nicht die Absicht haben, mit meiner Frau wegzugehen?«

»Ganz gewiss werde ich nicht weggehen – mit niemandes Frau. Warum sollte ich mit Ihrer Frau weglaufen, wo ich doch eine Verlobte habe, die ich in Bälde zu heiraten gedenke? In der Tat war ich just in dem Moment, als Sie hier angeklopft haben, im Begriff, zu ihr zu gehen.«

»Oh!«

»Ja, meine Verlobte und ich planen, im Herbst zu heiraten. Ich hoffe, nichts von dem, was Sie da sagen, ist an ihr Ohr gedrungen, und falls doch, bekommt jemand was von mir zu hören. Das ist ja ungeheuerlich. Meiner jungen Lady würde das bestimmt nicht gefallen. Also ich muss schon sagen, das ist wirklich ein starkes Stück!«

»Also werden Sie Minden heute Abend nicht mit meiner Frau verlassen?«

»Natürlich werde ich heute Abend Minden nicht verlassen. Wie sollte ich auch? Ich habe schließlich eine Stelle hier und muss morgen früh wieder zur Arbeit. Ich kann doch nicht einfach mir nichts, dir nichts meine Stelle aufgeben; es sind ja keine Schulferien. Was würde da Miss Prosser sagen?«

»Gut, vielleicht habe ich mich geirrt«, murmelte der Pfarrer verwirrt. »Tut mir leid, wenn ich Sie aufgeregt habe, entschuldigen Sie bitte. Sie müssen wissen, dass ich mich für meine Frau verantwortlich fühle. Sie ist ein so unruhiger, unbeständiger Geist und überaus nervös. Es geht ihr in der Tat gar nicht gut. Wir hatten in letzter Zeit ziemlich viele Schwierigkeiten.«

»Tut mir leid«, sagte Croser, »aber ich wüsste nicht, wie ich da helfen könnte. Wie gesagt, wir sind einfach nur gute Freunde, wenn Sie verstehen.«

»In gewissem Sinn ist sie wie ein Kind. Ich kann es nicht in Worte fassen, aber so ist es. Sie ist so impulsiv. Sie kann sehr schwierig sein. Bitte versuchen Sie, sie in nächster Zeit nicht zu treffen, versprechen Sie das?«

Croser fasste einen Entschluss.

Warum nicht?, dachte er. Ich bin ihr doch sowieso schnuppe. Sie hat keinerlei Hemmungen. Bestimmt wird sie mich fallen lassen wie eine heiße Kartoffel, sobald jemand auftaucht, der ihr besser gefällt. Sie benutzt mich nur.

»Aber sicher«, sagte er. »Es ist mir einerlei. Wenn Sie meinen, unsere kleine Freundschaft würde sie belasten, gut, dann sehen wir uns eben nicht mehr! Aber dann sagen Sie ihr bitte, sie soll mich in Ruhe lassen. Diese Angelegenheit ist ziemlich ärgerlich für mich. Ich muss schließlich an meine Verlobte denken. Vergessen Sie das nicht. Es geht nicht nur um mich. Gut, Sie müssen mich jetzt entschuldigen, ich war, wie gesagt, auf dem Weg zu meiner *Verlobten*.«

Croser stand auf und kam sich wie ein Filmstar vor, der am Ende eines Films in den Sonnenuntergang davonschreitet; großmütig, aber mit gebrochenem Herzen.

»Nun, Onkel, ich weiss, es ist in einer Sozialsiedlung, aber es ist ein Eckhaus und nur eine Seite geht auf das Gelände hinaus. Die andere Seite grenzt an ein Privathaus, das einem Bankangestellten gehört, und seine Tochter besucht Miss Kettlewells Privatschule. Wir haben also mit den Leuten dieser Siedlung nichts zu tun, und Dad bezahlt die Miete per Post, sodass der Mann, der sie eintreibt, nicht bei uns klingeln muss.«

»Was ist denn so schlimm daran, in einem solchen Haus zu wohnen?«, fragte ihr Onkel. »Die Miete ist günstig, viel zu günstig, wenn man bedenkt, dass wir anderen euch mit unseren Steuergeldern gezwungenermaßen unterstützen. Ich wünschte, ich würde selbst ein sozial gefördertes Reihenhaus ergattern und die Steuerzahler müssten für meine Einrichtung und die Klempnerarbeiten aufkommen. Ihr habt echt Glück.«

»Oh, Onkel, du weißt, dass du niemals freiwillig in einem dieser Häuser wohnen würdest, du doch nicht, in deiner Position.«

»Meine Position! Du lieber Himmel, was glaubst du, wer ich bin – ein Lord Nuffield, ein Großunternehmer, der es sich leisten kann, sich als Gönner hervorzutun?«

»Na ja, du hast doch eine Firma, und es arbeiten einige

Leute für dich. Du musst nicht wie Dad um sieben Uhr morgens aus dem Haus und kommst nicht jeden Abend schmutzig nach Hause. Außerdem hast du einen Wagen und nicht nur ein Fahrrad wie er.«

»Wenn dein alter Dad nicht so viel Geld hat, wie er eigentlich haben sollte, liegt es daran, dass er dir und deiner Mutter seit zwanzig Jahren teure Klamotten kaufen muss, damit ihr euch wie Pfauen herausputzen könnt.«

»Ach, Dad ist wirklich in Ordnung, aber er ist ein bisschen dröge. Nie sagt er etwas. Arbeiten und am Samstagnachmittag Fußball schauen und Zeitung lesen, dafür lebt er. Ich kann es nicht erwarten, dir Sid vorzustellen.«

Ihr Onkel grummelte etwas Unverständliches.

»Er ist diplomierter Lehrer. Er war auf dem Gymnasium und dann auf dem College. Wenn du wüsstest, wie klug er ist. Er spricht sogar Französisch.«

»Das nützt ihm auch nicht viel. Ich kenne diese Sorte Menschen; sie haben nie genug Geld und jammern herum, dass die Gesellschaft gefälligst für ihren Lebensunterhalt aufkommen soll, nur weil sie Französisch können und ein Diplom haben. Faule Burschen in der Regel. Einer hat in den Ferien mal für mich gearbeitet. Hat immer auf der faulen Haut gesessen und geraucht und eingebildet geguckt, und nachdem er gegangen war, fehlten in der Kasse zwei Pfund. Aber leider konnte ich nicht beweisen, dass er's war«, fügte er heftig hinzu.

»Ach Onkel, Sidney ist bestimmt nicht so, das wirst du sehen; er ist ein Gentleman. Das sagt Mummy immer, dass er ein richtiger Gentleman ist«, erwiderte sie.

Ihr Onkel blickte sich voller Abscheu in dem vollgestopften Wohnzimmer um und fragte sich, wann sein Bruder endlich kommen würde, damit sie auf ein Bier in den Pub gehen konnten.

»Onkel?«

Wieder grummelte er etwas.

»Wenn Sidney kommt, hätte ich gern, dass du ihm von deiner Firma erzählst. Du weißt schon, von den vielen Leuten, die für dich arbeiten, und dem großen Haus, in dem du wohnst, und dem Gärtner und den Gartenfesten, die ihr dort abhaltet – du weißt schon.«

»Warum sollte ich das tun?«

»Na ja, das wäre doch nett.«

»Ach so, du schämst dich also, weil ihr in einer Sozialsiedlung wohnt und dein Vater schmutzig nach Hause kommt, was? Ich wette, dieser schleimige Hungerleider rümpft die Nase über euch, stimmt's? Du erwartest doch wohl nicht, dass ich geschwollen daherrede und ihm erzähle, ich gehe sechsmal die Woche auf die Fuchsjagd, oder?« Schade, dass es ausgerechnet jetzt an der Haustür klingelte, wo er sich doch gerade so richtig in Fahrt geredet hatte!

Croser, der draußen stand, rezitierte im Geiste eine Strophe über Samson, die ein besonders eifriger Dozent ihn in seinem Diplomabschlussjahr hatte auswendig lernen lassen:

»*Doch seine Diener bezogen einigen Gewinn*
Aus diesem Großen, was sie heut erfahren;
Denn Trost und Frieden kehren in den Sinn,
Wo vorher Lust und Leidenschaft waren.«

Genau so geht's mir!, dachte er. Diese Frau laugt einen völlig aus. Sie frisst einen mit Haut und Haaren. Ich fühle mich genauso schlapp wie Samson. Noch so ein Jahr, und ich bin fix und fertig. Während wir es tun, ist es ja ganz nett, aber hinterher! Ich hoffe nur, dass Effie heute Abend nicht von mir erwartet, dass ich meinen Mann stehe.

Der Onkel musterte ihn mit unheilvollem Ausdruck; ganz offensichtlich hatte er ihn stellvertretend für den Mann, der sich in den Sommerferien mit den zwei Pfund aus der Kasse aus dem Staub gemacht hatte, und für alle Männer, die Französisch sprachen, im Geiste bereits vor Gericht gestellt und verurteilt.

»Abend!«, sagte er kurz angebunden.

»Mein Onkel hat mir gerade von seiner Schiffsreise erzählt«, sagte Effie. »Er und meine Tante haben in vierzehn Tagen sieben Länder bereist ... Italien, Frankreich, Venedig, Afrika, Spanien ... was waren noch mal die anderen, Onkel?«

»Aston Villa«, sagte der Onkel wenig entgegenkommend.

Croser lachte schallend.

»Haben Sie auch in Marseille angelegt, Sir?«, fragte er interessiert.

»Wo? Noch nie gehört.«

»Das liegt in Südfrankreich.«

»Ach so, Sie meinen *Marseille*.« Er sprach das Wort aus, wie man es schrieb.

»Ich nehme an, die Franzosen sprechen es so aus wie du, Liebster«, wandte Effie ein, »und die Engländer so wie Onkel.«

»Und, haben Sie die Kreuzfahrt genossen, Sir?«, fragte Croser.

»Nein.«

»Oh.«

»Ich kann die Ausländer und ihr Essen und ihren Schmutz nicht ausstehen, und die Sorte Leute, die auf Kreuzfahrt geht, kann ich auch nicht ausstehen. Die sind alle so etepetete, ganz zu schweigen von den Stewards, die sind noch schlimmer. Gott bewahre mich davor, dass ich jemals wieder weiter als bis nach Skegness verreise.«

Nachdem er dies verkündet hatte, lehnte er sich behaglich

zurück und starrte Croser unverhohlen an, der, da er sich nicht in der Lage sah, mit diesem unbelehrbaren Mann zu diskutieren, ein unverschämt falsches Lächeln aufsetzte und immerzu nickte. Effie, die hingegen nach wie vor verbissen ihr Vorhaben verfolgte, fragte ihren Onkel, ob sie ihm die Pfeife stopfen solle.

Croser hatte einen grauenhaften Tag gehabt. Er hatte unzählige Kränkungen einstecken müssen, die Welt schien ihm voller Tyrannen zu sein, darauf erpicht, ihn zu demütigen, und mit einem Mal widerte ihn der Anblick des Onkels und seiner schnurrenden rosa Nichte neben ihm auf dem Sofa an.

»Da fällt mir gerade ein«, sagte er wenig überzeugend, »dass ich gleich eine Lehrerkonferenz habe; ich muss mich sputen, wir sehen uns dann später, Effie – um zehn Uhr am üblichen Treffpunkt. Ich muss jetzt wirklich los. Guten Abend, Sir. Es war nett, mit Ihnen über *Marseille* zu plaudern.«

Unterdessen hatte er sich in Richtung Wohnzimmertür bewegt, doch kaum hatte er sie geöffnet, versagte seine Selbstkontrolle und er zischte zwischen den Zähnen hindurch: »Und ich hoffe, Sie haben sich dort nichts eingefangen.«

Effie holte ihn an der Haustür ein.

»Oh Sid, du hast alles vermasselt. Jetzt wird er dir nie eine Stelle geben, wenn du mal eine brauchst. Wahrscheinlich kriegen wir jetzt nicht einmal ein Hochzeitsgeschenk von ihm«, fügte sie weinerlich hinzu. »Du hast dich einfach nicht im Griff.«

Die Ereignisse dieses Tages waren zu viel für Mr Croser gewesen, normalerweise hätte er nicht diese Worte in den Mund genommen, aber zu alledem hatte er sich noch die Fingerknöchel an der Mauer aufgeschrammt. Und als er endlich zu schimpfen und zu fluchen aufhörte, ließ Effie die Hand sinken, die sie sich empört vor den Mund gehalten hatte, und rief aus: »Also wirklich, Sidney! Wie kannst du nur, du hast doch einen College-Abschluss!«

Der Onkel lauschte ihnen genüsslich.

»Aha«, murmelte er, »er hat wohl doch mehr drauf, als ich dachte. ›Was eingefangen‹, soso?«

PEPLOW VERHARRTE UNSCHLÜSSIG an der Tür – zwischen hellem Sonnenschein und dem düsteren Hausinneren –, bis jemand nervös zu ihm trat und ihm einen Stuhl brachte.

»Mrs Loatley meinte, dass vielleicht jemand Neues kommen würde«, sagte die Dame flüsternd. »Hier haben Sie ein Blatt mit den Kirchenliedern – Nummer drei und zwölf.«

Als sich seine Augen an das schummrige Licht gewöhnt hatten, ließ er den Blick in die Richtung schweifen, aus der das Lamento und Keuchen eines Harmoniums erklangen. Mrs Loatley selbst saß davor, grau, mit unbeweglicher Miene, in schwarzer Bluse mit Brosche, und griff inbrünstig in die vergilbten Tasten, als wollte sie die wehklagenden Zionslieder aus ihnen herauspressen.

»In the Sweet By and By,
In the Sweet By and By,
We shall meet, we shall meet
In the Sweet By and By …«

Abgesehen davon, dass es offenbar für Analphabeten geschrieben wurde, ist es eigentlich ein nettes Kirchenlied, dachte Peplow. Dieser Ort, von dem sie da singen, klingt verlockend – nach einer Art himmlischer Costa Brava; wir sollten uns alle schnell auf den Weg dorthin machen, so wie der arme alte Bellenger. Und ich.

Acht Frauen ließen sich glücklich auf die bereitstehenden Küchenstühle sinken. Eine weitere Frau, schäbig gekleidet und verhuscht, eilte nach vorn.

»Ich werde für euch *When the Trumpet shall sound* spielen«, verkündete sie kühn.

Peplows Blick wanderte zu dem Bild einer langhaarigen Katze, das in einem Goldrahmen an der Wand hing; ihre Augen starrten den Betrachter böse an. Seine Füße riefen sich ihm in Erinnerung, denn er hatte lange auf ihnen gestanden, und er wackelte ein bisschen mit den Zehen. Ah, herrlich! Man sollte seine Schuhe stets eine Nummer größer tragen. Die verschiedenen topografischen Gegebenheiten des Raums schoben sich der Reihe nach in sein Bewusstsein und verblassten wieder wie Berge im Nebel – die Hüte dieser Jüngerinnen, am Balken ein Schinkenhaken (ein formidabler Ort, um sich zu erhängen), die Katze, prähistorisch und wild, die Vogelknochen zernagte. Die bösartig funkelnde Katze. Und Bellenger, der sich im Blindflug näherte und auf den Balken zuhielt ... Er legte eine Hand unter sein linkes Auge, um das wieder aufflackernde Zucken zu kontrollieren. Dieser Tag, dieser Tag und die bevorstehende Nacht!

Viel zu schnell begannen sie wieder zu singen.

»Ah Beulah Land! Sweet Beulah Land!
As on thy shining shores I stand,
I look across the crystal sea
Where mansions are prepared for me ...«

Dann war es auch schon wieder vorbei. Neugierige Blicke wandten sich ihm in dem Zwielicht zu. Er dachte: Sie werden den Leuten garantiert erzählen: »Ja, er hat ganz in der Nähe von mir gesessen ... genauso nah wie du jetzt. Nein, er hat überhaupt nicht wie so jemand ausgesehen.« Oder vielleicht sagen sie auch: »Ja, es war ihm anzumerken.«

Er stand auf, wollte gehen. Mrs Loatley beugte sich von ihrem Schemel am Harmonium vor und berührte ihn am Arm. Er sah, wie eine andere Frau verstohlen zu ihnen herübersah. Irgendetwas an ihr war merkwürdig. War sie eine dieser Frauen? Als die anderen widerstrebend den Raum verlassen hatten, schloss Mrs Loatley die Tür und kam zu ihm zurück. Zutiefst verwirrt und betreten wartete er darauf, dass sie etwas sagte.

»Was haben Sie vor? Ich habe Sie beobachtet. Sie sind doch nicht zufällig hier, stimmt's? Es hat etwas auf sich mit diesem Tag; ich spüre, es liegt etwas in der Luft. Setzen Sie sich doch bitte noch mal hin.«

Der schwere Duft der Holunderblüten wehte ins Haus. Er drehte sich unentschlossen zur Tür um. Mrs Loatley blickte auf die Tasten des Harmoniums hinab; sie war sehr blass.

»Lassen Sie mich Ihnen helfen. Wollen Sie mir nicht sagen, was Sie so bedrückt? Warum Sie hierhergekommen sind?«

Peplow schüttelte den Kopf; er war sehr müde. »Die Zusammenkunft hat mir gefallen«, sagte er nur.

»Werden Sie wieder einmal nach Minden kommen?«

»Nein.«

»Nie wieder?«

»Nie wieder.«

Er drehte sich erneut um und ging in den Sonnenschein hinaus.

EDWARD BELLENGER NESTELTE nicht mehr am Rand seiner Bettdecke herum. Er atmete in immer größeren Abständen leise röchelnd ein und aus, und als schließlich Stille eintrat, wurde sie von niemandem bemerkt.

Blüten, die wie Sterne von den dunkler werdenden Ästen fielen, trieben auf dem Wasser, drehten sich sachte und schaukelnd in der Strömung, und unten in den grünen Tiefen trieb Seegras wie wehendes Mädchenhaar, kam an die Oberfläche und tauchte wieder unter. Blüten wie Sterne und fallende Blätter, das Geräusch von Wasser ... bis der dunkler werdende Himmel und gedämpfte Geräusche mit der Nacht und der Stille verschmolzen.

Ein vom Garten heranwehender Windstoß schloss lautlos die Tür.

Der Junge stand im Flur und lauschte den Stimmen.

»Was hat Minchin gesagt?«

»Genau das, was ich schon vor Längerem gesagt habe.«

»Wir müssen ihn nicht hierbehalten?«

»Na ja, er hat immer wieder davon geredet, dass er weiter versuchen wird, sie ausfindig zu machen, aber schließlich konnte ich ihn darauf festnageln, dass wir gesetzlich nicht gezwungen sind, uns um ihn zu kümmern, sondern seine Mutter in der Pflicht steht.«

»Hast du ihn darauf angesprochen?«

»Worauf angesprochen?«

»Na ja, wer sich jetzt um ihn kümmern wird ...?«

»Nein, habe ich nicht. Zum Teufel, er ist erst zehn. Wir können ihn ja nicht einfach so aus dem Haus werfen. Das hier ist schließlich genauso sein Zuhause wie unsers. Er hat nicht darum gebeten, hierhergebracht zu werden. Du kannst ihm doch nicht die Schuld dafür geben, oder? Nicht nur unser Vater, auch *seiner* ist gestorben.«

»Das mag ja alles so sein, aber was ist mit ihr? Warum soll sie ungeschoren davonkommen? Er gehört mehr zu ihr als zu uns, das musst du doch zugeben. Ich meine, du musst doch zugeben, dass wir nicht für ihn verantwortlich sind? Und sag mir nicht, es gibt keine Mittel und Wege herauszufinden, wo sie ist. Wer weiß, vielleicht kennt dieser Ruskin sogar ihren Aufenthaltsort. Oder wir finden in Dads Unterlagen einen Anhaltspunkt.«

»Nun, die Sache liegt anders. Ich hatte das Gefühl, dass Minchin mehr weiß, als er zugibt. Ich nehme an, er hat Dads Unterlagen, das Testament und all das. Gut möglich, dass Dad sogar einen Vormund für ihn eingesetzt hat und …«

Die Wohnzimmertür wurde leise zugeschoben, und Nick stieg auf Zehenspitzen die Treppe hinauf. Die Tür vom Schlafzimmer seines Vaters war geschlossen, und auf dem Treppenabsatz schien sich die Stille um ihn zu verdichten, und sie war so überwältigend, dass er leise zu weinen begann. Schon seit mehreren Wochen war es still hier gewesen, aber jetzt herrschte eine kalte Stille, eine Totenstille. Es kostete ihn einige Überwindung, bis er schließlich den Türknauf drehte und hineinging.

In seinem Büro auf dem städtischen Polizeirevier fragte sich der junge Inspector, warum immer ihm solche Sachen passieren mussten. Es war wie mit anonymen Telefonanrufern, die von einer Bombe in einem Flugzeug erzählten; man wusste, dass es diese Bombe nicht gab, musste aber trotzdem eine zeitraubende Suche starten, weil niemand die Verantwortung übernehmen wollte, nichts zu unternehmen.

»Kurzum, Sie bitten mich also, Ihren Mann zu suchen, weil Sie so ein komisches Gefühl haben und eine Waffe nicht an dem Ort ist, wo Sie sie zuletzt gesehen haben«, sagte er müde. »Und wo ist dieser Ort, Madam?«

»In der Schublade, wo er seine Taschentücher und Socken aufbewahrt, oben im Schlafzimmer.«

»Ihr Mann darf gar keinen Revolver haben; das ist Ihnen doch klar?« Die Frau stieß einen gespielt zerknirschten Seufzer aus. »Da werden wir die entsprechenden Maßnahmen ergreifen müssen. Es ist eine Straftat, einen Revolver ohne Zulassung zu besitzen. Ich nehme an, er hat keine Zulassung. Das ist eine schwere Straftat. Warum hat er die Waffe behalten?«

»Was tut das denn jetzt zur Sache? Ich habe Ihnen doch gesagt, dass er heute nicht zur Arbeit in der Bank erschienen ist. Und was er heute vorhat – ich bin mir hundertprozentig sicher. Und Sie sitzen da und stellen mir dumme Fragen.«

Der junge Inspector wurde rot. »Ich würde Ihnen raten, nicht in diesem Ton mit der Polizei zu sprechen, Madam.«

»Aber was soll ich denn tun, wenn die Polizei nur dasitzt und Blümchen auf die Schreibunterlage malt?«

Er sah auf das blumenumrankte Cottage hinab.

»Sie müssen meine Fragen beantworten«, sagte er beharrlich.

»Nun, dann stellen Sie mir eben sachdienliche Fragen. Ich habe nicht den Eindruck, dass Sie etwas zu unternehmen gedenken. Ich glaube, Sie wollen mich hinhalten. Ich möchte mit dem Superintendenten sprechen.«

»Ich werde ihm Bericht erstatten.«

»Wann? Morgen? Übermorgen? Nächste Woche? Wenn Sie dieses Häuschen da gebaut und Rosenbüsche gezogen haben? Ich werde den Superintendenten in einer halben Stunde anrufen. Und wenn Sie bis dahin nichts unternommen haben, gehe ich zum Chief Constable, selbst wenn er gerade mitten auf dem Golfplatz steht.«

Kalte Wut packte den Polizisten, und seine Beine begannen zu zittern. »Das wäre dann alles, Madam. Sobald wir etwas hören, werden wir Sie umgehend benachrichtigen.«

Sie stieß ein höhnisches Lachen aus.

Kaum war die Tür hinter ihr zugeschlagen, rief er den Sergeant an.

»Ich hätte gern einen Kurzbericht über einen abgeschlossenen Fall – es geht um einen Jungen namens Peplow, der ungefähr vor einem Jahr von einem Lastwagen überfahren wurde. Oh, Sie erinnern sich? Er spielte auf dem Gehsteig vor dem Haus. Der Fahrer war ein Aussteller, aha. Die Verteidigung hat ein defektes Lenkrad vorgeschoben. Warum hat er dann nicht angehalten? Ach so, die übliche Ausrede, er hat nicht mitbekommen, dass er jemanden überfahren hat … Zeugen? Nein, nein, ich meinte: andere Zeugen? Nur der Vater. Und was hat er gesehen? Er behauptet, beide hätten sich umgeblickt und gelacht? Und dass der Mann, den wir auf die Anklagebank gebracht haben, gar nicht der Fahrer war – sind Sie sich sicher? Dann nehme ich an, er wurde aus Mangel an Beweisen freigesprochen? Wie alt war der Kleine? Zehn … das arme Kerlchen.«

»Dann ist dieser Fall also doch noch nicht erledigt.« Der Superintendent lehnte sich zurück. »Nun, ich dachte mir schon, dass wir noch mal damit zu tun haben würden – man hat ja manchmal so ein Bauchgefühl. Niemand im Gerichtssaal war glücklich über das Urteil, abgesehen vom Verteidiger und dem Bruder des Angeklagten.«

»Dann haben Sie also niemals daran geglaubt, dass es ein Unfall aufgrund eines defekten Lenkgetriebes war?«

»Niemand im Gerichtssaal hat es geglaubt. Die beiden Brüder hatten vierundzwanzig Stunden Zeit, um alles danach aussehen zu lassen – und wieder nüchtern zu werden, bis wir sie gefunden hatten. Nein, die ganze verdammte Angelegenheit war von vorne bis hinten unbefriedigend. Außerdem bin ich, aber bitte zitieren Sie mich nicht, keineswegs davon überzeugt, dass der Kerl, den wir angeklagt haben, tatsächlich am Steuer saß. Der Vater des Jungen, Peplow, hat geschworen, dass dessen Bruder gefahren ist, doch seine Aussage wurde wegen möglicher Befangenheit nicht berücksichtigt.«

»Aber warum hat sich der Bruder dann nicht gegen die Anschuldigung gewehrt?«

»Sein jüngerer Bruder ist ihm haushoch überlegen – wahrscheinlich hat er ihn bestochen. Oder er ist einfach strunzdumm. Wie auch immer. Warum der Jüngere die Schuld nicht auf sich nehmen wollte, steht auf einem anderen Blatt: Er hat schon einiges auf dem Kerbholz – zwei Verfahren wegen Trunkenheit am Steuer, ein weiteres wegen Körperverletzung gegenüber seiner Frau und noch eins wegen eines tätlichen Angriffs auf die Polizei. Ein Prachtexemplar der menschlichen Spezies. Macht seinem Vaterland alle Ehre!«

»Ich glaube, er wäre nicht ganz mein Fall«, sagte der junge Inspector lakonisch.

»Man hat mir gesagt, dass seine Frau erst vor ein paar Wochen bei uns war; sie lebt getrennt von ihm und hat schon seit drei Monaten keinen Unterhalt mehr bekommen. Ich sag Ihnen was, fragen Sie die Kollegen im unteren Stockwerk; vielleicht haben sie herausgefunden, wo er ist. Es wird Ihnen nichts anderes übrig bleiben, als der Sache nachzugehen.«

Der Inspector stieß ein ärgerliches Schnauben aus. »Was für eine Sache? Ist bestimmt nur heiße Luft! Glauben Sie ernsthaft, dieser Peplow ist hinter ihm her?«

»Könnte schon sein. Ist ihm zuzutrauen, Sie wissen ja, stille Wasser sind tief. Warum sonst sollte sich ein Bankangestellter einfach so einen Tag freinehmen? Das sieht so jemandem einfach nicht ähnlich. Und dann ist da die verschwundene Waffe –

das würde es erklären. Vielleicht ist er durchgedreht, wer weiß. Hat seine Frau ihn Ihnen beschrieben?«

»Dunkelhaarig, grauer Anzug, gestreifte Krawatte, glaubt sie, kein Mantel, ordentlich.«

»Ordentlich – sehr aussagekräftig. Dann suchen Sie mal nach einem ordentlichen Mann!«

»Na ja, das hat sie immer wieder betont. ›Er ist überaus ordentlich.‹ Verdammt, Sir, die Leute finden sich doch nicht ein Jahr lang mit ihrem Kummer ab und drehen dann ganz plötzlich durch. Damals, sicher, da hätte ich es verstehen können. Wir wissen, dass so was passiert. Aber doch nicht ein Jahr später …«

Das Telefon klingelte.

»Tja«, sagte der Superintendent, als er wieder auflegte, »die Kollegen haben ihn schon für Sie gefunden. In einem Ort namens Great Minden, irgendwo in der Pampa. Sie werden wohl hinfahren müssen.«

»Great Minden! Dort haben sie Peplow gefunden?«

»Nein, den Fahrer aus dem Prozess um fahrlässige Tötung. Falls er immer noch für seinen Vater arbeitet, einen Jahrmarktbetreiber, ist er dort, meinen sie. Heute ist in diesem Great Minden Kirchweih. Na, dann Waidmannsheil! Ein nettes Brüderpaar, diese beiden – Sie werden bestimmt Ihre Freude haben, ihre Bekanntschaft zu machen. Aber Sie könnten natürlich auch zu spät dort eintreffen, wenn Peplow ihn schon gekriegt hat, nicht wahr?«

»Nun, allzu viel haben wir nicht in der Hand, Sir«, erwiderte der Jüngere. »Nur dass Peplow verschwunden ist und der Revolver auch! Und das Bauchgefühl seiner Frau. Spricht nicht gerade viel dafür, mich in dieses Kaff zu schicken, wo sich Fuchs und Hase Gute Nacht sagen, damit ich nach jemandem suche, den ich noch nie gesehen habe, noch dazu im

Gewühl eines Jahrmarkts. Und ich wünschte, Sie hätten seine Frau gesehen; sie wirkte ziemlich unausgeglichen auf mich. Um nicht zu sagen: neurotisch. Wahrscheinlich ist eine andere Frau im Spiel, und sie will es nicht zugeben. Sie wartet, bis er wieder zurückkommt, und tut dann so, als hätte sie wirklich befürchtet, er sei in diesen Ort gefahren, alles nur, um ihn zu ärgern.«

Der Superintendent schob die Unterlippe vor und überlegte. Was, dachte er, wenn tatsächlich etwas Schlimmes passierte und die Frau sich über die Polizei beschwerte oder, schlimmer noch, sich mit ihrer Geschichte an die Presse wandte? Auch wenn das Ganze ein wenig an den Haaren herbeigezogen klang – man konnte nie wissen.

»Sehen Sie«, sagte er bestimmt, »es wird Ihnen nichts anderes übrig bleiben, als der Sache nachzugehen. Ich werde mich mit der dortigen Grafschaft in Verbindung setzen. Sobald Sie in Minden sind, gehen Sie aufs Polizeirevier und reden mit dem dortigen Sergeant. Inzwischen wird er von seinen Leuten entsprechend informiert worden sein. Und halten Sie mich auf dem Laufenden. Rufen Sie mich an, egal, wie spät es ist. Das gehört nun mal zu meiner Arbeit, mein Junge. Wie auch immer, jedenfalls möchte ich gern wissen, was los ist. Jetzt, wo ich daran denke, erinnere ich mich auch wieder an das Gesicht dieses Peplow, als der Richter den Freispruch verkündet hat.«

Er griff in seinen Ablagekorb.

Der geöffnete Koffer lag auf dem ungemachten Bett. Da drin sind alle nötigen Fluchtutensilien, dachte Georgie: Morgenmantel, Dessous, Seife und Zahnbürste, Aspirin und eine angebrochene Schachtel Pralinen. Sie machte den Deckel zu und ließ die Schnalle einrasten.

So, das war's dann, dachte sie. Ich habe all die Monate wie eine Untermieterin in diesem Haus gewohnt, und die wenigen Sachen, die ich mitnehmen möchte, passen in diesen Koffer. Sie betrachtete den Kunstdruck eines Van-Gogh-Gemäldes, das ein glutrotes Feld zeigte, die halb leeren Flakons auf dem Frisiertisch, die welken Blumen auf dem Fenstersims. Das Zimmer von jemand anderem, dachte sie – ab sofort wieder zu vermieten. Ich glaube, ich werde nie wieder ein Zimmer mein Eigen nennen wollen. Oder ein Haus. Ich hoffe, Croser erwartet nicht, dass ich ihm zu seiner nächsten Hilfslehreranstellung folge und mit ihm in eine Gemeindewohnung ziehe. Wie lange es wohl halten wird?

Es ist wie eine Infektion; wann wird mich der Virus verlassen? Von einem Moment auf den anderen hat es einen erwischt. Es ist, als würde sich von hinten jemand anschleichen und einen niederstrecken. Wie lange es wohl dauert, bis die Croseritis vorbei ist? Eins steht jedenfalls fest – ihn könnte ich jederzeit verlassen. Keine theatralischen Abgänge mehr! Ich werde einfach zu dem Laden um die Ecke gehen, und das war's dann. Und er wird, nehme ich an, reumütig zu seiner fetten Clarice, oder wie immer sie heißt, zurückkehren.

Jemand klopfte sachte an die Tür.

»Ich möchte nicht mit dir reden«, sagte sie laut und deutlich. »Geh weg.«

»Georgie …«

Eigentlich möchte Croser gar nicht von hier weg, dachte sie. Er will hierbleiben und weiter seine Schüler schikanieren und von oben schikaniert werden.

Sie hörte, wie sich die Schritte ihres Mannes zögerlich auf dem Flur entfernten.

Selbst als Bettgefährtin schätzt er mich nicht sonderlich. Er zieht dralle Frauen vor, die eine Figur wie ein pralles Kopfkissen haben; da kann er sich drauf- und wieder herunterwälzen, um dann weiterzuschnarchen. Du liebe Güte, was würden sie in Hassocks wohl sagen, wenn sie ihn zu Gesicht bekämen! Daddy oder Pete Jagger! »Darf ich euch Mr Croser vorstellen? Wir leben in Sünde zusammen. Ist er nicht ein Teufelskerl? Tut mir leid, aber er besitzt nur diesen Anzug. Ja, er trägt immer einen Pullover unter seiner Weste: ein Geburtstagsgeschenk seiner Tante, sie hat ihn selbst gestrickt.«

Sie stieß ein sanftes Lachen aus.

Im Zimmer war es dunkler geworden. Draußen im Garten war es still, aber jenseits dudelte die Jahrmarktorgel ihr verrücktes Lied.

»Boob-a-doo
You and you
What ya goin' to do?«

Das ist meine Leitmelodie, dachte sie. Heute Nacht hier, morgen woanders und übermorgen wieder woanders, bis man die Melodie leid ist. Dann wird die Platte gewechselt und alles beginnt von vorn.

Sie zog den Koffer zu sich heran.

»Und nun, du Zimmer«, sagte sie zärtlich, »zieht deine Untermieterin aus. Und du bist wieder zu haben, voll möbliert.«

WÄHREND SEINE BEIDEN jüngeren Brüder neben ihm schliefen, lag Thickness wach unter dem Fenster des nach hinten gelegenen Zimmers.

Irgendwas ist im Busch, dachte er. Zwischen Mum und ihm ist es noch schlimmer als sonst. Mum war schon die ganze Woche über so komisch. Ob es mit der Kirchweih zu tun hat?

Warum hat der olle Croser mir vor Unterrichtsschluss 'n Shilling gegeben? Weiß er was? Ich glaub, ich werde seinen Unterricht nicht mehr stören. Sobald die alte Prosser ins Klassenzimmer kommt, fängt er an herumzustottern. Kann sein, dass er Angst hat, seine Arbeit zu verlieren und von der Stütze leben zu müssen wie *er*. Mit Dad stimmt was nicht. Mum sagt, er möchte gar keine Stelle. Er will nicht arbeiten. Sie sagt, er könnte jederzeit Arbeit finden, wenn er will. Warum sucht er sich nicht 'ne Arbeit wie die Dads der anderen Kinder auch? Er sollte mit mir und Mum und den Knirpsen mal ans Meer fahren wie andere Leute auch. Ich habe es satt, mir anzuhören, was die anderen Kinder alles haben. Ich hoffe, er hat bis Weihnachten Arbeit, damit nicht wieder dieser Weihnachtsmann von der Heilsarmee mit Geschenken vorbeikommen muss. Meine Kinder werden nicht darauf angewiesen sein, dass sie Weihnachtsgeschenke von Leuten kriegen, die sie gar nicht kennen. Mum wird weggehen, das weiß ich. Sie hat die Nase voll. Und uns lässt sie hier. Und uns stecken sie in ein Heim.

Das Läuten einer Glocke mischte sich in das laute Jahrmarktsgetöse.

Jemand ist gestorben, dachte er. Bestimmt ist es Nick Bellengers Dad. Warum sein Dad wohl so alt ist? Vielleicht ist es ja sein Opa und er nennt ihn nur »Dad«.

Wo Mum bloß steckt? Vielleicht ist sie ja nur in der Kneipe und kommt bald wieder …

Aber er wusste, dass sie nicht wiederkommen würde.

Unvermittelt setzte er sich auf, schlüpfte aus dem Bett, lief die Treppe hinab und durchsuchte den vollgestopften Stauraum darunter, bis er das einzige im Haus vorhandene Buch gefunden hatte. Es war John Foxes *Buch über die Märtyrer*, das sein Vater ihm geschenkt hatte, nachdem es zusammen mit anderem Krimskrams bei einem Versteigerungsverkauf übrig geblieben war. »Geht nur um Geschichte und Religion«, hatte sein Vater gesagt. »Mein Vater hat es mir gegeben, als ich von zu Hause, von Yorkshire weggegangen bin. Im Krieg hab ich es die ganze Zeit mit mir rumgeschleppt. Hab es von Anfang bis Ende gelesen.«

Mr Croser mochte Geschichte; bestimmt las er genauso mühelos und mit dem gleichen Vergnügen solche Bücher, wie er, Thickness, Comics las. Morgen gebe ich es ihm, dachte er. Sozusagen als Zeichen dafür, dass ab jetzt Frieden zwischen uns herrscht. In der Hoffnung, dass es ein Vorbote besserer Tage sein würde, lehnte er es gegen das Bett und kletterte wieder hinein.

Nacht

IN DER EINSETZENDEN DUNKELHEIT saß der Pfarrer auf dem ungemachten Bett. Kleidung lag im ganzen Schlafzimmer verstreut, und ihre Gegenwart war fast noch physisch spürbar – der süßliche Geruch ihres Puders, der von den Kissen und dem Frisiertisch aufstieg, einer ihrer Morgenmäntel, der noch immer auf dem Teppich lag, wo sie ihn am Vorabend nachlässig hatte hinfallen lassen, unordentliche Stapel von Filmzeitschriften, eine halb verwelkte Geranie in ausgetrockneter Erde, die Erinnerung daran, wie sie im Schlaf träge die Gliedmaßen räkelte, und an die Wärme ihres Körpers.

Seine Mission an diesem Ort war beendet, und er hatte nichts bewirkt. Woran würde sich die Pfarrgemeinde in zehn Jahren noch erinnern – oder in nur fünf oder gar zwei Jahren? »Es war in der Zeit von diesem Pfarrer, dem die Frau davongelaufen ist.«

Daran würden sie sich erinnern, an nichts anderes: der, dem die Frau davongelaufen ist. Dabei hatte er um ihretwillen seine Pfarrstelle in einem Industriestädtchen aufgegeben und auch die Hoffnung auf ein paar Jahre in Afrika. Er hatte angenommen, sie würde hier ähnlichen Aktivitäten nachgehen können wie jenen, die sie von zu Hause kannte. Er hatte sich eine wachsende Familie mit ausgelassenen Kindern vorgestellt, sogar, wie sie auf ein Pony und den Besuch einer Privatschule sparen würden, auf ein gelegentliches Essen in einem Lokal oder einen Theaterbesuch. Stattdessen war sie kinderlos geblieben, von den Menschen ihrer gesellschaftlichen Schicht ignoriert und von den Leuten aus dem Städtchen argwöhnisch beäugt worden und hatte sich in einen wollüstigen gesellschaftlichen Niemand verguckt!

Ich kann mich wieder in die Arbeit stürzen, dachte er. Ich kann etwas Neues beginnen. Vielleicht kann ich auch vergessen. Ich kann mich missionarisch betätigen, in Indien, Westafrika; jetzt hält mich nichts mehr hier. Es ist noch nicht zu spät, etwas Sinnvolles anzufangen.

»Es ist noch nicht zu spät.«

Er sprang auf und rief durch die geöffnete Tür, sodass seine Stimme ungebärdig durch die leeren Flure des dunklen Hauses hallte: »Es ist noch nicht zu spät.«

Was würde sie tun, wenn Croser ihrer müde war? Sie hatte kein Geld, keinen Beruf und sie war faul. Zu ihren Eltern zurückzukehren war sie zu stolz. Entweder wäre sie gezwungen, zu ihm zurückzukommen, oder sie ließe sich von Mann zu Mann weiterreichen. Er warf sich herum und barg das Gesicht in ihrem Kopfkissen.

Lange lag er so da.

Es war schon dunkel, als ein Hämmern an der Haustür ihn aufweckte. Aber er ging nicht aufmachen. Nach einer Weile hörte er, wie sich der Besucher auf dem Kies entfernte, und dann das Scheppern eines Fahrrads. Kurz darauf erstarben die Geräusche, und jemand rief: »Ist da jemand?«

Die aus der Dunkelheit kommende Stimme und die darauffolgende Stille muteten merkwürdig an, übernatürlich fast. Worte wie Steine, die in einen Teich geworfen wurden und sofort untergingen.

»Man hat mich geschickt, um Ihnen zu sagen, dass Mr Bellenger gestorben ist.«

Er trat ans Fenster und sah, wie sich ein rotes Rücklicht in

der Dunkelheit flackernd entfernte; der Bote war wieder weg-
gefahren. Nachdem er sich an der Wand entlang in die Küche
getastet hatte, hielt er den Mund unter den Wasserhahn und
trank. Dann trat er aus dem Haus und ging zum Friedhof, wo
das mittelalterliche Gebäude der Kirche in der Dunkelheit über
ihm aufragte und fremd und bedrohlich auf ihn wirkte; nicht
wie ein Gotteshaus, sondern einfach nur wie ein sehr alter Ort,
der Generation um Generation überdauert und für sich selbst
aus dem menschlichen Verfall immer wieder eine gewisse Er-
neuerung bezogen hatte.

Er rief sich die Anfangszeit in Erinnerung, als er diese
Wege noch stolz beschritten hatte, wie ein Kapitän, der zum
ersten Mal das Kommando über ein Schiff übernahm. Meine Kirche! Die Pfeiler, das geschnitzte Tympanon über dem
Eingang, die geschwungenen Arkadenöffnungen der Seiten-
schiffe, der Chorbogen, der Altar! Meine Kirche!

Er schob die schwere Tür auf, teilte den Vorhang vor dem
Eingang zum Glockenturm, spürte, wie die Seile sein Gesicht
streiften, und zog dann an dem der tiefen Bassglocke, bis er
ihren dumpfen Ton im Turm über sich hörte.

Einmal für jedes Lebensjahr!

Jenseits des Gedudels und des Lichterglanzes des Jahrmarkts würden die älteren Mindener die Schläge jetzt mitzäh-
len. Ebenso die Menschen in den Cottages in den umliegenden Hügeln. War ein Fremder oder ein alter Freund unverhofft
gestorben? Ein alter oder ein junger Mensch? Zählt einfach
mit.

Dreiundzwanzig … vierundzwanzig … Das Ende des Lebens eines alten Mannes. Das Ende seiner Liebe. Einund-
dreißig … zweiunddreißig … So alt war er gewesen und sie
achtzehn, als sie heirateten. Vierzig … Einundvierzig … Die
Zeit verging, aber nicht die Bitterkeit. Wie unzulänglich wir

doch sind, dachte er. Wie können wir die Bedeutung dessen, was geschieht, verstehen? Nicht das Zählen vergessen … fünfundfünfzig … sechsundfünfzig … Der Verstorbene, Mr Bellenger, was würde sein Gott in ihm sehen? Einen alten Wüstling, einen Mann, der seinen kleinen Sohn geliebt, einen, der sich nicht für das Reich Gottes ins Zeug gelegt hatte? Sechzig … einundsechzig. Die Glocke schwankte hin und her, das Seil ruckte rauf und runter. Er ließ es zwischen seinen Fingern durchgleiten, bis sich das Getöse innerhalb der Mauern legte und es in der Kirche wieder still wurde.

PEPLOW STÜTZTE SICH mit beiden Händen auf den Tresen und beobachtete Arties Spiegelbild in dem prächtigen goldgerahmten Spiegel zwischen den Weinflaschen und Gläsern im Regal davor. Ein brutales Gesicht, dachte er. Das Gesicht eines Tyrannen. Eines Großmauls, das, wenn's brenzlig wird, den Schwanz einkneift. Das Gesicht eines Mannes, der eine Frau schlagen kann. Das Gesicht eines Mannes, der ein Kind töten kann, und dann lacht.

Als Peplow begriff, dass der andere sein Starren bemerkt hatte, drehte er sich schnell zur Tür, aber es war zu spät. Artie schwankte zu ihm, schob sein rotes Gesicht vor Peplows und baute sich bedrohlich mit seinem riesigen Körper vor ihm auf.

»Was gaffst du mich denn so an, Kumpel? Hast jetzt genug geglotzt, oder willst noch mal 'n Blick riskieren? Übrigens hat dir schon mal jemand gesagt, dass ihm deine Nase nich' gefällt?«

Und mit einer flinken Bewegung, die er diesem Koloss von Mann zugetraut hätte, klemmte er Peplows Nase zwischen seinen großen fetten Daumen und Zeigefinger und drückte zu. Es tat so weh, dass Peplow laut hätte aufschreien wollen.

Vergeblich versuchte er, die Handgelenke seines Peinigers wegzuschieben, aber der drückte noch fester zu. Peplows Augen wurden wässrig vor Tränen, sodass der ihn umgebende Raum verschwamm, nur der überwältigende Schmerz in seiner Nase verschwand nicht.

Plötzlich hörte er eine andere Stimme, die des Wirts.

»Lass ihn los, Kumpel. Lass ihn los, hab ich gesagt, oder ich hol die Polizei.«

»Okay, okay, aber er hat mich angestarrt«, brummte Artie. »Hat sich unbedingt mein Gesicht merken wollen; jetzt tut er's bestimmt.«

Peplow holte sein Taschentuch hervor und trocknete sich die Augen.

»Schau, wie er flennt!«, sagte der Schausteller lachend. »Man sollte Typen wie ihn nicht in 'nen Pub lassen. Soll lieber heim ins Kinderzimmer und Limo trinken.«

Das Gericht hatte die beiden von ihrer Schuld freigesprochen, und sie hatten sie einfach so aus ihrem Gedächtnis gewischt, dachte Peplow. Er erinnert sich nicht einmal an mich. Er erinnert sich weder daran, dass ich im Zeugenstand ausgesagt habe, noch dass ich während seiner lügnerischen Aussage aufgestanden bin und »Lügner!« geschrien habe.

»Jetzt geh brav nach Hause; komm morgen wieder«, sagte der Wirt zu Artie.

»Okay, okay, aber niemand hat mich anzustarren.«

Unvermittelt drehte er sich zu Peplow um und zwang diesen, einen Schritt zurückzutreten.

»Außerdem hab ich dich schon mal gesehen!«, rief er und bemühte sich, eine möglichst bedrohliche Miene aufzusetzen, wobei ihm seine Gesichtsmuskeln nicht mehr so recht gehorchten. »Wo habe ich dich schon mal gesehen?«

Schweigend sahen sich die beiden Männer an.

»Egal, wo es war, jedenfalls sorg dafür, dass du mir nich' wieder unter die Augen kommst.«

Als er zur Tür torkelte, rempelte er Peplow absichtlich an und trat ihm schwer auf einen Fuß, ehe er in der Dunkelheit verschwand.

»Machen Sie sich nichts daraus, Sir«, sagte der Wirt. »Wenn Jahrmarkt ist, kann es hier bisweilen ein bisschen rau zugehen. Wir können leider nichts gegen Trunkenbolde wie ihn tun … außer zu versuchen, sie loszuwerden, bevor sie Unheil anrichten.«

Der Wirt unterbrach sich und sah auf: Außer ihm war niemand mehr im Raum.

Peplow lehnte draußen an der Mauer. Einen Moment lang schien ihm, als wäre Artie verschwunden. Er blickte sich in alle Richtungen um, entdeckte ihn aber nirgends, obwohl er unmöglich in so kurzer Zeit die Straße hätte überqueren und im Gewühl des Jahrmarkts untertauchen können. Da hörte er Geräusche aus dem Innenhof des Pubs, ein Grunzen und das Prasseln eines Urinstrahls gegen Wellblech. Schnell schlüpfte er vom Gehsteig in die Dunkelheit und näherte sich lautlos der wankenden Gestalt. Noch bevor er wusste, was er tat, stand er hinter dem bulligen Mann.

»Hey!«, rief er barsch und stieß ihm, als er sich umdrehte, mit aller Kraft die Faust in den Bauch, wieder und wieder, während der Mann auf ihn zuschwankte und sich an ihm festklammerte. Riesige Hände umfassten Peplows Hals und zogen ihn hinab. Mehrmals riss dieser abwechselnd ein Knie hoch und rammte es dem anderen in die Lendengegend. Dieser schrie zweimal vor Schmerz auf, und Peplow spürte, wie seine Umklammerung nachließ, sodass er immer wieder wie in einer Kolbenbewegung ausholen und ihm einen Stoß versetzen konnte. Der kurze Kampf endete so geschwind, wie er begonnen hatte; Peplow spürte, wie der schwere Körper zu Boden glitt, bis Arties Gesicht unterhalb seiner Knie war. Dann beugte er sich hinab, packte ihn an den Ohren und schlug seinen Kopf auf den gepflasterten Boden.

Und jetzt? Es war sein unbezwingbarer Wunsch gewesen, dem Mann wehzutun. Nun, er hatte ihm wehgetan, und jetzt? Er musste die Wahrheit aus ihm herauspressen, -würgen, -hämmern.

Ein paar Schritte weiter, am hinteren Rand des Hofs, floss ein Bach vorbei. Er ergriff den Mann an den Schultern und zerrte ihn wie einen Sack zum Rand des Bachlaufs, packte den Kopf und drückte ihn unter Wasser. Die Reaktion erfolgte auf dem Fuße; Artie begann mit den Händen zu wedeln, ruckte den Kopf nach oben und gab unverständliche Laute von sich.

Erneut drückte Peplow seinen Kopf unter Wasser, und wieder erfolgte eine ähnlich heftige Reaktion wie zuvor.

»Lass mich aufstehen. Lass mich los.« Der Mann begann sich heftig zu wehren; sofort flammte Peplows Wut erneut auf und er schlug ihm wiederholt mit der Faust ins Gesicht, bis der andere still liegen blieb.

»Und jetzt hör mir genau zu, und wehe, du bewegst dich, dann drück ich deinen Kopf unter Wasser, bis du ertrinkst«, sagte Peplow ruhig. »Ich bin der Vater des Jungen, den du vor einem Jahr totgefahren hast.«

»Nie im Leben.«

»Hör zu. Ich hab dich wiedererkannt. Wer ist gefahren? Du oder dein Bruder?«

»Keine Ahnung, wovon du faselst.«

Wieder drückte Peplow den Kopf des Mannes mit aller Kraft unter Wasser und zählte bis zwanzig, bis er ihn wieder auftauchen ließ.

»Und, verrätst du es mir jetzt?«

Die einzige Antwort war ein erneuter Versuch, sich hochzurappeln. Peplow wiederholte die Prozedur.

»Also?«

»Er war's – er fährt immer.«

»Erzähl mir alles.«

»Das ist alles.«

Wieder drückte Peplow seinen Kopf unter Wasser, zählte diesmal aber bis fünfundzwanzig, während Artie wild um sich schlug und ihn im Gesicht traf.

»Er war besoffen.«

»Weiter. War mein Junge auf der Straße? Du hast gesagt, er sei auf der Straße gewesen.«

»Nein, auf'm Gehsteig.«

»Ein gutes Stück weg von der Straße? Beim Tor?«

»Ja.«

»Der Lastwagen ist auf den Gehsteig geraten?«

»Ja, er war betrunken. Er ist die ganze Zeit gefahren. Sie hab'n ihn schon zweimal erwischt gehabt. Er hat mir hundert Pfund gegeben, damit ich sage, dass ich's war. Und jetzt lassen Sie mich los, Mister. Ich hab Ihnen doch gesagt, ich bin nicht gefahren. Was haben Sie jetzt vor?«

Seine Stimme war heiser vor Panik.

»Ich werde ihn umbringen.«

»Mir brauchen Sie nicht die Schuld geben, Mister. Ich kann nichts dafür, was er gemacht hat. Ich werd ihm nicht erzählen, dass Sie hier sind.«

»Ich hätte gute Lust, dich ebenfalls kaltzumachen, du betrunkenes, lügnerisches Schwein.« (Wieder drückte er Arties Gesicht nach unten, und wieder versuchte dieser vergebens, sich aufzurichten.) »Aber das werde ich nicht.«

Schnell stand Peplow auf und rückte, während er sich zurückzog, seine Krawatte gerade; nach einer Weile rappelte sich auch der andere schwankend auf; er fuhr sich mit den Händen über das nasse Gesicht und wollte sich dann langsam davonschleichen.

Mit einem Mal schien es, als würden der ganze Schmerz und Hass der letzten Monate in Peplows Arm schießen, und er schlug wieder und wieder auf den stöhnenden Mann ein, bis dieser reglos zu Boden sank. Dann zog er ihn an den Beinen zu dem Plumpsklo in der Ecke, bugsierte ihn mit Fußtritten hinein, machte die Tür zu und schob den Riegel vor.

VOM HÜGEL DRÖHNTEN die letzten Glockenschläge wie ein Hintergrundbass zu der Dudelmusik auf dem Platz. In der umliegenden Gegend hatten die Menschen überall das Geläut vernommen; die, die in den Toreinfahrten ihrer einsam gelegenen, von Bäumen oder Feldern gesäumten Cottages standen, die Leute, die sich an die offenen Fenster der Pubs drängten, und, wenn auch nur schwach, jene, die jenseits des Flusses in der Nähe der baufälligen Mühle wohnten.

Der stete Rhythmus unterbrach kurz den rastlosen Rhythmus ihres Lebens, und die Menschen hielten einen Moment lang inne, plötzlich aus dem Takt geraten und ziellos. Mrs Loatley, die allein in ihrem stillen Schlafzimmer war, kam jedoch nicht in den Sinn, dass sich wieder einmal einer »der Millionen« noch vor dem großen Tag davongemacht haben könnte.

Wer es wohl ist – wer wohl?, fragte sich die ältere Miss Prosser. Der alte Bellenger? Ist er also gestorben? In die Knie gezwungen, zu Boden gegangen wie eine alte Ziege, mit gebrochenem Horn, einen staubigen Geschmack im Mund? Und wo Adela wohl ist? Bin ich vorhin zu weit gegangen? Wenn sie vor mir geht, was wird dann aus mir?

Und Croser: Das Glockenläuten sollte verboten werden. Es ist so deprimierend. Man könnte meinen, wir befänden uns noch im Mittelalter. Nur in rückständigen Orten wie Minden hält man diesen Brauch noch hoch. In Round Castelford tun sie es nicht mehr. Jemand ist gestorben. Na und? Dieses Geläut ist einfach nur lästig.

Noch immer zitternd aufgrund der Anstrengung, lehnte sich Peplow in der Dunkelheit an die hohe Mauer, nachdem er aus dem Hof auf die Straße hinausgetreten war. Also ist der alte Knabe gestorben, dachte er, und ich habe ihm nicht erzählt, dass ich es wusste. Wie es wohl diesem seltsamen kleinen Jungen ergehen mag? Liegt er jetzt in seinem Bett und weint sich die Augen aus? Schläft er? Wenn es doch nur eine Möglichkeit gäbe, sie aufzuspüren und ihr die Lage ihres Jungen zu schildern.

Schon merkwürdig, dass zwei von derselben Truppe am selben Tag in einem solch abgelegenen Kaff ihr Ende finden sollen! Nicht auf dem Meer oder auf der Rollbahn oder beim Absturz, während darunter ein Militärkonvoi ein nettes Feuerwerk veranstaltet, nein, ausgerechnet hier. Er rief sich sein Haus mit dem Baum daneben vor Augen, das ein wenig von der Bahnlinie zurückversetzt stand, stellte sich vor, wie in einem der oberen Fenster Kerzenschein flackerte.

Auch Herbert Ruskin hörte das Läuten. Ohne Bellenger, auch einen hilflos ans Bett gefesselten Bellenger, kam ihm Great Minden mit einem Mal leerer vor.

»Ein Teil meines Lebens ist mit ihm gegangen«, murmelte er. »Abgesehen von ihm und Peplow kennen mich die Leute hier erst, seit ich gezwungen bin, mein Dasein in diesem Zimmer zu fristen. Von all den Leuten in Minden hat nur er Swingstead erlebt, die Grasrollbahn im Wald, die Zelte auf den Weiden, die Operationszentrale in dem verfallenden Gehöft, die unerträgliche Schönheit dieses letzten Sommers, den angsteinflößenden Mond am schutzlosen Nachthimmel. Nur er kannte die sich verengende kleine Straße zwischen den Obstgärten. Nur er kannte sie und ihren nach Wärme duftenden Körper, die Berührung durch ihre kühlen Hände.«

Der letzte Glockenschlag erstarb, verlosch in dem trunkenen Getöse des Jahrmarkts, verlor sich in den baumbestandenen Hügeln, Feldern und am Himmel.

Die zwei Polizisten trafen den jungen Schausteller an, während er sich an einem der beiden Generatoren zu schaffen machte. Der junge Inspector sah ihn angewidert an.

»Sind Sie Frederick Dolan?«, fragte er.

»Warum?«

»Egal, warum. Sind Sie Frederick Dolan?«

Der Schausteller antwortete nicht.

Der Sergeant nickte. »Ich muss Sie warnen: Der Vater des Jungen, der von einem Lastwagen überfahren wurde, in dem Sie angeblich nur als Beifahrer saßen, hält sich höchstwahrscheinlich in diesem Städtchen auf. Wir glauben, dass er beabsichtigt, Ihnen etwas anzutun. Vermutlich trägt er einen dunkelgrauen Straßenanzug und …«

Der junge Mann lachte.

»Sie machen wohl Witze? Was soll er gegen mich haben? Mein Bruder ist dafür freigesprochen worden. Außerdem können wir gut auf uns selbst achtgeben. Besten Dank auch.«

Er drehte sich um.

Der Sergeant musste gegen die aufsteigende Wut ankämpfen. »Es ist meine Pflicht, Sie zu warnen, dass er bewaffnet ist«, sagte er kalt.

Wieder lachte der Schausteller. »Klingt nach 'nem Kinofilm.«

»Wir werden alles in unserer Macht Stehende tun, Sie zu beschützen, aber Sie werden schon mit uns kooperieren müssen. Sie verstehen bestimmt, wie schwierig es für uns ist, in dieser Menschenmenge und dem Durcheinander. Ich rate Ihnen, sich nur in Gesellschaft anderer nach draußen zu gehen, bis wir Entwarnung geben können. In Ordnung?«

Wieder bekam er keine Antwort.

»Haben Sie verstanden?«, fragte der Inspector scharf.

Der Schausteller straffte den Rücken und grinste unverschämt, dann schob er die Zungenspitze zwischen die Lippen und sah die Polizisten abfällig an.

»Wo ist Ihr Bruder?«

»Suchen Sie ihn doch. Wie gesagt, ich und Artie können auf uns selbst aufpassen. Wir mögen keine Bullen, die uns hinterherschnüffeln.«

»Seltsam ist es schon«, sagte der Mindener Sergeant, »aber durchaus möglich. Ich habe heute Morgen in den Straßen tatsächlich einen Mann bemerkt, auf den Ihre Beschreibung passt; er war ein bisschen feiner angezogen als die meisten Leute aus unserer Gegend, sonst wäre er mir wohl kaum aufgefallen. Falls er der Gesuchte ist, habe ich ihn am frühen Abend ins Haus von Mrs Loatley gehen sehen.«

Das Telefon klingelte.

»Sie hatten recht«, sagte der Polizist anerkennend, »der Wirt vom *Fusilier* hat einen der Schausteller in einem Außenklo gefunden und er meint, er ist schlimm zugerichtet. Ich gehe gleich mit Ihnen dorthin.«

Als sie eintrafen, lag Artie auf einem Rosshaarsofa im nach hinten gelegenen Wohnzimmer, blass und voller Prellungen, aber bei Bewusstsein.

»Wie ist das passiert?«, fragte der junge Inspector.

»Ein Typ hat mich im Dunkeln angegriffen.«

»Kennen Sie ihn? Können Sie ihn beschreiben?«

Artie schüttelte den Kopf.

»Nun kommen Sie, Mann. Ein Fremder würde einen Kerl Ihrer Größe bestimmt nicht einfach so attackieren.«

»Wie gesagt: Ich hab ihn nicht erkannt. Konnte ihn gar nicht sehen.« Er machte eine Pause und fügte hinzu: »Er hat mich von hinten angegriffen.«

»Und wieso ist Ihr Haar so nass?«

Artie zuckte die massigen Schultern. »Was weiß ich?«

»Haben Sie irgendeine Idee, wer etwas gegen Sie haben könnte?«

»Gegen mich? Nein! Hab noch nie jemandem was getan.«

»War es zufällig ein Mann namens Peplow?«

»Hab Ihnen doch gesagt, hab ihn im Dunkeln nicht erkannt.«

»Sie wurden vor nicht ganz einem Jahr in einem Fall, bei dem es um fahrlässige Tötung und Fahrerflucht ging, angeklagt, stimmt's? Sie und Ihr Bruder.«

Artie antwortete nicht.

»Der Vater des Jungen, den Sie überfahren haben, heißt Peplow. War er es?«

»Jetzt sag ich's Ihnen zum letzten Mal: Ich weiß nicht, wer's war. Der Kerl hat mich von hinten angegriffen. Und jetzt muss ich gehen.« Er stand mühsam vom Sofa auf und schwankte hinaus.

Draußen auf der Straße traf er das große, lotterig aussehende Mädchen, das bislang bei seinem Bruder gewohnt hatte.

»Fred hat gesagt, du willst mich, Art«, sagte es unsicher. »Er hat gesagt, ich kann bei dir bleiben. Er will mich nicht mehr.«

»Wo ist er?«

»Er hat jetzt eine andere.«

»Ich hab gefragt: ›Wo ist er?‹, du dumme Kuh.«

»Weiß ich nicht.« Die junge Frau begann zu weinen.

»Dann lauf los und such ihn. Und sag ihm, der Vater von dem Jungen ist hinter ihm her.«

»Von welchem Jungen?«

»Das weiß er schon. Wenn du ihn nicht findest, brauchst du dich heut Nacht erst gar nicht blicken lassen. Los, hau ab.«

Als sie weg war, beugte sich Artie über die niedrige Hofmauer und übergab sich in den Garten.

»Muss ihn unbedingt finden«, murmelte er. Sein Kopf sackte auf die Backsteinmauer. Und er musste sich erneut übergeben.

»Ein Mann namens Thickness war bei mir«, sagte der Jahrmarktbetreiber. »Er hat gesagt, dass du was mit seiner Frau hast und sie ihn verlassen will. Er hat fünf Kinder, das älteste ist zwölf.«

Sein Sohn sagte nichts.

»Ist das wahr?«

»Er ist bekloppt. Was soll ich mit seiner Frau anfangen? Wenn ich mich noch mal mit einer einlasse, dann nehm ich mir 'ne sehr viel jüngere als die. Glaubst du, ich halse mir fünf Kinder auf?«

»Nun, das hat er mir erzählt. Kennst du seine Frau?«

»Klar kenn ich sie. Jeder kennt sie. So eine gibt's in jedem Dorf. Frag Willie, frag Artie, du kannst jeden fragen. Alle kennen sie.«

»Warum lässt du dann nicht die Finger von ihr?«

»Sie rennt mir dauernd nach. Ich schaff's nicht, sie abzuwimmeln, deswegen.« Er grinste. »Die Frauen lassen mich einfach nicht in Ruhe.«

»Ich habe zwei Söhne«, sagte der Jahrmarktbetreiber verbittert. »Ich habe sie nach bestem Wissen und Gewissen erzogen und sie zur Schule geschickt, etwas, was mir nicht vergönnt war. Und beide sind zu Lügnern und Wüstlingen geworden. Gott sei Dank muss deine Mutter das nicht mehr erleben.«

»Also, Dad, du brauchst jetzt nicht …«

»Ich habe es nicht vergessen!«, schrie sein Vater. »Lügner – Wüstlinge – Trunkenbolde. Vor einem Jahr hast du dieses Kind überfahren, als du betrunken warst. Du hast den Jungen aus seinem Leben gerissen, bevor es richtig angefangen hatte, und du spürst weder Bedauern noch Mitleid …«

»Das Gericht hat uns freigesprochen.«

»Das Gericht! Das Gericht hat im Gegensatz zu eurem Vater nicht gewusst, dass ihr Lügner seid. Du hast diesen Jungen getötet und ihn auf der Straße liegen lassen. Du hast ihn liegen lassen, wie andere nur einen Hund liegen lassen würden. Dann hast du gelogen und einen Meineid geschworen, du und mein anderer Sohn. Ha, Söhne! Du hast ihn getötet und damit deine Frau verjagt. Du hast ihr mit deinem Verhalten das Herz gebrochen. Was seid ihr eigentlich, Menschen oder Tiere?«

Das Gesicht des jungen Mannes verdüsterte sich.

»Hey, jetzt mach mal halblang. Ich kann viel einstecken, aber irgendwann reicht's, weißt du.«

»So, irgendwann reicht's, ha!«

Unvermittelt stand sein Vater auf, packte seinen Sohn mit beiden Händen an der Kehle und drückte mit seinen riesigen Daumen zu.

»Jetzt schauen wir mal, wie viel du einstecken kannst!«, schrie er voller Abscheu. »Du lässt die Mutter dieser Kinder in Ruhe.

Lass sie in Ruhe! Du bist schlimmer als ein Schwein, das sich in seinem eigenen Dreck suhlt. Los, raus mit dir!«

Er stieß seinen Sohn heftig gegen die Tür.

»Das Gericht!«, schrie er erneut. »Oh, dieses Gericht hast du hinters Licht geführt, aber Gott lässt sich nicht täuschen.«

Wenn Lydia Prosser wieder einmal eine ihrer herrischen Launen an den Tag legte, schnäuzte sie sich fast unentwegt, sodass sie sich anhörte wie eine Trompete; sie erforschte die dunkelsten Hohlräume, tutete den Schleim aus den Geheimverstecken in die Nasenflügel und zwirbelte ihn mit den Enden ihres Taschentuchs heraus. Dabei saß sie, vierschrötig, wie sie war, je nach Stimmung, den untersten Knopf ihres Kleids offen und den Saum bis über ihre dicken Knie hochgezogen, vor dem Kaminfeuer oder dem Fernseher und versperrte ihrer Schwester die Sicht. Und sie lutschte Lakritz-Karamellbonbons, eiste sie gelegentlich mit der Zungenspitze von den Zähnen, saugte genüsslich daran und schob sie dann zu einer anderen Stelle des Mundes. So verging die ein oder andere Stunde. Hätte sie über ein junges Dienstmädchen verfügt, hätte sie es dazu verdonnert, ihr Luft zuzufächeln, und das Bild orientalischer Genusssucht wäre perfekt gewesen. Aber das allergrößte Vergnügen verschaffte ihr der fast unerträgliche Verdruss, den sie damit ihrer Schwester bereitete.

»Da ist ein Brief angekommen, den ich vergessen habe dir zu geben«, sagte sie. »Er ist von diesem Mr W. E. A.«

»Du hättest ihn nicht aufmachen dürfen.«

»Es stand ›Miss Prosser‹ drauf, und so heiße ich ja wohl.«

»Du konntest doch am Absender sehen, dass er an mich gerichtet ist. Schau, hier steht ›Abteilung für Fernstudien‹, also wusstest du, dass er für mich ist.«

»Aber da steht auch ›Miss Prosser‹ drauf, und das bin ich nun mal.«

Sie lehnte sich zurück und genoss den Streit, bereit, all die verletzenden Bemerkungen vom Stapel zu lassen, die sie den ganzen Tag über in Gedanken angehäuft hatte.

In den Augen ihrer jüngeren Schwester kribbelten Tränen des Verdrusses, und sie spürte diese verräterische Röte an ihrem Hals hochkriechen; sie fürchtete, sich erneut in einen Kampf hineinziehen zu lassen, der mit einer weiteren ermüdenden Niederlage ihrerseits enden würde. Und da sie ihrer Stimme nicht traute, nahm sie nur den geöffneten Brief und rannte damit nach oben. Er enthielt einige ermunternde Bemerkungen zu den Erinnerungen an ihren Vater, die sie verfasst hatte: »… sorgfältig geschrieben … genau der richtige Stil … versammelt die bedeutendsten Ereignisse …« Der Schreiber riet ihr auf jeden Fall dazu, es drucken zu lassen, sofern es ihr möglich sei, das Geschriebene noch ein wenig auszuschmücken.

Miss Prosser wurde nachdenklich. Sie hatte es nicht eilig, das Manuskript fertigzustellen. Seit ungefähr drei Jahren diente es ihr als Vorwand, sich vom häuslichen Schlachtfeld zurückzuziehen, und verschaffte ihr ein Gesprächsthema im Urlaub oder gegenüber den wenigen Bewohnern des Städtchens, die sie noch kannte.

[»Was macht denn Ihr Büchlein, Miss Prosser?« – »Sie werden doch hoffentlich nicht vergessen, die Haltung Ihres Herrn Vaters zum ehemaligen Armenhaus zu erwähnen, Miss Prosser.«]

Sie faltete das Beurteilungsschreiben ihres Tutors zusammen.

Ja, das ist wahr, dachte sie, es braucht noch einen etwas persönlicheren Anstrich. [»Wie verhielt er sich im Urlaub am

Meer? ... Fügen Sie ein paar Erinnerungen an ihn aus Ihrer Kindheit hinzu ... Versuchen Sie, ein paar ganz alltägliche Details einzustreuen; die würden das eher öffentlich geprägte Bild Ihres Herrn Vaters kontrastieren und abrunden.«]

Auf dem Speicher gab es einen alten Überseekoffer; nach seinem plötzlichen Tod hatten sie den gesamten Inhalt seines Sekretärs hineingetan, in der Absicht, die Unterlagen eines Tages zu sichten. Dort würde sie nachsehen. Das würde sie von diesem Tag, von ihrer Schwester, von der Kirchweih ablenken.

Ein einzelnes Gaubenfenster erhellte den Speicher, einen großen, gewölbten Dachboden, den man über ein paar Stufen erreichte, die vom restlichen Treppenhaus durch eine tapezierte Tür getrennt waren. Es war einer dieser abgeschotteten Räume, in denen es so still war, dass man das Gefühl hatte, die Luft sei tot, und Miss Prosser ertappte sich dabei, wie sie ihren eigenen Schritten lauschte, dem Geräusch der Kisten, die sie verschob, dem Rascheln alter Zeitungsausschnitte, selbst ihrem eigenen abgehackten Atem. Sie zog den ausgebeulten schwarzen Koffer hervor, rückte ihn vor das Fenster und öffnete ihn. Daneben stellte sie einen leeren Karton, um die Dinge, die nicht von Interesse für sie waren, hineinzutun.

Zuerst einen großen Stapel Zeitungen mit rot markierten Stellen, Briefe ihres Vaters an die Presse, Berichte von Verwaltungsratssitzungen, die Menükarte eines festlichen Dinners ihm zu Ehren, eine Zusammenfassung seiner erfolglosen Kandidatur fürs Unterhaus. All das legte sie beiseite.

Dann ein dicker Umschlag, darin ihre eigenen Schulzeugnisse. Sie lächelte beglückt, während sie sich in Erinnerung rief, wie stolz er auf ihre Leistungen gewesen war, und begann sie zu überfliegen. Ihre Noten waren sehr gut gewesen, immer war sie unter den drei Klassenbesten. Die Kommentare der

Lehrer lauteten: »Stets sehr gründlich in allem, was sie tut« und »es ist eine Freude, sie zu unterrichten«, »eine unserer besten Schülerinnen«, »ihr steht eine vielversprechende Laufbahn bevor ...«

»Ihr steht eine vielversprechende Laufbahn bevor ...« Nun, sie hatte alles getan, was man ihr gesagt hatte. »Lerne fleißig«: Sie hatte fleißig gelernt. »Steck dir hohe Ziele«: Damals war ihr die Position der Schulrektorin als der Gipfel des Ruhms erschienen. Sie hatte Examen nach Examen bestanden und bereits mit einundzwanzig ein Bündel von Zeugnissen und Diplomen in der Tasche. Da war ihr Klassenfoto. Von dreißig Schülern hatten nur drei die Oberstufe besucht; die anderen waren auf der Strecke geblieben und Friseurin, Büroangestellte oder Telefonistinnen geworden, hatten früh geheiratet und die Kinder bekommen, die sie später unterrichtete.

»Ihr steht eine vielversprechende Laufbahn bevor ...«

Sie stopfte die Zeugnisse ihrer vielversprechenden Laufbahn wieder in den Umschlag zurück.

Dann nahm sie einen Stapel Tagebücher heraus – knappe Einträge wie »19 Uhr Ratssitzung«, »8:30 Treffen der Abordnung«, »X«, »19:30 Stammtisch«, »X.X.«, »X« ...

Noch immer düster gestimmt blätterte sie durch die Seiten und fragte sich, was die vielen »X« bedeuteten, die sich all die Jahre durch sämtliche Tagebücher zogen, manchmal fünf, manchmal sieben, aber nie weniger als vier pro Woche. Nur in gewissen Abständen tauchten für sechs, sieben Tage keine »X« auf. Wofür standen sie? Und warum diese regelmäßigen Lücken? Für irgendwelche Sitzungen konnten sie doch nicht stehen, oder? Als ihr das Wort »monatlich« in den Sinn kam, traf es sie wie ein Schlag ins Gesicht. »Nein«, sagte sie heftig. »Nicht das! Das kann er unmöglich jedes Mal in seinen Kalender eingetragen haben!«

Schnell durchblätterte sie die Seiten. 1930, das Todesjahr ihrer Mutter.

27. April. Danach gab es keine »X« mehr, und in dem vorausgehenden Monat auch nicht! Aber in den Jahren davor wiederholten sie sich in schöner Regelmäßigkeit, fünf pro Woche, vier, sechs, fünf, fünf …

Miss Prossers Augen weiteten sich vor Grauen. »Und jedes Mal mit einem ›X‹ markiert!«

Die Tagebücher landeten mit einem lauten Knall im Karton.

Und dann jede Menge Bücher, Bücher in braunes Papier eingeschlagen, ohne Namen … Sie schlug eins auf und begann mit wachsendem Schrecken zu lesen. Es entglitt ihr und blieb, aufgeschlagen auf einer Seite mit einer abscheulichen Zeichnung, liegen. »Nein«, presste sie hervor. »Nein!« Noch ein solches Buch, du lieber Himmel, sie waren doch hoffentlich nicht alle von dieser Art! Doch, noch eins und noch eins und dann Stapel von Ansichtskarten, ausgeschnittene Fotos …

Übelkeit stieg in ihr hoch … Sie fühlte sich schwach und krank und spürte, wie ihr obendrein Tränen die Wangen hinabliefen, blinde Tränen der Verzweiflung. Sie wimmerte vor Schmerz und warf sich auf die blanken Dielen. Den Kopf auf ihre mageren Arme gebettet, lag sie lange so da. Nach den ersten qualvollen Minuten wich der Schock angesichts ihrer Entdeckung der plötzlichen Erkenntnis, dass sie vollkommen allein auf der Welt war, seit vielen Jahren schon. Dann rief sie sich voller Bitterkeit in Erinnerung, was sie alles deswegen hatte entbehren müssen, und sie verharrte stöhnend wie ein waidwundes Tier in einem Dickicht aus Angst. Das Gefühl, ein einigermaßen behagliches Leben zu führen, war mit einem Schlag weggewischt und der Vision eines wüsten, windgepeitschten Landstrichs gewichen, und eine trostlose Leere breitete sich in ihr aus. Sie war mutterseelenallein.

Als die Dämmerung einsetzte, trieb eine unerträgliche Unruhe sie nach unten; sie schnappte sich ihren Mantel vom Garderobenhaken und lief auf die Straße hinaus, wo sie der ungestüme Lärm der Jahrmarktsorgel empfing.

»NEIN, DAS IST ES NICHT!« Effie rutschte unruhig auf dem Sofa herum, während ihre Mutter sie in Bezug auf ihr Liebesleben aushorchte. »Ich habe nur hin und wieder das Gefühl, dass er nicht weiß, was er will. Manchmal scheint ihn der Gedanke, sich häuslich niederzulassen, zu erschrecken. Und es ist unmöglich, mit ihm darüber zu reden; er wird in letzter Zeit so schnell wütend und ist beleidigt.«

»Nun, er liebt dich im Grunde seines Herzens«, sagte ihre Mutter beschwichtigend. »Das merkt man daran, wie er dich ansieht. Man hat den Eindruck, er würde dich am liebsten verschlingen. Dein Dad hat mich nie so angeschaut. Er hat sich, wenn er mich zu Hause besuchte, in den nächstbesten Sessel plumpsen lassen und mit meinem Dad über Fußball unterhalten. Gegen zehn ist er dann aufgestanden, hat gesagt: ›Gut, ich muss dann mal los‹, und hat mich kaum angesehen. Sehr romantisch! Dein Sidney dagegen betet dich an. Das sieht doch ein Blinder mit Krückstock. Ich weiß gar nicht, warum du dir immer solche Sorgen machst. Vielleicht liegt es ja am Wetter. Das macht manchen Männern zu schaffen. Oder seine Vermieterin setzt ihm eine zu magere Kost vor. Er sollte sehr viele Eier essen, das gibt ihm Energie. Das habe ich in einer amerikanischen Zeitschrift gelesen.«

»Meinst du …« Effie brach unvermittelt ab.

»Ja, Liebes?«

»Nun, meinst du, er erwartet mehr von mir?«

Ihre Mutter, die eine verständige Person war, ließ sich die

Erwägung ihrer Tochter sogleich durch den Kopf gehen und gab erst gar nicht vor, diesem neuen Gedankengang nicht folgen zu können. Sie kramte in der Rumpelkammer ihrer Erinnerung und zog einen Spruch hervor, den ihr Mann immer vorgebracht hatte, um die wöchentliche Half-Crown für die Fußballwette zu rechtfertigen.

»Wer nicht wagt, der nicht gewinnt«, sagte sie daher weise.

»Manchmal beschwert er sich, dass ihm das Küssen nicht reicht, und einmal hat er sogar angefangen zu fluchen, mir aber nicht gesagt, warum …«

»Nun, Männer sind wunderliche Wesen«, erwiderte ihre Mutter geheimnisvoll.

»Wunderlich?«

»Na ja, sie sehen die Dinge anders als wird und im Übrigen …«

Bis hierher, aber nicht weiter konnte sie gehen, beschloss Effies Mutter. Falls ihre Worte ein Unglück nach sich zögen, waren sie unverfänglich genug, um sie vor ihrem Gewissen zu rechtfertigen. Brachten sie hingegen Glück, würde ihre Tochter sie ohnehin vergessen. Beide schwiegen. Doch das Schweigen und die sich vertiefende Röte auf Effies Gesicht waren beredter als Worte. Das uneindeutige »im Übrigen …« schwirrte auf den Schwingen der Fantasie zwischen ihnen hin und her und wurde mit den verschiedensten Bedeutungsvarianten und Nuancen angereichert, bis es sich in der Vorstellung der beiden Frauen zu etwas Unumstößlichem verdichtete.

Schließlich stand Effie auf und streckte die Brust heraus, eine Boudicca, die sich rüstete, um die drohende Niederlage in einen Sieg zu verwandeln.

»Es wird bestimmt spät heute Nacht«, sagte sie nur. »Sag Dad, er soll nicht auf mich warten.« Sie ging nach oben, um sich auf das noble Opfer vorzubereiten.

Lange drehte sie sich aufreizend vor dem hohen Spiegel hin und her, dann brachte sie ihr Gesicht ganz nah heran, bis sie mit der Nase das Glas berührte, um sich die Augenbrauen nachzuziehen. Ihre Mutter, die ihr in ihr Zimmer gefolgt war, sah ihr bewundernd zu.

»Du gefällst mir in diesem roten Mantel«, sagte sie. »Er steht dir. Gibt dir eine besondere Note, wenn du verstehst, was ich meine. Sieht kein bisschen billig aus. Tja, Qualität erkennt man halt auf den ersten Blick. Diese hübschen Knöpfe! An den Knöpfen sieht man auf Anhieb, was ein Kleidungsstück wert ist.«

Effie trat ein paar Schritte zurück und machte eine schnelle Drehung, sodass der Mantel um sie herumschwang.

»Es liegt an der Seide«, erwiderte sie. »Die hat einfach was. Sid mag es, wenn ich ihn trage; er meint, er verändert mich irgendwie. Er mag dieses Rascheln. Er meint, dass es mir etwas Orientalisches verleiht.«

»Ist es nicht wunderbar, dass er sich so für deinen Kleidungsstil interessiert? Also deinem Dad war das immer völlig egal. Es hat mir nie Vergnügen bereitet, mich für ihn hübsch anzuziehen. Es fällt ihm sowieso überhaupt nicht auf, was ich anhabe.«

»Glaubst du, er mag Sid, Mum? Dad, meine ich. Manchmal glaube ich, er mag ihn nicht. Wenn Sid uns besucht, haben sie sich nie viel zu sagen.«

»Nun, was erwartest du? Dein Dad kann doch mit niemandem über was anderes als Fußball und den Club reden. Er erzählt nie was von seiner Arbeit, dabei sagen die Leute, dass er sich dabei so klug anstellt. Er hat leider überhaupt keinen Ehrgeiz. Er ist kein bisschen wie Sidney, der ist ein richtiger Macher. Wenn du wüsstest, wie ich dich beneide! Ach, wenn ich doch noch mal jung sein könnte! Wenn sie ihn zum Rek-

tor ernennen, wirst du zu allen wichtigen Ereignissen einge-
laden, zu Wohltätigkeitsbasaren, und überall werden sie dich
als Schirmherrin wollen. Und mit deiner tollen Figur kriegst
du das alles bestimmt gut hin.«

»Ach Mum, lass das bitte; wir sind schließlich noch nicht
verheiratet.«

»Manchmal sieht er dich an, als würde er dich am liebsten
verschlingen«, wiederholte ihre Mutter.

Effie pflichtete ihr innerlich bei. Ab und zu hatte sie Angst,
dass er es tatsächlich versuchen könnte.

Beide schwiegen, bis sich Effie schließlich nach einigem
Zögern bemühte, ihre Füße in die hohen Stöckelschuhe zu
zwängen.

»Du hast ihm doch nicht nachgegeben, Liebes? Noch nicht,
meine ich?«, fragte ihre Mutter und sah geflissentlich zur Decke.

Effie antwortete nicht.

»Sieh mal, Effie, warum bringst du ihn heute Abend nicht
dazu, Nägel mit Köpfen zu machen? Leg ihn auf ein Datum
fest und sorg dafür, dass er dich unbedingt haben will, so sehr,
dass er nicht länger warten kann.«

Dieser hinderliche Rock, der ihre Schenkel einengte, dieser
kneifende BH, diese schmerzenden Schuhe! Er bringt mich
dazu, dass ich mich einschnüre wie ein Paket, dachte Effie
rebellisch.

»Du bist wirklich süß, Mum«, sagte sie. »Keine Sorge, ich
werde Seine Lordschaft in die Zange nehmen; er hat sich
jetzt lange genug austoben können.«

***

CROSER WARF SEINE SPORTJACKE über einen Stuhl, öffnete den Reißverschluss seiner Hose und legte sich aufs Bett. Nachdem er eine leere Pastillendose auf seinem Bauch drapiert hatte, zündete er sich eine Zigarette an.

Ihm ging alles viel zu schnell. Noch ein einziger Tag wie dieser, dachte er, und die Männer mit den weißen Kitteln kommen mich holen.

Er lag da, starrte verzweifelt an die Decke und wusste, dass dies die Stunde der Entscheidung war. Das Gedudel der Jahrmarktsorgel schwappte in sein Bewusstsein und verebbte wieder.

»Boob-a-doo
You and you
What ya wanna do …«

Er blies eine Rauchwolke aus und wusste plötzlich, was er tun würde. Sie ist nicht gut für mich, dachte er. Sie ist absolut nicht meine Liga, und es hat keinen Sinn, mir selbst was vorzumachen. In ein paar Monaten wird sie mich ansehen, als würde sie mich gar nicht kennen, genau so wird es sein. Dann wird sie sich mit einem von diesen affektierten Typen von ihrem Schlag aus dem Staub machen, und tschüss, Sid – das war's und vielen Dank auch.

Eff ist schon eher meine Kragenweite. Jung und mollig und nicht allzu clever … provinziell, okay, aber formbar. Sie wird schon nicht so fett werden wie ihre Mutter, wenn man sie früh genug an die Kandare nimmt. In einigen dieser Kleinstädte bekommt man eines dieser Gemeindehäuser ohne vorherige Wartezeit, sofern man bereit ist, ihren schrecklichen Kindern beizubringen, nicht die Gasuhren einzuschlagen; außerdem kann man Möbel auf Pump kaufen, und Effie kann weiter

Haare schneiden und bei der Ratenzahlung mithelfen. Von Rauchwolken umhüllt, schwang sich sein Geist zu allen möglichen Zukunftsvisionen auf, und vor seinem geistigen Auge erstreckte sich eine sorglose, vergnügliche Zukunft.

Gut, das wäre dann so weit klar. Effie also!

Da ist aber auch diese neue Kassiererin im Coop-Laden. Nicht uninteressant, die Puppe. Es heißt, sie hat ihren Mann verlassen, als er ins Kittchen gewandert ist. Sie muss um die dreißig sein, da sind die Frauen besonders intensiv …

Er zündete sich noch eine Zigarette an, und in diesem Moment schlüpfte Georgie ins Zimmer. Sie trug ihren neuen roten Ledermantel, die Knöpfe offen, und einen Seidenschal ums Haar.

»Faulpelz«, sagte sie, »du hast noch nicht einmal gepackt?«

»Verdammt noch mal! Ich hab dir doch gesagt, meine Vermieterin erlaubt keinen Frauenbesuch. In der Beziehung kennt sie kein Pardon. Wenn sie dich hier erwischt, flieg ich hochkant raus. Warte bitte unten auf der Straße, ich bin in ein paar Minuten unten.«

Sie setzte sich rasch neben ihn, und als er aufzustehen versuchte, drückte sie ihn auf die Matratze hinab und beugte sich über ihn, sodass er die Arme nicht freihatte, um sie wegzuschieben.

»Die Vermieterin!«, sie ahmte seinen Tonfall nach. »Was soll man davon halten, wenn ein Mann sich mehr um seine Vermieterin sorgt als um seine Geliebte? Wo ist der ungestüme Jungspund, der mich vor nicht mal drei Stunden flachgelegt hat? Da hast du mich nicht weggeschubst. Überhaupt, was hat denn deine geschätzte Vermieterin mit uns zu tun? Du brauchst ihr Zimmer doch nicht mehr. Heute Nacht wirst du dir wegen keiner Vermieterin den Kopf zerbrechen müssen; da werde nämlich ich deine Vermieterin sein.«

»Ich komme nicht mit, Georgie«, murmelte er. »Ich habe gründlich darüber nachgedacht und beschlossen, dass es für uns beide besser wäre, es gut sein zu lassen. Jedenfalls besser für dich.«

Zu seinem Verdruss reagierte sie keineswegs überrascht.

»Du machst Witze.«

»Nein, tu ich nicht. Ich habe darüber nachgedacht. Wirklich. Es würde nicht funktionieren.«

»Heute Nachmittag unten in der Mühle schien es aber gut zu funktionieren, was immer du mit ›es‹ meinst.«

Sie fuhr mit ihren langen Fingern an seinem Schenkel entlang.

»Kämpfe nicht dagegen an: Alles wird gut«, sagte sie, und in ihrer Stimme schwang nur eine Spur von Irritation mit. »Du kannst nicht in einem Loch wie diesem wohnen bleiben und dich von der Prosser schikanieren lassen, wann immer einer ihrer zahlreichen Komplexe mit ihr durchgeht. Das ist doch kein Leben. Schau dich um – Linoleumboden und ein Mäppchen voll roter Bleistifte!«

»Du liebst mich nicht wirklich.« Er zog ein Gesicht.

»Ach, Liebe, Liebe, Liebe!«, rief sie wütend aus. »Für heute hab ich genug über Liebe gehört. Du weißt, was du willst und dass ich es dir geben kann. Was erwartest du denn noch von mir? Dass du Schmetterlinge im Bauch hast, wann immer du mich siehst? Werde endlich erwachsen. Du bist keine sechzehn mehr.«

Ihre Finger strichen jetzt fordernder über seinen Schenkel. Er nahm das kühle, geschmeidige Leder wahr, dessen herber Geruch sich mit ihrem Parfüm mischte. Sie beugte sich tiefer über ihn und drängte sich leidenschaftlich an ihn, bis sein Körper reagierte. Doch in diesem Moment zog sie sich zurück und ließ es nicht zu, dass er sie erneut zu sich hinabzog.

»Heute Nacht – warte so lange. Und morgen. Und in jeder darauffolgenden Nacht …«

Croser sah lüstern zu ihr hinauf. »Und was ist mit deinen Eltern, was werden die sagen?«

Statt zu antworten, zog sie nur ihren Rock zurecht.

»Ich weiß so gut wie nichts über dich«, sagte er vorwurfsvoll. »Du hast mir kaum etwas über dich erzählt – nur ein wenig von deiner Internatszeit in Roedean, von den Fuchsjagden. Und von deinen Brüdern nur, dass sie in der Armee sind.«

»All das liegt hinter mir«, sagte sie, »Gott sei Dank.«

»Aber vermisst du es denn nicht? Das Leben in einem so großen Haus, die Dienstboten, die Ställe, die schicken Feste und all das?«

»Nein, warum sollte ich?«

»Na ja, es war doch schon ein ziemlicher Abstieg, oder nicht? Und es wird wieder einer sein. Ich meine, wenn man es vernünftig betrachtet. Einen Dorfpfarrer zu heiraten, dann mit einem Schullehrer durchzubrennen.«

»Du hast ja keine Ahnung, wie öde es davor war.«

»Da hast du verdammt recht, ich habe keine Ahnung, wüsste es aber gern. Für meine Ohren klingt das alles ziemlich in Ordnung. Lieber würde ich Füchse jagen, als von Prosser rumgeschubst zu werden. Und Roedean! Du hättest mal die grässliche Gemeindeschule sehen sollen, auf die ich gegangen bin, und meine Mitschüler erst.«

»Es kommt immer nur auf die Menschen an.«

Wieder zog er sie zu sich hinab, und einen Moment lang gab sie nach, legte sich auf ihn und überließ sich kurz dem heftigen, dunklen Verlangen. Doch dann drehte sie sich energisch von ihm weg.

»Wir haben noch jede Menge Zeit. Warte bis heute Nacht. Warte einfach – morgen schlafen wir aus und reden weiter, nachdem uns das Hausmädchen Tee gebracht hat. Aber jetzt haben wir keine Zeit. Wir haben ja noch die ganze Nacht vor uns.«

Sie stand auf und sah auf ihren zerzausten und überwältigten Liebhaber hinab. Jetzt war sie sich seiner ziemlich sicher. »Ich hole dich in einer halben Stunde ab. Unten am Eingang. Du musst jetzt packen.«

Im nächsten Moment war sie gegangen, doch in Crosers Gedanken blieb nicht das Bild haften, wie sie zur Tür hinausging, sondern die Vorstellung, wie sie nach der ersten Tasse Tee am nächsten Morgen genießerisch neben ihm im Bett lag … und von Roedean erzählte.

»Glauben Sie, das war er, Sir?«, fragte der Sergeant.

»Davon bin ich überzeugt. Warum sonst hätte er ihn in dieses Klohäuschen sperren sollen? Er meint es ernst. Mit ihm ist nicht zu spaßen. Wir müssen ihn unbedingt finden. Wo ist das nächste Revier?«

»In Gornard.«

»Gut, rufen Sie dort an, erzählen Sie den Kollegen, worum es geht, und fragen Sie, ob sie ein paar Leute entbehren können. Inzwischen versuche ich, mit dieser Mrs Loatley zu sprechen und herauszufinden, ob sie etwas von ihm weiß. Und wenn Sie in Gornard angerufen haben, postieren Sie sich mitten auf dem Platz – neben dieser Statue dürften Sie einen guten Überblick haben –, und dann bleibt uns nichts anderes übrig, als zu hoffen, dass er vor Ihrer Nase vorbeispaziert. In diesem Gewühl bleibt uns nichts anderes übrig.«

Der Sergeant drehte sich zu dem Wirt des Pubs um. »Gut, ich bräuchte eine möglichst genaue Beschreibung von dem Mann.«

»Mittelgroß, eher schmächtig, gestreifte Krawatte, Anzug-
träger. Die Sorte Mensch, die hinter einem Schalter in irgendeiner Stadt sitzt; hätte nie im Leben gedacht, dass er so einen
Bullen von Mann angreifen würd. Auf mich hat der Kerl harm-
los und friedfertig gewirkt.«

»Haben Sie schon mal ein Bild von Hawley Crippen gesehen?«, fragte der Inspector gereizt. »An der Nasenspitze sieht
man es jemandem nicht unbedingt an, ob er ein Mörder ist,
wissen Sie. Falls er zufällig wieder zurückkommt, versuchen
Sie jemanden zum Sergeant zu schicken; er postiert sich in
der Nähe dieser Statue auf dem Platz.«

Der Inspector verließ eilig den Raum.

»Der ist vielleicht ein Nervenbündel!«, murmelte der Wirt.
»Crippen! Also wirklich.«

ALS DER INSPECTOR SPÄTER seiner Frau von diesem Abend
erzählte, sagte er: »Das Kurioseste an der Sache war aber die
Befragung einer gewissen Mrs Loatley. Was für eine verrückte
alte Schachtel! Grau, Ende sechzig, würd ich sagen. Und grau
ist genau das richtige Wort, um sie zu beschreiben. Ihr Äuße-
res, ihre Persönlichkeit, ihr Haus, alles ist grau. Dass nur ein
paar Schritte von ihrer Gartenmauer entfernt lautes Kirmes-
treiben herrschte, schien sie gar nicht zu bemerken. Sie lebt in
ihrer ganz eigenen Welt.

O ja, meinte sie, sie hat mit Peplow gesprochen, aber nicht
gewusst, dass er so heißt; sie hat ihn nicht nach seinem Namen gefragt. Ob es stimmt, dass sie mindestens zweimal an
diesem Tag mit ihm gesprochen hat, hab ich sie gefragt. Und
ob er ihr gesagt hat, was er in Minden zu tun hat. Nein; sie hat
angenommen, dass er wegen der Kirchweih gekommen ist. Er
hätte aber auch ein Anwalt sein können, der zufällig an diesem

besonderen Tag wegen eines Testaments oder dergleichen hier zu tun hat.

Aber warum er in ihrem Haus gewesen ist, wollte ich von ihr wissen. Weil er sich wohl für Religion interessiert. (Dabei hat sie auf einen Zettel an ihrem Gartentor gedeutet.) Ob sie nur über Religion geredet hätten? Nun, meinte sie, er ist kein Mensch, der viel redet; aber egal, warum er gesucht wird, er hätte ein gutes Herz. Davon war sie überzeugt.

Ob sie mir sagen kann, wo er sich jetzt befindet, habe ich sie gefragt. Konnte sie nicht. Doch dann fiel es ihr ein: Er sagte, er wollte nach Gornard. (Das war so offensichtlich gelogen, dass ich gar nicht erst darauf eingegangen bin.)

Und dann hat sie mich angeschaut, mit großen Augen und einem Ausdruck, der besagte: Bitte glauben Sie mir, auch wenn ich mir selbst nicht glaube. Ich musste mir fast ein Lachen verkneifen. Offen gestanden konnte ich sie verstehen. Es war mir im Grunde sowieso egal, ob er es durchzieht oder nicht. Aber gleichzeitig habe ich gedacht: Wenn ich ihn nicht festnehme und er bringt diesen Kerl um, wird mich das auf der Karriereleiter ziemlich zurückwerfen …«

VON SEINEM PLATZ AUF DER Kirchhofmauer sah Peplow auf Great Minden hinab, das mit ausgebreiteten Gliedmaßen vor ihm lag: die vier leicht gewundenen Straßen, der zentrale Platz, der in der Ebene vor Lärm und Lichtern wie ein Herz zu pulsieren schien. Die Wahrheit, die er aus dem älteren Bruder herausgepresst hatte, bestärkte ihn nur noch in seinem Vorhaben, und erneut wartete er, bis der richtige Zeitpunkt gekommen sein würde. Zum ersten Mal an diesem Tag fragte er sich, was seine Frau gerade tat. Wenige Tage nach dem Unglück hatte sie einen Nervenzusammenbruch erlitten und dann eine

Zeit lang bei Verwandten gewohnt, und nach ihrer Rückkehr hatten sie wie zwei Fremde nebeneinanderher gelebt; keiner von beiden war in der Lage gewesen, diese Kluft zwischen ihnen zu überwinden.

Sie hatte ihn nicht einmal gefragt, was er mit den ganzen Sachen gemacht hatte, dem Spielzeug, der Kleidung, dem Kinderbett. Während sie sich bei Verwandten von ihrem Zusammenbruch erholte, hatte eines Samstagnachmittags jemand angerufen, der Kindersachen für einen Wohltätigkeitsbasar suchte. Peplow erinnerte sich noch, wie aufgewühlt er gewesen war, als er die Leute in Toms Zimmer geführt und gesagt hatte, sie sollten alles mitnehmen.

»Oh, das sind aber viele Sachen. Können wir vielleicht morgen noch mal kommen?«, fragten sie, aber er bestand darauf, dass sie alles noch am selben Tag mitnahmen. Was sie dann auch taten, wobei derjenige, der das Wort führte, den anderen mit gedämpfter Stimme Anweisungen erteilte und sie zur Eile antrieb, um schnell dieser beklemmenden Atmosphäre zu entkommen, auch wenn er nicht genau wusste, woher sie rührte.

[Der kleine Stapel Bilderbücher aus Toms Kleinkindzeit war das Band, das zu durchtrennen ihm am schwersten fiel: Erinnerungen daran, welche Freude es ihm bereitet hatte, sie auf dem Nachhauseweg von der Arbeit zu kaufen, wie Tom dann später seinen Teller zurückgeschoben hatte und flink auf seine Knie geklettert war … »Und schau, dieser Mann hier ist ein Matrose und fährt zur See …«

»Was sagt er, Daddy?«

»Er sagt: ›Ich bin ein Matrose und hole jetzt eine Schiffsladung Orangen für Tom.‹«

Die fröhlich-bunten Büchlein, dünn und billig, die Kinderbibel!]

Und nie hatte sie danach gefragt ... Die winzigen Kleidungsstücke, und der Anblick, wie sie so leblos dalagen, hatte ihm das Herz zerrissen, die Fäustlinge, die Lätzchen, Pulswärmer, der kleine Mantel mit dem Samtkragen, diese kurze Geschichte eines Lebens. Er ballte die Faust und löste sie wieder, und erneut zog es ihm das Herz zusammen. Er begann heftig zu zittern.

Es stimmt, dachte er. Ich bin verrückt geworden. Im Büro haben sie es gewusst; kein Wunder, dass sie schnell wegsahen, wenn ich reinkam. Vermutlich haben sie ihren Frauen von mir erzählt. »Er ist am Durchdrehen, über kurz oder lang ist es so weit ... Die Bank wollte ihn für einen Monat freistellen, heißt es, aber er hat abgelehnt. Man kann sehen, dass es jeden Tag schlimmer mit ihm wird. Der arme Teufel!«

Morgen werden sie es erfahren und bestimmt verstehen.

Ach ja, würden sie das?

Er sah kurz auf die Uhr; es war Zeit, wieder hinunterzugehen. Er hielt einen Moment lang inne, glitt dann von der Mauer und folgte der schmalen Straße, die zu dem Platz hinabführte. Während er sich der Häuserzeile näherte, wo er zuvor diese Frau sich aus dem Fenster lehnen gesehen hatte, kamen ihm Jahrmarktbesucher entgegen, vorwiegend Eltern, die mit ihren müden Kindern auf ihre einsam oder in einem der umliegenden Dörfer gelegenen Bauernhöfe zurückkehrten. Betrunkene und Liebespaare taumelten aus dem von Wohnhäusern und Geschäften umfriedeten, hell erleuchteten, tosenden Viereck in die dunkle Nacht.

Er schob sich am Rand des Platzes voran, vorbei an der Schule, dem Postamt, von dem aus er die Bekränzung der Reiterstatue verfolgt hatte, dem Friseursalon dieser dicken jungen Frau, dem Metzgerladen und den anderen Geschäften, die jetzt wie ausrangierte, an den Rand des Geschehens geschobene Requisiten anmuteten. Kurz blieb er unter Herbert Ruskins Fenster stehen.

Hier! Hier war der Ort.

Er trat vom Gehsteig herunter und tauchte in die Menschenmenge ein, um sich in eine der vier Budengassen mitziehen zu lassen, die zu der Jahrmarktsorgel und der Reiterstatue führten.

»Augenblick, Sir.«

Jemand ergriff ihn am Arm und schob ihn resolut zu dem Sockel der Statue. Es war ein Polizist.

»Dürfte ich bitte Ihren Namen erfahren?«, rief er gegen den Lärm an.

»Meinen Namen? Warum denn?«

Von allen Seiten strömten die Menschen auf sie ein, sodass die Gesichter der beiden Männer nur noch circa fünfzehn Zentimeter auseinander waren.

»Heute Abend wurde ein Mann angegriffen. Ich glaube, dass Sie uns bei unseren Ermittlungen helfen können. Würden Sie mir also bitte Ihren Namen verraten?«

Peplow nannte den erstbesten Nachnamen, der ihm in den Sinn kam. Der Sergeant sah ihn eindringlich an; er glaubte ihm ganz offensichtlich nicht.

»Können Sie sich irgendwie ausweisen, Sir? Irgendwelche Papiere?«

Durch eine unvermittelte Bewegung in der Menge wurden die beiden noch dichter zusammengepresst, und Peplow spürte, wie der Revolver schmerzhaft gegen seine Hüfte drückte. Als er den Kopf zurückschob und den Polizisten ansah, wurde ihm klar, dass dieser den Revolver ebenfalls gespürt haben musste.

»Ich muss Sie bitten, mich aufs Revier zu begleiten, Sir.«

Der Griff um seinen Arm verstärkte sich, doch dann wurden sie erneut von einem Strudel erfasst, und Peplow schlug mit der Kante seiner rechten Hand auf das Handgelenk des Sergeants, der sofort losließ. Peplow drehte sich um, tauchte in eine schmale Gasse hinter einer Budenzeile und hielt auf den Rand des Platzes zu.

»Kommen Sie, kommen Sie schnell herein.«

Er gehorchte umstandslos, stürzte beinahe in das Halbdunkel des Gartens.

»Die Polizei ist hinter Ihnen her, stimmt's?«, fragte Mrs Loatley. »Einer war hier und hat mich wegen Ihnen ausgefragt – ein junger Mann, ein Inspector.«

Peplow lehnte sich an die Hausmauer und versuchte, die Fassung wiederzugewinnen und zu Atem zu kommen; seine unwürdige Flucht bestürzte ihn mehr als sein knappes Entkommen.

»Tut mir leid«, erwiderte er. »Ich hoffe, er hat Sie nicht allzu sehr bedrängt.«

»Ich habe ihm gesagt, Sie seien nach Gornard gegangen.«

»Vielen Dank, aber ich fürchte, man hat Ihnen nicht geglaubt.«

Die hohe Gartenmauer versperrte den Blick auf die Kirmes, aber die Lichter beschienen die oberen Äste und Zweige der Bäume und Büsche, die tiefschwarze Schatten warfen, und ließen die weißen Blütendolden theatralisch leuchten.

»Sie haben doch nicht …?«

Peplow schüttelte den Kopf.

»Dann lassen Sie es bitte bleiben; das führt doch zu nichts Gutem.«

»Wenn ich nur bitte ein, zwei Minuten hierbleiben dürfte.«

»Gut möglich, dass die Polizei wiederkommt. Gehen wir besser ins Haus. Ich weiß, wie Sie sich fühlen, aber es führt wirklich zu nichts Gutem. Es zahlt sich nicht aus, sich gegen das Gesetz zu stellen.«

»Das Gesetz! Das Gesetz, das einen an den Galgen bringt, wenn man einen Mörder erschießt, aber einen, der einen Menschen überfahren hat, freispricht?«

»Ich meine Gottes Gesetz«, sagte sie. »Den Tag des Jüngsten Gerichts, wenn vor ihm versammelt werden alle Nationen ...«

Merkwürdig vertraut wie zwei alte Freunde, wie Komplizen, standen sie in dem spärlich beleuchteten Flur und sprachen mit gedämpften Stimmen.

»Es ist nicht an uns, andere zu richten«, fuhr sie fort. »Mr Loatley – *ihn* habe ich auch nicht gerichtet.«

Dieser Name ließ Peplow stutzen. Mr Loatley ... es war ihm gar nicht in den Sinn gekommen, dass es einen Mr Loatley geben oder gegeben haben könnte.

»Mr Loatley?«, wiederholte er verdattert.

»Es ist nicht an uns, zu richten«, sagte sie erneut, »und obwohl ich wusste, was vorging, habe ich ihn nicht verurteilt. Er konnte es nicht vor mir verbergen. Wenn er spätnachts nach Hause kam. Um eins, zwei, manchmal drei in der Frühe. Ich gewöhnte mich daran. Ich wusste, dass es eine andere Frau gab, und konnte es ertragen. Ich war älter als er und hatte fast damit gerechnet. Diese Dinge schmerzen nicht mehr so sehr, wenn man die fünfzig überschritten hat. Aber mich zu verlassen, das ging dann doch zu weit. Das Haus war auf seinen Namen eingetragen, genauso das gemeinsame Konto mit unserem Ersparten – und die Möbel wollte er binnen vierzehn Tagen über meinen Kopf hinweg verkaufen und mich im Regen stehen lassen; dann hätte ich sehen können, wie ich mir meinen Lebensunterhalt verdiene. Wenn er wenigstens offen mit mir darüber geredet hätte, statt zu planen, bei Nacht und Nebel davonzuschleichen und mich mithilfe eines Anwalts aus dem Haus werfen zu lassen. Wissen Sie, was er getan hat? Das hat das Fass endgültig zum Überlaufen gebracht. Ich habe herausgefunden, dass er meinen Verlobungsring verkauft hatte, den Ring, den er mir zu unserer Verlobung geschenkt hatte. Das konnte ich ihm nicht verzeihen. Das war der bitterste Moment von allen. Und natürlich wusste ich, wie schon gesagt, alles, sogar die Abfahrtzeit des Zuges, mit dem sie durchbrennen wollten. Ich entdeckte seinen gepackten Koffer. Da ich wusste, dass er ihn würde holen müssen, wartete ich oben auf dem Treppenabsatz auf ihn.«

Sie deutete hinter sich, und Peplow warf einen flüchtigen Blick auf das weiß gestrichene Treppengeländer.

»Ich hörte, wie er sich leise über den Gartenpfad näherte und den Flur betrat. Es war schrecklich. Dann folgte eine entsetzliche Stille. Und er brach ganz plötzlich zusammen. Ich hörte, wie er wieder aufzustehen versuchte. Und wieder hinfiel. Ich konnte es kaum ertragen, bewegte mich aber nicht von der Stelle. Schließlich kroch er auf allen vieren herauf. Können Sie sich das vorstellen? Auf allen vieren kroch er hinauf. Oben angekommen, zog er sich am Treppenpfosten hoch. Schweiß tropfte ihm von der Stirn, sein Gesicht war gerötet, und seine Zunge schien sich zwischen den Zähnen verfangen zu haben.

›Emily, ich habe ...‹ Das waren seine letzten Worte.«

»Ein Schlaganfall?«

Sie nickte. »Es war Gottes Urteil.«

Sie bedeutete ihm mitzukommen, und er ging hinter ihr die Treppe hinauf und zu der weißen Tür am Ende des oberen Flurs.

»Mein Mann!«, sagte sie düster und betrat den Raum.

Widerstrebend folgte er ihr zum Bett. Zuerst konnte er in der Finsternis nur einen dunklen, konturlosen Kopf auf dem Kissen ausmachen. Dann, nachdem sie eine Kerze entzündet hatte, sah er die blassblauen Augen des Mannes und bemerkte, dass er kam merklich unter dem Zudecklaken die Hände bewegte.

»Mein Mann!«, sagte sie erneut. »Nachdem es passiert war, kam er wieder ein bisschen auf die Beine; sieben oder acht Jahre lang hielt es an … Er saß im Haus oder im Garten. Wobei ich ihn auch schon damals anziehen, sogar füttern musste. Aber aufstehen kann er jetzt nicht mehr. Ich könnte es nicht ertragen, dass ihn jemand so sieht. Vor allem sie! Ich könnte es nicht ertragen, wenn sie ihn so sehen würde. Nicht so, wie er jetzt ist. Und er würde auch nicht wollen, dass Leute vorbeikommen und ihn anstarren und über ihn reden, wenn sie wieder gegangen sind. Ich habe es nie über mich gebracht, jemand anderen als den Arzt ihn in diesem Zustand sehen zu lassen.«

Die wirbelnden Jahrmarktslichter ließen Schatten über die Wand tanzen. Ihr Mann sah unverwandt zur Decke.

»Er versteht nichts mehr. Er ist wie ein Baby. Ich muss ihn mit einem Löffel füttern. Was wird bloß aus ihm, wenn mir einmal etwas zustößt?«

Sie schob das Laken zurück und ergriff seine dünne Hand. »Aber über ihn gerichtet habe ich nicht«, sagte sie abermals. »Ich habe nicht getan, was Sie vorhaben zu tun. ›Die Rache ist mein‹, sagt der Herr. Überlassen auch Sie den Dingen ihren Lauf; es ist nicht an Ihnen, zu verurteilen oder zu bestrafen.«

»Sie sind eine gute Seele«, entgegnete Peplow. »Ich werde Sie nicht vergessen. Und Sie werden es bestimmt schaffen, keine Sorge.«

Sie antwortete nicht, und er drehte sich leise um, eilte aus dem Haus und durch den Garten auf die Straße zurück. Die Holunderblüten schimmerten noch immer im Zwielicht. Sie haben etwas Urzeitliches an sich, dachte er, etwas Besitzergreifendes, als hätten nur sie das Recht, hier zu sein, um jedes Jahr im Mai von Neuem zu blühen und das Städtchen und all jene, die hier leben oder gelebt haben, zu überdauern.

Im Schlafzimmer blieb das gleichmäßige, röchelnde Atmen unverändert; die langen, blassen Finger hörten nicht auf, am Rand des Lakens herumzuzupfen, die blassblauen Augen starrten unverwandt zur Decke. Seine Frau sah nachsichtig auf ihn hinab. Bald würde die andere Frau am Haus vorbeikommen, und Mrs Loatley trat ans Fenster, jedoch nicht so nahe, dass ihr Schatten durch die Netzgardine hindurch zu sehen war.

»Wenn du wieder genesen würdest, Alfred, jedenfalls so weit, dass du wieder aufstehen und diesen Koffer tragen könntest – er ist noch immer dort, wo du ihn stehen lassen hast –, würdest du dann zu ihr hinausgehen? Sie ist jetzt zehn Jahre älter, und das sieht man ihr auch an. Aber keine Sorge, sie hat dich nicht vergessen. Glaub das ja nicht. Sie spricht nie mit mir, aber ich kann es in ihrem Blick lesen: ›Wo ist er?‹ Bestimmt trägt sie es mit sich herum wie einen Krebs, der sich in ihr Leben hineingefressen hat. Nie wird sie genau wissen, warum du nicht zum Bahnhof gekommen bist, um mit ihr den Nachtzug zu besteigen.«

Sie beugte sich vorsichtig vor, ohne sich dem Fenster zu nähern, und beobachtete, wie Miss Prosser auf dem gegenüberliegenden Gehsteig vorbeieilte.

»Ja, schau«, murmelte sie aufgebracht, »ja, schau ruhig hoch.«

Und da war er, dieser flüchtige, verstohlene Blick zum Fenster hinauf, ehe sie weitereilte.

»Sie lachen über die Hölle, Alfred, die Ungläubigen«, sagte Mrs Loatley, »aber es gibt sie, überall. Adela Prosser, du weißt, wie es dort ist – du hast schon die letzten zehn Jahre dort verbracht, nicht wahr? Und niemals, nie wieder wirst du ihn zurückbekommen.«

Blitzschnell zog sie die dicke Netzgardine zurück und starrte aus dem Fenster hinunter auf die Straße.

Wie zur Salzsäule erstarrt, sah sie hinab: Miss Prosser hatte sich unvermittelt umgedreht und starrte zurück, als hätten sich ihre Blicke ineinander verhakt.

Peplow wartete ruhig am Rand des Getümmels, wo es dunkel war. Nun, da der Zeitpunkt gekommen war, fühlte er fast nichts mehr. Rache schien keine Rolle mehr zu spielen; er wollte die Aufgabe einfach nur hinter sich bringen, schnell und sauber, und dann gehen. Er machte sich auf. Diesmal mied er die breiten Gassen zwischen den Buden und schlich vorsichtig durch die schmalen Durchgänge hinter den mit Sackleinen verhängten Buden, bis er nur noch ein, zwei Schritte von der Stelle entfernt war, wo er den jungen Schausteller zuletzt erblickt hatte, am Darts-Stand. Dieser stand noch immer dort und zählte die Einnahmen.

»Wo bleibt Artie eigentlich?«, fragte er gereizt. »Er ist jetzt schon mehr als 'ne Stunde weg.«

»Hat wahrscheinlich 'ne Schlampe aufgerissen. Ein paar von diesen Landpomeranzen brauchen ziemlich lang, um dich auf Touren zu bringen«, erwiderte sein Gehilfe kichernd. »Hey, was macht dieser Polizist dort eigentlich? Was hängt der die ganze Zeit dort rum?«

»Hat mich gesucht. Der Arme, hat wohl nix Bess'res zu tun. Na gut, ich mach mich auf die Socken. Ich treff gleich 'nen Typen wegen 'nem Hund. Kannst mir morgen den Zaster bringen, aber nicht zu früh. Ich komm heut Nacht nicht zurück.«

»Lass dich bloß nicht von ihrem Mann erwischen.«

»Wenn ihr's egal ist, ist mir's auch egal. Er ist nur 'n Zwerg; den sperren wir zur Not in den Hundezwinger.«

Der Sergeant, der gerade wieder von einer Welle aus der Menschenmenge erfasst worden war, hätte ihn um ein Haar bemerkt. Peplow sah, wie er sich zum Darts-Stand umwandte und den Mann etwas fragte, ehe er in die entgegengesetzte Richtung ging.

Peplow trat in den Lichtschein des Stands hinaus.

Der Schausteller spuckte abfällig aus. »Bullen! Scheiß Bastarde, müssen ihre Nase überall reinstecken! Haben's nicht anders verdient, als dass man sie im Kreis rumschickt ... He, Kumpel, wie wär's mit 'ner Runde Darts für nur 'n Shilling? Oder kannst du deine Hand nicht ruhig halten?«

Peplow nahm die sechs Pfeile entgegen, die er ihm hinhielt.

Acht, dachte er. Ich setze alle sechs in die Acht.

»Acht!«, sagte er.

Pfeil um Pfeil landete in dem anvisierten Ziel. Kaum ein Zentimeter trennte sie voneinander.

»Hey!«, rief der Mann, als er sich abwandte. »Dir stehen 'n paar kleine Preise oder ein großer zu, wie du willst. Wie wär's zum Beispiel mit diesem Schwein hier?«

Er warf ihm ein kleines Porzellanschwein zu, und Peplow stopfte es mechanisch in seine Jackentasche.

»Hast 'ne ruhige Hand, Kumpel«, sagte der Schausteller.

Der Jahrmarkttrummel dauerte noch immer an; der Platz war wie eine Lichtung aus gleißenden Lichtern und Getöse, das sich über die Straßen zu den umliegenden Hügeln und in die Ebene hinaus fortpflanzte, und er wusste, dass es Zeit war. Er entfernte sich ein paar Schritte von der Budengasse, trat in den Schatten eines schmalen Durchgangs, wo ein Gewirr aus Seilen auf dem Boden lag, und wickelte seinen Militärrevolver aus dem Taschentuch aus. Die Patronen mit ihren Messing- und Kupferringen lagen passgenau in der Kammer; teils fasziniert, teils abgestoßen starrte er sie an.

Plötzlich bemerkte er, dass er nicht allein war, und erblickte, als er sich scharf umdrehte, Nick, der mit erschrocken aufgerissenen Augen zu ihm heraufsah. Peplow klappte die Waffe zu und ließ sie schnell in seiner Jackentasche verschwinden.

Der Junge sagte als Erster etwas. »Ich habe gesehen, wie Sie hier reingegangen sind. Ich wollte Ihnen sagen, dass mein Vater gestorben ist.«

»Aber was machst du alleine hier?«

»Ich bin heimlich hinausgeschlichen. Im Haus war es so still.«

»Wo sind deine Stiefschwestern?«

»Im Wohnzimmer. Sie haben mich zu Bett geschickt.«

»Du solltest um diese Uhrzeit nicht allein hier draußen sein.«

Noch während er sprach, wurde Peplow klar, wie unsensibel und dumm seine Worte waren. Was sollte der Junge denn tun? Sich todunglücklich in einem feindseligen Haus verkriechen?

»Geh zu Mr Ruskin, der wird sich bestimmt um dich kümmern.«

»Und was haben Sie vor?«, fragte der Junge. Peplow antwortete nicht. »Sie sehen ganz anders aus als heute Morgen. Verändert.« Das verrückte Jahrmarktslied gellte in ihr Bewusstsein und senkte sich zwischen sie. Eine Weile sahen sie einander reglos an, die Augen des Jungen dunkel und groß.

»Hat es mit Ihrem Sohn zu tun, von dem Sie mir erzählt haben?«

Peplow nickte.

»Werden wir uns wiedersehen?«, fragte der Junge.

Peplow schüttelte den Kopf.

»Jetzt geh zu Mr Ruskin. Sag ihm, dass du mich getroffen hast. Wenn du ihm erzählen willst, was du gesehen hast, mach es ruhig; er wird es bald verstehen. Du bist ein guter Junge. Es tut mir leid wegen deinem Vater: Ich habe ihn sehr gemocht. Und deine Mutter auch, aber Mr Ruskin hat sie am besten gekannt. Er wird dir von ihr erzählen. Ich weiß, dass du gern mehr von ihr erfahren würdest.«

Nick wandte sich mit hängendem Kopf ab.

Peplow beugte sich vor, legte die Hände auf seine schmalen Schultern und zog ihn zu sich heran. In den Augen des Jungen schimmerten Tränen.

»Du bist wirklich ein guter Junge«, sagte er erneut, beugte sich zu ihm hinab und küsste ihn auf die Stirn, während er ihm gleichzeitig das Porzellanschwein in die Hände drückte.

Einen Moment später war der Junge verschwunden, und Peplow wandte sich um, ging schnell zu dem Wohnwagen und stieß die Tür auf.

»Was zum Teufel …?«

Der Schausteller, mit einem Fuß in der Hose, wirbelte herum, als Peplow eintrat.

Dieser schloss die Tür.

»Hören Sie zu«, sagte er. »Das hier muss schnell gehen, weswegen ich nicht viel reden will. In diesem Revolver sind sechs Patronen, und wehe, Sie kommen näher, dann kriegen Sie mindestens zwei davon ab.«

Blass im Gesicht geworden, wich der junge Mann zurück, während er mit beiden Händen an dem Hosenbein zerrte.

»Erinnern Sie sich an mich?«

Der Mann nickte.

»Ich bin hier, um Sie für das, was Sie getan haben, zu töten.«

»Die kriegen Sie. Die Bullen sind in Minden und suchen Sie. Sie wissen, was Sie vorhaben.«

»Er war erst zehn, als Sie ihn überfahren haben. Er starb, als ich ihn von der Straße hochhob.«

»Das Gericht hat gesagt …«

»Ich bin das Gericht.«

Peplow hob den schweren Revolver und zielte zwischen die Augen seines Gegenübers, die ihn voller Entsetzen anstarrten.

»Nein … bitte nicht! Nein! Tun Sie es nicht!«

Schlagartig brach er zusammen – so plötzlich, dass Peplows Schuss über ihm durch die Wand schlug. Mit den Händen umklammerte er Peplows Fesseln.

»Nein, nein«, schluchzte er. »Nein!«

Peplow trat ihm ins Gesicht, aber der andere klammerte sich noch fester an ihn und winselte um Gnade, während sich der Revolverlauf gegen seinen Schädel presste.

Und urplötzlich wurde Peplow von Ekel überwältigt, dem Abscheu eines kleinen Jungen, der an einer Mauer lehnt und zusieht, wie ein kreischendes Schwein von seinem Schlachter abgestochen wird.

»Du Mistkerl!«, stieß er zwischen den Zähnen hervor. »Du hast recht. Ich kann das nicht. Selbst bei dir nicht. Du bist einfach zu abstoßend.«

Keuchend hielt er inne und wandte sich für einen Moment ab. Dann drehte er sich wieder um. Das Schniefen hatte aufgehört, und ein schwarzes, listiges Auge beobachtete ihn.

»Aber nimm wenigstens das!«, presste Peplow hervor. Er zerrte den Schausteller hoch und schlug ihm mit ganzer Kraft die Faust ins Gesicht. Der Schausteller kippte wie eine Puppe um und schlug mit dem Gesicht zwischen den leeren Flaschen und dem Nachttopf auf dem Boden auf.

Während er fluchend und in ohnmächtiger Wut die Hände rang, stürzte Peplow in die Dunkelheit hinaus.

»Das war ein aussergewöhnlicher Tag«, sagte Mrs Loatley. »Nicht so sehr wegen dem, was passiert ist, als wegen dem, was hätte passieren können. Dass es ein merkwürdiger Tag werden würde, habe ich schon gespürt, als ich aufgestanden bin. Den ganzen Tag lang habe ich mich schon so komisch gefühlt. Zuerst dachte ich, es liegt an den Holunderblüten, ihrem süßlichen Geruch; aber das war es nicht. Es ist etwas, das mich die ganze Zeit umgibt. Vielleicht die Hitze; andererseits habe ich ja schon andere heiße Tage erlebt. Nein, es ist etwas anderes.«

Im Zimmer war es schummrig geworden. Die Vase mit den weißen Rosen, die grüne Tischdecke, das Bücherregal, alles verflüchtigte sich, büßte Form und Farbe ein.

»Ich glaube, ich mache mir eine Tasse Tee, bevor ich wieder zu Alfred hochgehe.«

Als sie vom Wohnzimmer in die Diele trat, wo der Schirmständer stand, spürte sie einen schrecklichen Schmerz im Bein, wie von einem Messerstich. Sie knickte ein und sank, nach Luft ringend, den Kopf in einem grotesken Winkel geneigt, mit hervorschauender Zunge zu Boden.

Einen Moment lang wurde sie von einer abgrundtiefen Panik erfasst. Ich kann nicht sprechen, dachte sie. Es ist ein Schlaganfall. Und ich liege hier wie ein von seinem Haken gefallener alter Mantel.

Und so blieb sie, ein dunkles Kleiderbündel, das sich kaum vom Fußboden abhob, in der Dunkelheit liegen.

Wer wird sich jetzt um ihn kümmern?, dachte sie voller Angst. Wer wird sich um ihn kümmern? Die Erkenntnis, dass sie vollkommen hilflos war, traf sie, und sie begann zu wimmern.

Von weit her, so klang es, hörte sie das Jahrmarktsorgelgedudel und in der Nähe, wie jemand immer wieder klopfte.

Ist sie es?, fragte sie sich. Ist sie es?

In der Hauptgasse des Jahrmarkts wurde Peplow von der wogenden Menschenmenge mitgerissen wie ein Holzstamm von einem Fluss; benommen, ziellos ließ er sich treiben, nachdem er aufgegeben hatte, wovon er so lange vergeblich geträumt hatte. Hin und wieder quälte ihn die Bestürzung darüber, dass er vor seinem Vorhaben zurückgeschreckt war, dann wieder entspannte er sich, und eine köstliche Leichtigkeit legte sich auf sein Gemüt. Bisweilen fragte er sich, ob es von Anfang an so hatte kommen sollen oder ob erst die Begebenheiten dieses Tages – Bellenger, Ruskin, all das, war er gesehen und gehört hatte – seine Entschlossenheit getrübt und seinen Sinneswandel bewirkt hatten.

Nach einer Weile machten die Gesichter und Geräusche um ihn herum wieder Sinn, und er strebte zu einem Gebäude am Rand des Platzes und zu Herbert Ruskins Zimmer hinauf. Dort war es dunkel und er spürte, obwohl er den kleinen Jungen zunächst nicht bemerkte, dass die Gezeiten dieses Tages nicht nur ihn, sondern auch andere erfasst und weit hinausgetragen hatten.

Inmitten der nächtlichen Schatten ähnelte Ruskins aufgeblähter Torso noch mehr einem Frosch als bei Tageslicht.

Der Junge sah zu ihm auf. »Hallo, Mr Peplow«, sagte er. Sein erschrockener Blick suchte das Gesicht des Mannes.

Peplow schüttelte den Kopf. »Nein«, sagte er barsch.

»Nick hat gesagt, er will nicht in das Haus zurück«, erklärte Ruskin.

Ein langes Schweigen trat ein.

»Oh Gott!«, rief Ruskin unvermittelt aus. »Und ich bin sein Vormund.«

»Was sagst du da?«

»Vor drei, vier Jahren hat der alte Mann mich quasi auf Knien angefleht. Er wollte auf keinen Fall, dass der Junge bei seinen

Stiefschwestern bleiben muss. Alles ist geregelt, niedergeschrieben, Geld für seine Ausbildung, für alles ist gesorgt! Aber ich! Ausgerechnet ich! Wie soll ich mich denn um ihn kümmern?«

Seine Stimme klang hysterisch.

»Aber ich habe einfach nicht ablehnen können. Weil mehr dahintersteckt, sehr viel mehr, als selbst er gewusst hat.« Sein Blick flackerte über Peplows Gesicht. Selbst jetzt brachte er ihren Namen nicht über die Lippen. »Du weißt es ja.«

Peplow zitterte. Das ist die Reaktion meines Körpers, dachte er, jetzt macht sich die Anspannung bemerkbar. Dieser ganze Tag, die Hitze, diese verdammte Jahrmarktsorgel! Du lieber Himmel, es reicht, viel mehr ertrage ich nicht. Sie müssen mich jetzt in Frieden lassen.

Er trat zurück und lehnte sich gegen die Kommode, versuchte, seine Fassung wiederzuerlangen.

»Du weißt es doch, verdammt noch mal. Sag was. Siehst du nicht, dass ich durch die Hölle gehe?«, rief Ruskin aus.

Beide kreidebleich, starrten sie einander an.

Schließlich nickte Peplow. »Ich habe es vermutet. Sie war bei mir, ungefähr eine Woche nachdem du vermisst wurdest.«

»Glaubst du, er hat es gewusst, als er mich bat, die Verantwortung für den Jungen zu übernehmen?«

»Nein.«

»Nein?«

Peplow schüttelte den Kopf. »Du solltest dich nicht länger so quälen.«

»Ich konnte es ihm nicht abschlagen. Aber jetzt ist es so weit, und was soll ich tun? Es ist unmöglich, Nick. Du siehst doch, wie es ist, nicht wahr? Es ist einfach unmöglich.«

Der Junge stand mit hängendem Kopf da.

In gewissen Abständen zuckte Licht ins Zimmer, und die Gesichter blitzten kurz in der Dunkelheit auf, um sogleich wieder mit ihr zu verschmelzen. Niemand sprach. Dann sagte Ruskin verzweifelt in den von draußen hereindringenden Lärm hinein: »Schau dir das an. Lies diesen Brief.«

Er drückte ihn Peplow in die Hand.

»Verstehst du jetzt, wie die Dinge liegen? Ich werde mit dieser Situation nicht fertig. Es ist längst zu spät. Nein, lass das Licht bitte aus.«

»Sie will hierherkommen?«

»Ja.«

»Wann?«

»Morgen.«

War dieser Tag etwa auf das hier hinausgelaufen? Und nicht auf das grelle, laute Getöse des Platzes unter ihnen, und auch nicht auf die wahnwitzige Begegnung im kalten Licht des Wohnwagens, sondern auf die Szene in diesem Zimmer, das abwechselnd in Dunkelheit und in Lichtblitze getaucht war und wo sich lange Schweigepausen mit fieberhaften Gesprächsfetzen abwechselten?

Morgen – nur mehr ein sinnloses Echo. Morgen ist alles anders, dachte Peplow. Ich werde wieder ich selbst sein, der, der ich immer war, der ewige Bankangestellte, absolut zuverlässig, vertrauenswürdig. Nun, noch ist nicht morgen, dachte er. Ohne sich umzudrehen, langte er hinter sich und schob den ungelesenen Brief auf die Kommode, ebenso wie den Revolver, den er mit der Hand und dem Unterarm verdeckt hatte.

»Ich würde Nick gern mit nach Hause nehmen – jetzt, noch heute Abend; er kann bei uns leben«, sagte er.

Nick warf ihm einen raschen Blick zu, seine Augen weiteten sich.

»Möchtest du das, Nick? Ich glaube, du bist ein großartiger Junge. Meine Frau und ich brauchen dich dringend; ich glaube, du weißt, warum. Du könntest uns doch eine Chance geben.

Dein Dad hätte es bestimmt gern gesehen. Möchtest du mit mir gehen? Es gibt ja schon etwas, was uns verbindet, nicht wahr? Wir haben beide unsere Erinnerungen an deinen Vater, meine ich.«

Sein Blick begegnete Ruskins. Der Junge kam langsam auf ihn zu. »Sind Sie sich sicher?«, fragte er. »Wäre es in Ordnung für Sie?«

»In Ordnung! Mehr als in Ordnung! Es wäre wunderbar für uns; wir brauchen dich wie du uns.«

»Gut, dann würde ich gern mitkommen ... weg von hier.«

»Das ist das Beste, was du tun kannst, Nick«, sagte Ruskin mit gesenkter Stimme. »Ich würde dich gern aufnehmen; das weißt du. Aber bei Peplow bist du sehr viel besser aufgehoben. Hier solltest du wirklich nicht bleiben. Ich weiß, es ist besser so, ich weiß. Knips bitte das Licht an.«

Er wühlte in der Schublade, nahm einen länglichen Umschlag heraus und öffnete ihn.

»Hier ist aufgeschrieben, was dein Vater für dich vorgesehen hat. Minchin, sein Anwalt, hat alles für ihn aufgesetzt, er kann die Verfügung aber jederzeit ändern.«

Er griff zum Telefon und wählte eine Nummer.

»Nein, morgen ist es zu spät. Es ist wirklich dringend. Ja, sehr! Sie können es ja in den Text einfügen. Ich weiß, dass alles noch mal neu geschrieben werden muss, aber ich möchte eine vorläufige Änderungsbestätigung, im Stil einer Deckungszusage, wie man sie von Versicherungen ausgehändigt bekommt ... ja, eine *Änderungsbestätigung* ... um zu dokumentieren, was ich beabsichtige.«

Er legte wieder auf.

»Er kommt her«, sagte er. »Gut, das wäre so weit geregelt.«

Peplow und der Junge sahen einander an und lächelten zuversichtlich.

Der Pfarrer sass auf einem verzierten Sarkophag, die Füße auf der niedrigen Mauer, und blickte auf das Städtchen hinab. Der Platz war ein viereckiger Lichtfleck inmitten der dunklen Ansammlung von Häusern und der sie umgebenden noch dunkleren Ebene. In seiner Anfangszeit in Minden war dies sein Lieblingsort gewesen. »Ich wache über meine Gemeinde«, hatte er ein wenig stolz und halb im Scherz zu Besuchern gesagt. »Hier bin ich in Kontakt sowohl mit den Toten als auch den Lebenden.« Aber das war ganz zu Beginn gewesen, als er noch gedacht hatte, es gäbe einen Platz für ihn hier, als er sich noch den Einheimischen zugehörig und zugleich als Hüter des heiligen Mysteriums betrachtet hatte.

Doch seitdem hatte sich alles verändert. Dieser Hügel war jetzt eine Zuflucht; er hob seine Isoliertheit von einer gleichgültigen Pfarrgemeinde hervor, die es nicht erwarten konnte, ihn loszuwerden. Er ließ den Blick über die in Dunkelheit getauchte ausgedehnte Landschaft schweifen. Da sie ihm inzwischen so vertraut war, erahnte er in der Dunkelheit die Umrisse von Wäldern, puppenstubenhaften Gehöften inmitten winziger Felder, der Weidenreihen, die den Verlauf der Bäche markierten, und in der Ferne die Türme und Turmspitzen der nächstgelegenen Stadt. Oh, *Land verlorener Zufriedenheit!*

Er war sich ziemlich sicher, dass Georgie diesmal für immer gegangen war und er sie niemals wiedersehen würde. Aus dem Süden, noch aus einiger Entfernung, sah er die langen Lichter des Nachtzugs näher kommen, der Gornard hinter sich ließ und sich zwischen den dunklen Feldern und Wäldern in Richtung der grünen und roten Lichter des Mindener Bahnhofs vorantastete. Langsam stand der Pfarrer auf und kehrte in die Wildnis des Friedhofs zurück, wobei er einen Bogen um ein undurchdringliches Brombeergestrüpp machte, das sich mehrerer Gräber bemächtigt hatte, und um einen Holunderbusch, der einen Steinsarg zu zerteilen drohte. Knietief watete er durch hohes, verdorrtes Gras, dessen diesjähriger Schnitt ebenso versäumt worden war wie der im Vorjahr. Ein Grabstein blockierte seinen Weg, und er richtete den Strahl seiner Taschenlampe darauf.

HENRY LAMB

1871 GEBOREN, 1941 AUS DEM IRDISCHEN

LEBEN GESCHIEDEN

›HERR, DU WUSSTEST‹

»Wusstest was?«, murmelte der Pfarrer. Daneben stand ein weiterer Grabstein, der sich zur Seite neigte.

MABEL LAMB

TREU ERGEBENE EHEFRAU VON HENRY LAMB

1880 GEBOREN, 1930 GESTORBEN

›IN EWIGER ERINNERUNG‹

Und noch ein Grabstein mit diesem Namen und noch einer; lauter Lambs, auf denen er herumtrampelte. Wahrscheinlich hatte auch auf diesen schlichten Grabsteinen aus der Stuart-Zeit, deren Inschriften das Mindener Klima im Lauf der letzten dreihundert Jahre ausradiert hatte, der Name Lamb gestanden. Und unter ihnen ruhten, ihre Gräber von keinen christlichen Grabsteinen markiert, mittelalterliche Lambs und angelsächsische Lambs.

Er musste an den Metzger denken, sein dummes, stures Gesicht, seine riesigen roten Schlachterhände mit den plumpen Fingern, daran, wie er sie trotzig in die Westentaschen geschoben hatte … »Der alte Pfarrer hat immer alles selbst bezahlt. In der Zeit von Reverend Panter sind die Leute von weit her gekommen, um den Friedhof anzuschauen. Und mein Vater, Gott hab ihn selig, hat erzählt, dass es zu Reverend Tallboys Zeiten genauso war. Ich werd bei der Abstimmung jedenfalls nicht die Hand heben, wenn's darum geht, Geld dafür lockerzumachen. Ist mir doch egal, wie die anderen entscheiden …«

Bei dieser Erinnerung spürte er ein Zucken an der Schläfe. Niemand vom Kirchengemeinderat, weder Mann noch Frau, hatte seinem Antrag auf Bewilligung der Geldmittel für die nötigen Arbeiten zugestimmt. Einige hatten zu Boden geblickt, andere aus dem Fenster, wieder andere ihn verschlagen angesehen. Niemand außer dem Metzger hatte das Wort ergriffen, und nachdem dieser gesprochen hatte, schien das Echo seiner Worte noch eine Weile durch den Raum zu hallen; als sie gingen, hörte er einen von ihnen sagen: »So, jetzt geht's zur Sache, der alte Lamb hat ja nicht gerade ein Blatt vor den Mund genommen.«

Jetzt, da er inmitten all der Lambs stand, spürte er, wie sich sein Herz zusammenkrampfte. Dieses Mal sollten sie nicht gewinnen. Als er grimmig über die Schulter zurücksah, setzte die dampfbetriebene Jahrmarktsorgel wieder ein, begleitet von einer Lichterkaskade, die auf- und abstieg, während sich die Musik in die Höhe schraubte:

»Boob–a–doo
You and you
What ya goin' to do …«

Einen Moment lang fürchtete er, ohnmächtig zu werden, und er warf sich herum, taumelte davon, von Grabstein zu Grabstein, mal auf allen vieren kriechend, dann wieder rennend, über ihm die bedrohlichen schwarzen Schatten der Eiben.

Die Nacht war angefüllt mit Geräuschen und Lichtern, und

er flüchtete sich zu der hohen Kirchturmmauer, presste das Gesicht gegen den rauen Kalkstein und schloss die Augen. Und nach einer Weile hörte das Zittern auf.

Ein paar Augenblicke verharrte er noch so. Als er eine sanfte Abendbrise auf der Haut spürte, wandte er sich von der Mauer ab und riss mit kühler Absicht ein Streichholz an, ging, während er schützend die Hand vor die Flamme hielt, in die Knie und zündete das zundertrockene Gras an.

»Warum nehmen wir nicht den Morris?«, fragte Croser gereizt. »Ein Wagen ist schließlich immer nützlich, auch in der Stadt. Außerdem – woher willst du wissen, dass wir dortbleiben? Vielleicht wollen wir auch woandershin – nach Bournemouth oder Brighton zum Beispiel«, sagte er aufs Geratewohl.

»Weil es nicht mein Wagen ist«, erwiderte Georgie. »Er gehört nicht einmal meinem Mann.«

»Aber nützlich wäre er trotzdem. Das musst du zugeben. Warum nehmen wir ihn nicht einfach? Wem gehört er denn?«

Statt zu antworten, öffnete Georgie die Wagentür und stieg aus.

»Hast du nicht mehr Gepäck?«, fragte sie, als Croser seinen Vulkanfieberkoffer herausnahm. »Eine große Garderobe besitzt du nicht gerade, was?«

Sie klemmte den Pelzmantel unter den Arm, ergriff mit der anderen Hand ihren eigenen Koffer und ging dann in das Bahnhofsgebäude, wo sie am Ticketschalter auf ihn wartete.

»Kaufst du die Fahrkarten oder soll ich?«, fragte sie.

Croser faltete eine der vier Pfundnoten auf, die er noch besaß, und verlangte zwei Karten für eine einfache Fahrt. Der Schalterbeamte, der ihn vom Sehen kannte, blinzelte ihm zu.

»Zwei einfache Fahrkarten, ah!«, sagte er und sah an Croser vorbei Georgie an. »Erste oder zweite Klasse?«

Croser grinste anzüglich. »Zweite«, murmelte er.

Auf dem Bahnsteig war die einsetzende nächtliche Kühle zu spüren, und Georgie knöpfte ihren Ledermantel zu.

»Zieh deinen Mantel auch lieber an«, sagte sie.

Croser stellte sich die neugierigen Blicke der anderen Reisenden, des Taxifahrers und Hotelrezeptionisten vor, der Menschen, denen sie auf ihrer Reise begegnen würden, und beschloss, seinen billigen Sommermantel im Koffer zu lassen.

»Mir ist nicht kalt«, sagte er.

»Wir müssen einen neuen Mantel für dich kaufen. Jedenfalls kannst du nicht das ganze Jahr über diesen Sommermantel tragen, den du in deinem Koffer versteckst. Er hat seine besten Jahre ohnehin hinter sich.«

Noch ist es nicht zu spät, dachte Croser. Ich bin ihr jetzt schon nicht mehr gut genug, genau wie mein Regenmantel, dabei haben wir Minden noch gar nicht verlassen. Effie würde niemals so was sagen; für sie bin ich jemand. Warum tue ich das bloß?

Sie wartet bestimmt schon auf mich. Mit ihr war schon alles in trockenen Tüchern. Während diese hier mich nur benutzt, weil ich ihr gerade gelegen komme. Aber sobald jemand aus ihren eigenen Kreisen auftaucht, jemand mit genug Knete, um ihr hübsche Dinge zu kaufen und ihr eine schicke Wohnung zu bezahlen, wird sie mir den Laufpass geben. Keine Ahnung, warum ich mich mit ihr eingelassen habe. Sie passt nicht zu mir. Im Gegensatz zu Effie könnte ich sie nie im Leben mit nach Hause nehmen. Sie würde über meine Eltern lachen. Sie schämt sich ja schon meinetwegen. Ich glaube nicht, dass ich ihr irgendetwas bedeute; sie braucht mich nur zur Befriedigung gewisser Bedürfnisse, und es ist ihr egal, wer sie ihr verschafft. Sie würde mich auch nehmen, wenn ich ein Schwarzer wäre.

Grimmig grübelte er über seine atemberaubende Zwangslage nach.

»Du bist mit einem Mal so still«, sagte Georgie. »Ist es nicht herrlich, für immer aus diesem grässlichen Ort wegzukommen?«

Croser bemühte sich, es ebenfalls herrlich zu finden, spürte aber nur Reue beim Gedanken an die Spiegelei-und-Pommes-frites-Abendessen mit Effie und die anschließenden Desserts in Form heißer Begegnungen auf dem Sofa, die es von nun an nicht mehr geben würde, Reue angesichts der Sicherheit der gut kartierten seichten Gewässer, die er verrückterweise gegen die Unwägbarkeiten der tiefen, offenen See zu verlassen im Begriff war. Als er sich des Ausmaßes seiner Misere bewusst wurde, spürte er tiefe Niedergeschlagenheit.

»Nicht wahr?«, fragte sie. »Es ist doch großartig?«

»Ja«, murmelte er. »Es ist großartig.«

Peplow sah auf seine Uhr. »Tut mir leid, Ruskin, aber wir müssen uns jetzt auf den Weg machen.«

Ruskin nickte.

»Aber in ein paar Wochen komme ich wieder, um die Formalitäten zu regeln. Der Anwalt möchte mich vermutlich nochmals sprechen.«

Ein unbehagliches Schweigen trat ein.

»Hast du alles Nötige mitgenommen, was Nick braucht? Was haben die Schwestern gesagt?«

»Sie waren sehr hilfsbereit, haben an alles Mögliche gedacht«, antwortete Peplow. »Sie haben gesagt, sie werden ihn vermissen. Wer würde das nicht?« Er warf Nick einen kurzen Blick zu und grinste. »Aber sie meinten, es sei eine großartige Idee, die garantiert die Zustimmung ihres Vaters fände, nun, da du dich aufgrund deiner Situation anders entschieden hättest. Ich habe ihnen erklärt, dass meine Frau mit ihnen in Verbindung bleiben und ihnen berichten wird, wie sich die Dinge entwickeln. Und, Nick, hältst du es immer noch für eine gute Idee?«

Der Junge lächelte und nickte.

»Nun, wir sollten uns jetzt wirklich sputen, wenn wir den Nachtzug noch erwischen wollen. Würdest du bitte unten auf mich warten, Nick? Ich möchte mich noch kurz unter vier Augen mit …«

Als der Junge das Zimmer verlassen hatte, tippte Peplow mit dem Zeigefinger auf den Revolver. »Du hast ihn wohl schon entdeckt. Er ist ohnehin deiner. Als ich damals deine Sachen durchging, habe ich ihn gefunden und an mich genommen. Hiermit bekommst du ihn mit den freundlichen Grüßen vom Luftfahrtministerium zurück; wenn du ihn nicht in deiner Nähe haben willst, kannst du ihn auf der örtlichen Polizeistation abgeben oder spendest ihn, wenn wieder jemand für eine dieser Geschenketauschspiele zu Weihnachten Sachen sammelt, die niemand brauchen kann. Aber vergiss nicht, ihn vorher zu entladen.«

»Du bist ein komischer Kauz, Peplow.«

»Bin ich das? Nun, im Moment bin ich auch ein glücklicher Kauz.«

»Nick hat es mir erzählt. Ich meine, dass er dich bei den Buden getroffen hat. Er hat gesagt, du hättest es ihm ausdrücklich erlaubt. Die Polizei war ohnehin schon da. Ich habe ihnen nichts gesagt, dachte mir aber schon, hinter wem du her warst.«

»Meine Frau muss es sich ebenfalls gedacht haben. Ich hatte schon so ein Gefühl, dass sie wusste, was ich vorhabe.«

Peplow tippte erneut auf den Revolver. »Wie auch immer, dieser Kerl ist es nicht wert. Ich muss wohl völlig den Verstand verloren haben, dass es so weit mit mir gekommen ist.«

»Du wusstest davon, von Bellenger, ihr und mir, nicht wahr?«

Peplow nickte.

»Aber du willst wohl nicht darüber reden, nehme ich an?«

»Nicht jetzt. Es reicht mir für heute.«

»Ja, kann ich mir vorstellen«, sagte Ruskin feierlich. »Manchmal denke ich, dass das Leben einem vorgezeichneten Plan folgt, dann wieder scheint alles ein einziges Chaos zu sein. Wenn wir doch nur die Chance bekommen würden, alles wiedergutzumachen.«

Eine tiefe Traurigkeit lag in seinem Blick, und er schwang den Rollstuhl wieder zu dem geöffneten Fenster herum.

»Gut, dann bis in ungefähr zwei Wochen?«

»Geh noch nicht, Peplow, nur noch eine Minute, bitte!«

»Ja?«

Wieder sah er sie vor sich, die dunkle Haarsträhne, hörte das Prasseln der Regentropfen in den Bäumen, spürte, wie sich ihr schwerer Leib gegen seinen Körper drückte, erinnerte sich an das fatale Gefühl, dass es unwiederbringlich vorbei war.

»Ach, vergiss es …«

»Es wird schon wieder, du wirst sehen«, sagte Peplow. »Das Leben ist nun mal so. Du musst durchhalten.«

Kurz darauf hörte Ruskin die Haustür hinter den beiden zufallen.

In der dunklen Gasse duftete es nach den Holunderblütendolden, die über die bröckelnde Gartenmauer von Mrs Loatley hingen; für Effie, die in ihrem Schatten wartete, war es der Duft der Leidenschaft.

Wie Magnolien, sinnierte sie und hörte im Geiste die schweren Wellen (die schweren duftenden Wellen, korrigierte sie sich) an ein tropisches Ufer rauschen, wo sie sich, eine einzelne Blüte im Haar (das schwarz war und nicht blond), triumphierend von einem unglaublich sonnengebräunten Mr Croser, der bis zur Taille nackt war und einen Blütenkranz um den Hals hatte, in seine Schilfhütte tragen ließ.

Ihre Schuhe kniffen.

Warum mag er es nicht, wenn ich bequeme Schuhe trage?, dachte sie und befreite einen ihrer malträtierten Füße aus seinem hochhackigen Gefängnis, um dann die Zehen genüsslich am Knöchel des anderen Beins zu reiben, wobei sie wusste, dass es irgendwie etwas mit Mr Crosers Verständnis von Leidenschaft zu tun hatte.

Genau wie dieser schreckliche Rock, dachte sie aufsässig und versuchte ihrem Bauch ein wenig Erleichterung in seiner engen wollenen Umhüllung zu verschaffen.

Wenn sie verheiratet wären, würde es die ein oder andere Veränderung geben. In Sachen Pyjama und Morgenmantel beim Frühstück würde sie nachgeben, aber für den Rest des Tages würde sie anziehen, was ihr gefiel … Schluss mit Stöckelschuhen und eng anliegenden Kleidern.

Außerdem verspätete er sich. Noch mehr als die üblichen zehn Minuten. Sie hielt sich das Handgelenk mit der Armbanduhr vor die Augen, aber es war zu dunkel, um die Uhrzeit zu erkennen. Als ein Windstoß den Saum ihres Seidenmantels gegen die Unterschenkel flattern ließ, verstärkte sich der Duft der Holunderblüten noch. Die Minuten verstrichen.

Er kommt nicht, dachte sie, und mit einem Mal wusste sie, dass es dieses Mal wirklich so war. Er würde nicht kommen.

»Boob-a-doo
You and you
What ya goin' to do ...«

Das beschwipst klingende Lied schwoll zu einem schmettern-
den Finale an und endete dann abrupt. In der darauffolgenden
unnatürlich anmutenden Stille hörte sie, wie der aus Gornard
kommende Nachtzug theatralisch über die Schienen ratterte.

Morgen regnet's, dachte sie, und zwei dicke Tränen quollen
ihr aus den Augen und rannen ihre Wangen hinab.

Er will nichts mehr von mir wissen. Ich bin nicht gut genug
für ihn. Er hat mich sitzen lassen. Was sie zu Hause wohl sagen werden?

Sie musste ihn irgendwie finden und ihn sich zurückholen.

Stöhnend und wimmernd wie ein verirrtes Kind zog sie den
Mantel vor der Brust zusammen und begann quer über den
Platz zu humpeln.

UND ICH DACHTE IMMER, der Winter ist die traurige Jahreszeit. Herbert Ruskin schob das Gedichtbuch von sich weg.
Winter, kahle Bäume, dunkler Wald, schneebedeckte Straßen,
ein grauer Himmel; und nicht der Sommer, nicht eine Nacht
wie diese, in der überall das pralle Leben sprießt und gedeiht.
Nicht eine Nacht wie diese, die klingt, als würde eine liebes-
tolle Katze in der Dunkelheit heulen.

»An meinen Gefühlen hat sich nichts geändert ...«

Bitterkeit durchströmte seinen verstümmelten Körper, und er
schwankte bedrohlich von einer Seite auf die andere.

»Ich lasse es nicht länger zu, dass du dich vor mir
versteckst. Ich brauche dich: Ich kann nur glücklich
sein, wenn wir wieder zusammen sind ...«

Oh Gott, dachte er. Warum hatte das passieren müssen? Warum war nur Mullett verbrannt? Warum mussten diese schlauen Teufel mir das Leben retten?

»Ich werde morgen (Samstag) mit dem ersten Zug
kommen ...«

Er stellte sich vor, wie sie, noch bevor der Frühnebel sich verzogen hatte, zögernd auf den Platz einbiegen würde, genau wie Peplow an diesem Morgen. Der steinerne Reiter – und sie!

Das ist zu viel für mich, ich ertrage es nicht.

[Sie war groß und sah betörend aus in ihrem geblümten Kleid, und sie standen im Obstgarten des Hauses am Ende der Seitenstraße und lachten, während Bellenger umständlich mit der Boxkamera herumhantierte. An diesem Tag war ihm klar geworden, dass er sie begehrte.]

Er rollte zum Kleiderschrank und öffnete ihn. Über ihm hing die schieferblaue Uniformjacke mit der verblichenen mauve- und silberfarbigen Bandschnalle, den beiden Streifen an den Ärmeln, dem langen Fleck, der sich von der Brust über den Ärmel zog ... sein Blut oder das von Mullett?

»Ich möchte alles sehen und kennenlernen – all die
Menschen, von denen du mir geschrieben hast,
als du meine Briefe noch beantwortet hast. Ich habe
das Gefühl, sie schon alle zu kennen. Wenn du nur
wüsstest, wie sehr ich auf diesen Tag hingefiebert habe ...«

Ruskin blickte über die Schulter zurück auf den Platz, wo noch immer die Kirmeslichter über dem Gewühl herumwirbelten ... »*die Menschen, von denen du mir geschrieben hast*«! Sie alle lebten irgendwie ihr Leben; sie waren keineswegs so vergnügt, wie er sie damals dargestellt hatte, sondern verschwiegen und düster, unsicher, versuchten sich irgendwie durchzuschlagen, verzweifelnd ... Erneut wandte er sich dem Vers zu, den er zuvor gelesen hatte –

> *»... Denn die hier vor uns liegt,*
> *Die Welt, und uns in süße Träume wiegt,*
> *So mannigfach, so wunderschön, so neu –*
> *Lässt uns nicht Glück, noch Licht, noch Frieden sehen ...«*

Die Worte krümmten sich auf der Seite, und seine Augen verdunkelten sich, während er sich mit seinen großen Händen an den Armlehnen des Rollstuhls festklammerte. Auf dem gegenüberliegenden Hügel war ein Brand ausgebrochen, und die Flammen erleuchteten die schwarze Ansammlung von Grabsteinen.

> *»... Noch gibt's vor Schmerzen irgendeine Flucht.*
> *Wir sind hier in einer dunklen Bucht,*
> *Wo – von Alarmen, die sie nicht verstehen,*
> *Gehetzt – bei Nacht sich schlagen zwei Armeen ...«,*

murmelte er, dann sank ihm sein gequälter Kopf auf die Brust, und er bemerkte kaum, wie sich das Getöse legte und Ruhe einkehrte und die Lichter über den Buden und Bühnen erloschen und wie nach einer Weile der Platz menschenleer und dunkel und die Kirmes vorbei war. Aber *sein* Tag war noch nicht vorbei.

Der junge Schausteller und Mrs Thickness verließen den *Fusilier*, schlenderten den Bürgersteig entlang und blieben unter Ruskins geöffnetem Fenster stehen.

»Ich gehe nur schnell heim und hol 'n paar Sachen und komm dann zu dir. Wart im Wohnwagen auf mich«, sagte sie.

Doch ihr Begleiter stützte die Hand auf die Mauer und drückte sie dagegen. Er drängte sich an sie und begann sie zu küssen.

»Nein, warte im Wohnwagen auf mich«, keuchte sie. »So warte doch. Hier kommen ständig Leute vorbei, die mich kennen; die zerreißen sich das Maul über uns. Wir haben doch noch die ganze Nacht vor uns.«

Aber er lachte nur und presste sich noch heftiger gegen sie, während er sie mit dem abgewinkelten rechten Arm gefangen hielt und mit der Linken betastete.

»Du bist mir ein Draufgänger«, sagte sie gurrend. »Warum kannst du denn nicht warten? Also gut …« Sie gab ihren Widerstand auf und fing an, sich heftig unter seinen Umarmungen zu drehen und zu winden.

Oben an seinem Fenster spähte Herbert Ruskin auf sie hinab; er zitterte, während er abwechselnd von Abscheu, Verlangen und blindem, wütendem Selbstmitleid überwältigt wurde. Schließlich hielt er es nicht länger aus, beugte sich, so weit, wie er konnte, vor und richtete den unerbittlichen Strahl seiner Taschenlampe auf die beiden.

»Herrgott noch mal, haut endlich ab und treibt es in euren eigenen vier Wänden!«, rief er mit rauer Stimme.

Erschrocken sprangen die beiden auseinander, und einen Moment lang war es still. Dann begann der junge Schausteller in seinem gedehnten Tonfall zu sprechen: »Ah, hab schon von dir gehört. Du bist doch der Typ, der die Leute immer beobachtet. Wir könnten dir 'ne Stelle auf der Kirmes anbieten –

›das beinlose Wunder‹. Nur weil du's nicht mehr kriegst oder die Frauen es dir nicht geben, lassen wir uns von dir nich' den Spaß verderben. Na gut, dann schau eben zu.«

Er packte die Frau und bog ihren Kopf zurück, sodass ihr erschrockenes Gesicht im Schein der Taschenlampe wie gelähmt aufschien.

»Und jetzt gaff mal nach Herzenslust, du Zwerg!«, rief der Schausteller gehässig und streckte das Gesicht in den Lichtstrahl.

»Großer Gott! Du …!«, rief Ruskin.

Ohne sich abzuwenden, tastete er mit der freien Hand über die Kommode und ergriff den Revolver. Vorsichtig löste er mit dem Daumen die Sicherung und streckte dann den Arm aus.

Plötzlich entglitt ihm die Taschenlampe, die im Fallen für einen Augenblick die Waffe beschien.

Mrs Thickness kreischte auf und stieß ihren Liebhaber weg, der, nachdem er sich gefangen hatte, unsicher zwischen den verlassenen Buden hindurch wegzurennen versuchte.

Herbert Ruskin drückte ab.

In sämtlichen Häusern um den Platz herum wurden Türen aufgerissen und Vorhänge zurückgezogen.

Erneut dröhnte ein Schuss, und der Fliehende taumelte, riss die Arme hoch, torkelte noch ein, zwei Schritte auf die Reiterstatue zu und brach zusammen. Keiner der Beobachter am Fenster rührte sich von der Stelle, während der Mann allein dalag und vergeblich versuchte, um Hilfe zu rufen, und voller Furcht in die spärlich beleuchteten Hauseingänge starrte.

Eine dritte Patrone ließ Funken vom Steinsockel der Reiterstatue aufspritzen, aber die vierte drang mit einem dumpfen Geräusch in seinen Körper ein, und er schauderte noch kurz, dann wurde es still. Ruskin zog die Hand mit dem Revolver zurück. Der bittere Geruch nach Schießpulver erfüllte das Zimmer. Jemand hämmerte an seine Tür und rief nach ihm.

Es war, als hätte sich die Zeit plötzlich beschleunigt. Aus der Ferne hörte er das Zischen der Dampflok. Für ihn hatte der Klang etwas Elementares, das Kielwasser des Schicksals, das sich langsam zurückzog.

»Der Nachtzug fährt ein«, murmelte er. »Peplow und der Junge – mein Junge – stehen jetzt wartend auf dem Bahnsteig. Es war ein langer Tag.«

Er dachte an all die Tage, die er hier verbracht hatte, daran, wie lange sich jeder einzelne dahingezogen hatte, vom Eintreffen des Frühzugs bis zu dem des Nachtzugs. In ein paar Stunden würde ein neuer Tag beginnen und erneut einen Eindringling in diese kleine Welt bringen. Aber diesem Tag war er nicht mehr gewachsen.

Noch immer wurde an die verschlossene Tür gehämmert. Immer wieder rief jemand seinen Namen. Der Brand auf dem Hügel hatte sich in ein loderndes Feuer verwandelt, wie damals das Feuer in Knokke, als Mullett gestorben war und er überlebt hatte. Er hörte, wie der Nachtzug den Bahnhof verließ, in Richtung der fernen Stadt.

Abermals hob Herbert Ruskin die Hand, presste den Revolver fest an die Schläfe und drückte ab.

ABGESEHEN VOM SCHEIN des Feuers, das um die Kirche herum wütete, hatte sich die Dunkelheit auf die Hügel und weite Ebene der Midlands gesenkt. Der Tag war vorbei, und die Paare, die zwischen den dunklen Hecken mit dem Fahrrad nach Hause fuhren, blickten von Zeit zu Zeit zu dem gewaltigen, funkelnden Sternenhimmel empor. Ein perfekter Tag! Ein denkwürdiger Tag!

Auf dem Bahnsteig warteten der Junge und der Mann Hand in Hand und schweigend. Abwechselnd spähten sie in die Richtung, aus der die Lichter des Zugs gleich um die Kurve gebogen kämen, und zu dem glänzenden Himmel und fragten sich, was das wohl für ein Feuer auf dem Kirchhügel sein mochte. Aber ihre Gedanken waren bereits beim Ende ihrer Fahrt und dem Neubeginn, sodass Peplow kaum Notiz nahm von den beiden anderen Reisenden, die voller Unbehagen etwas weiter weg von ihnen warteten: der junge Experte in Sachen Schultoiletten und die Frau, der er im Café begegnet war. Er konnte nicht wissen, dass dieser Tag für diese beiden Menschen, für Mrs Loatley, Miss Prosser, Effie, den Pfarrer, Thickness und Thickness' Mutter ebenfalls denkwürdig gewesen war.

Als der Zug kreischend zum Stehen kam, hörte er ein Geräusch, das wie eine laute, hartnäckige Fehlzündung eines Wagens klang, dachte sich aber nichts weiter dabei. Denn schon bald fuhr der Zug weiter in die Nacht hinaus, und während er an Geschwindigkeit zunahm, betrachtete Peplow den schlafenden Jungen, der noch immer das Porzellanschwein umklammerte, und als er aufsah und das einsame Gehöft mit dem Kastanienbaum daneben erblickte, lächelte er und schloss die Augen.

»Dieses Buch wird Leser finden,
solange sich Menschen Geschichten
über Liebe und Tod erzählen werden.«

DENIS SCHECK

158 Seiten / Auch als eBook

J. L. Carr erzählt von einem Weltkriegsveteran und Restaurator,
der in einem kleinen Dorf in Yorkshire seinen Frieden sucht –
ein Buch über das Leben, die Verletzungen, die es uns zufügt,
und die Möglichkeit, sie zu überwinden.

www.dumont-buchverlag.de   **DUMONT**

J. L. CARR

Wie die Steeple SINDERBY *Wanderers den* POKAL *holten*

DUMONT

192 Seiten / Auch als eBook

Wie durch ein Wunder schafft es ein Fußballamateurverein ins große Pokalfinale – eine Geschichte vom Erfolg des Underdogs voller unvergesslicher Charaktere und mit viel Witz, die doch von einer leisen Melancholie durchwirkt ist.

www.dumont-buchverlag.de **DUMONT**